徳間文庫

警察庁私設特務部隊KUDAN

神野オキナ

序　章

だがその日、その瞬間、橋本《はしもと》はバランスを取ることを忘れた。

「また、戻ってくるよ。この国は楽しかった」

手錠を外され、晴れ晴れとした笑顔を浮かべながら、眼鏡のロシア人が、はっきりした日本語でそう告げた、その瞬間に。

手錠を外した橋本泉南《せんなん》警部の、鋭角な直線だけで構成したような険しい顔から、完全に表情が剝落した。

警察庁から公安に入り、国テロと呼ばれる部署に配属されて十年になる。

公安はこの日本のバランスを取るための組織だと信じていた。

だから、このロシア人も大人しく、引き渡すはずだった。

たとえ、連続通り魔として日本で少なくとも十五人を殺している犯人であったとしても。

気がつくと、十数発の９㎜の銃弾がひょろりとした眼鏡の白人男性の身体《からだ》を貫いた。

一発は間違いなく首の後ろ、延髄を撃ち抜き、男は糸の切れた人形のようにその場にくたりとくずおれる。

みるみる広がる血だまりが、外気に触れて湯気を立てるのは、弾丸が心臓を貫いた証《あかし》だ。

私鉄の電車が早朝の高架橋を通り過ぎる音が轟《とどろ》き、銃声をかき消す。

関東近郊の私鉄沿線の高架下。

早朝のニュースで昼過ぎには雪が降る、と言われた寒い二月の朝。

「くそったれ《チョールト》！」

ロシア語の罵声に、たちまち相手の持っていたAK12の発砲音が聞こえ始めた。

防弾仕様のニッサン・ローレルのドアの後ろに隠れながら、橋本は、弾倉が空になったSIGP226に新しい弾倉を叩き込む。

「アサルトライフル相手に拳銃か、馬鹿なことしたな」

呟《つぶや》くと、金属の塊が地面を滑ってきて橋本の靴に当たった。

十数メートル背後から足下に滑ってきた、別名「クリンコフ」とも呼ばれるカラシニコフ社製AKS74Uアサルトライフルと、予備弾倉二本を上下にダクトテープでまとめたものを拾い上げた。

いつの間にか十数メートル後ろに、グレーの車体が印象的な日産のパオが停まっていて、開いたドアの向こうから、カシミアのコートとソフト帽を被《かぶ》った男が白い歯を見せて手を振った。

あちらは最新の光学照準器を載せたＡＫ74のフルサイズを構えている。

「借りが出来たか」

呟いて、橋本は素早くボルトを引いて弾丸の装塡《そうてん》を確認すると、散発的に発砲した。

カラシニコフ特有の鋭い反動が折りたたみ式銃床を通じて伝わってくる。

相手の反撃で、盾代わりにしたニッサン・ローレルの窓ガラスに亀裂が走った。

防弾ガラスな上に、車体自体も防弾仕様に換装されているので相手の銃弾が抜けてくる心配はない……皮肉にも、これは職員のためではなく、護送対象の安全確保の為の装備だ。

橋本はドアの裏にある防弾板を留めていたフックを外し、足下までを覆わせると地面に腰を下ろした。

生き残る為には弾倉一本ぐらい無駄にしてもいいだろう、という決断をする。

橋本は腕を頭の上に伸ばす格好でローレルの半分開いた窓からＡＫの銃口をつきだし、相手のいる方角へ再び十何発か撃ちまくった。

当たるとは当然思っていない。

無駄な弾幕でも効果的に使えば、冷静な相手の焦燥感を少しは煽《あお》ることが出来る。

橋本の、鋭い鋭角な線で構成されたような顔立ちに、刃物で刻んだような修羅場の笑みが浮かんでいた。

〈まったくそれにしても、先制攻撃ってのは気分がいい〉

世界中を飛び回って諜報活動に従事する「国テロ」の人間として修羅場はなんども経験しているが、自分から先に撃ったのは初めてだった。

いつも防戦。

〈相手がこんなに慌てるなら今度から選択肢にいれておこう……まあ、国内でやらかした俺に二度目はなさそうだが〉

珍しく下らないこととの並列思考で今目の前に居るロシア人たちを残り数分で抹殺する手段を考えている。

一瞬静かになった頭の上を、再び私鉄電車が往復で通り過ぎる轟音《ごうおん》が鳴り響く。

「ありがたいね、電車の音ってのは五月蠅《うるさ》くって」

いつになく、軽口が出る。この高架下は上を通る通勤電車のラッシュで、暫《しばら》く銃声など誰も気にしない。ただしあと五分。

「じゃ、急ぐとするか」

橋本は倒れた眼鏡の白人男を回収しようとするロシア人たちに向けて、大胆にも盾であるドアの外に出て、近くの高架の柱へ走りつつ、ＡＫを撃ちまくった。

「そうら、こっちだ！」

橋本を追ってロシアでは人気のＳＵＶ、ラーダＸＲＡＹの陰から身を乗り出した熊のような大男がＡＫシリーズの後継、ＡＫ12を撃ってくる。

銃弾が走る身体のあちこちを掠《かす》め、その小さいが鋭い衝撃波を感じつつ、橋本はこれまでの射撃で得た単純照準器《アイアンサイト》の癖を理解し、相手の頭のやや右上の空間を狙う。

本能の赴くまま、地面に転がる寸前、素早く三回引き金を引くと、銃弾のうち二発が相手の頭を撃ち抜いた。

後頭部からぱっと赤い霧状のものが吹きだし、ラーダの陰にいた男はそのまま前のめりに崩れるように倒れる。

視界の横をさらに二人のロシア人が互いをカバーしてこちらへ銃弾を撃ち込み、さらにふたりのロシア人が頭を低くして単発的に発砲しながら、両者の間に倒れたままの眼鏡の白人男性を回収するため走り出した。

ロシアの「実働部隊」は熊のような大男が多いが、本物の熊同様に動きは素早いし、危険だ。

「ポンコツ！」

助手席で短機関銃《サブマシンガン》を撃っている相棒、比村香《ひむらかおり》へ、橋本は声をかけた。

ポンコツと呼ばれた相棒は橋本より十歳近く年下で、警察大学を出て二年しか経《た》っていない。

「は、はいっ！」

飾り気のないボストンフレームの眼鏡越しに見える、切れ長の目に整った鼻筋、普段は薄いと誤認識されがちだが、実はぽってりした唇が今は必死に引き締められている。

髪の毛は肩の辺りでボブカットにされていた。

女性で警部補というイメージにぴったりな、整いすぎていて些《いささ》か冷たい印象の面持ちだが、今の青ざめた表情はいつもの、どこか人の値打ちを測っているような剣呑《けんのん》な目つきが吹っ飛んでいて、むしろ必死さが可愛らしいとさえ言えた。

細く引き締まった身体だが、尻肉がきゅっと持ち上がっていて、引き締まった太腿が絡みつくと驚く程抱き心地がいいことを、橋本は知っていた。

「生きてるか！」

「ご覧の通りです！」

「よし、撃ち続けろ！」

怒鳴りながら、橋本はこの女性初の警視監に、と出世の野望に燃えて頑張っている後輩にすまない気持ちになった。

まさか日本の真ん中で銃撃戦に巻きこまれるとは思っていなかっただろう。

恐らく彼女の人生において、生き延びてもかなり過酷な状況が待ち受けている。

「対象へ回収がいく！　殺《や》れ！」

橋本は半分近く残っていたAKS74Uの弾倉を取り替えた。

橋本に撃たれた白人男を回収しようとした二人のロシア人へ、H&K《ヘックラーコック》のMP5Kから撃ち出される9㎜パラベラム弾と、カシミアのコートとソフト帽を被った男からの銃弾が撃ち込まれる。

脳漿《のうしょう》と骨を飛び散らせながら、ロシア人たちはその場に倒れ、動かなくなった。

「やりました！」

「ロシアの熊さん、一頭ダウンだ！　上手《うま》いぞポンコツ！」

橋本は助手席のクールビューティな年下の相棒に向かって軽口を叫ぶ。

彼らの乗ってきたロシア国内で今一番人気の、厳《いか》ついラーダXRAYの車体に、すでに開いた百近いものに加え、幾つもの弾痕がさらに口を開く。

「先輩！」

MP5Kを持った「ポンコツ」女の声がかけられるが、橋本は構わず握り拳のまま左手をL字に曲げて「来るな」というハンドサインを送り、そのままAKS74Uを構えたまま男たちの死体へ近寄った。

白人の眼鏡の男を回収しようとして倒れているふたりは、片方は頭の右半分を吹き飛ばされ、もうひとりは喉に巨大な穴を開けて、明らかに絶命していた。

そんなことを思いながらも、橋本は目の前に転がる、無表情にひょろりとした眼鏡の白人男の死体を見やった。

グレーのジャケットに飾り気のないシャツ、スラックス、そして革靴。

どれも半端ない金がかかっていて、中身もそれを軽く着こなせるだけのセンスがあった。

ウェブではつい二ヵ月前まで、誰もが北欧の国から来た愉快なパフォーマンスをする陽気な人物と思い込んでいた……いや、今でも殆《ほとん》どの人間がそう思っているだろう。

転がる男に負けずに痩身の橋本の吐く息も、白人男性の流れ出る心臓の血も、外気に触れて白く湯気を立てている。

橋本は、殆ど弾を撃ち尽くしたAKS74Uを肩紐で吊って背中に廻し、彼の仲間たちの死体の腰のホルスターからマカロフを取り出すと、薬室への装填を確認した。

頭の上を通る高架を電車が流れる轟音に合わせ、弾倉の弾八発全部を頭に叩き込んだ。

それまで連続していた電車の音が不意に途切れる。

腕時計を見る。

撃ち合いが始まってから三時間も過ぎたように思っていたが、実際にはほんの十分も経っていなかった。

橋本が乗ってきたニッサンのローレルはまだエンジンをかけている。

助手席から降りた香が、表情を強張《こわば》らせたまま、まだ銃口から陽炎の立っているフォールディングストック付きのH＆K社製《ヘックラー コック》のMP５Kを肩付けしたまま周囲を警戒している。

足下には空薬莢《からやっきょう》と、交換した数発。シートの上にまだ弾丸を何発か残した弾倉が二本。弾丸を撃ち尽くすまで弾倉を取り替えるのではなく、隙があれば即座に、という最近の「国テロ」の実戦主義教育の徹底はここに表れていた。

橋本たちの後ろには、少し距離を置いて日産のパオが停車している。

こちらもエンジンをかけたまま、運転手が外に出ていた。

中肉中背、黒いカシミアのコートに、同じ素材のソフト帽を目深に被った男だ。

顔立ちからしてモンゴロイド、橋本たちと同じアジア系だが、どこか目元に中東の血を感じさせるものがあった。

こちらは敵と同じAK74の短縮版《ショートバージョン》、AK74Uにレイルマウントを装備したものに近接光学照準器《ダットサイト》を載せ、フォアグリップには構えやすいようにオプショングリップを装着し、構えていた。

橋本に滑らせてきた物にはどれもついていない。

とはいえ、文句を言える立場ではなかった。

完全な不意打ちでなかったら、勝てなかっただろう。

外交特権でもって解放されるロシア情報局《FSB》の工作員を、いつも通り羊のように大人しく引き渡すはずだった日本の公安職員が、まさかその場で相手を射殺するとは、ロシア側は誰も思っていなかったに違いない。

それは助手席にいた比村香警部補も知らされていないことだった――彼女が警戒しろと前もって言われたのはこの取引の「帰り道」の話であり、取引自体での話ではない。

ロシア側が送り狼になることはあっても、日本側、それも一捜査官が独断で取引を放棄することなど、これまでの半世紀に及ぶこの手の取引で、一度もなかったことである。

それが日本とロシア側のバランスの比重であり、過去の平和は今日までそれで成り立ってきた。

橋本の一発で、バランスは唐突に崩れた。

橋本はマカロフを自分のコートのポケットにしまい込み、踵《きびす》を返した。

出迎えに来たロシア人の男たちは完全に死んでいることは確認している。

死体を静寂が覆い、冷たい風が血臭を運んでいく。

「やりましたね、先輩」

橋本の背後で、あまりにも唐突な出来事にドイツ製サブマシンガンのグリップを手が白くなるほど握りしめて香が話しかける。

「先輩はバランスのためには我慢するって仰ってましたけど、わたし、こうなる気がしてました」

声が上気している。

唐突な戦闘の開始と、それに生き残ったという喜びがアドレナリンを過剰分泌させているのだろう。

セックスの絶頂を味わったときのように、頰が赤く、瞳孔が完全に丸く開いていた。

タイトスカートから伸びた長い脚、きゅっと締まった足首まで液体が垂れ、冬の寒気の中、うすく湯気をあげているのが見える。

端から見ると激しい戦闘で恐怖の余り失禁したように思えるだろう。

橋本は軽く溜息をついた。

この後輩と組んで二年になるが、これが単なる戦闘による高揚からきているものでないことは知っている。

ある意味橋本の責任でもある。

「でも……どうしましょう」

あえぐように訊《たず》ねる後輩に、橋本はあっさりと答えた。

「向こうが先に撃ってきた。理由はあとで考える」

なんとなく手持ちぶさたに、橋本はAK74Uを肩付け射撃の姿勢から下ろした。

こういうとき、煙草《たばこ》でも吸えばいいのかもしれないが、生憎《あいにく》と子供の頃小児喘息《ぜんそく》で苦しめられた橋本は、無神経なヘビースモーカーの父のせいもあり、煙草というものを一切受け付けない。

「俺とお前はやむなく応戦した……つまり全部向こうが悪い。耐えるべきかもしれなかったが俺がお前に反撃と抹殺を命じた」

ただの肉の塊に変わった男たちに視線を向けながら、橋本はそうつぶやいた。

「あなたに借りが出来ましたね」

最後の助っ人、カシミアのコートに帽子を纏《まと》った中華人民共和国国家安全部の第八局（反間諜偵察局……対外国スパイ追跡・偵察・逮捕等を行う）所属の徐文劾《シェウエンカイ》が銃身の熱いAKS74Uをなお動かない敵へ構えたまま訊ねる。

銃撃戦になって敵を制圧した場合、相手の完全な死亡を確認するか、その場を去るまで警戒態勢を崩さないのはこの仕事の常識だ。

「しかし、いいんですか橋本さん」

この二人のお陰で橋本は生き延びた。

「外交戦術的に言えば、この男をロシアに帰すのが一番の得策なのでは？　出世に響きますよ？」

まるでこの状況を予想してなかったという風に目を丸くするが、この場に中国の56式自動小銃ではなく、ロシア製のＡＫの短縮版《ショートバージョン》を持ち込んでいる時点で、この男が事態をある程度予想していたのは間違いない。

中国製ＡＫの弾丸が残っていては彼にも疑いがかかるからだ。

おまけに空薬莢を回収するために排莢口には網状のカートキャッチャーが取り付けられている。

だが、今の橋本にはどうでもいい。

少なくとも徐は銃口を自分たちに向けず、ロシアに向けた。

今日は味方だ。

「外交戦術なんか知るか。徐さん。またな」

橋本は吐き捨てるように言って、車の運転席に滑り込んだ。

ドアを閉める。

慌てて香も同じ様に助手席に飛びこみ、ドアを閉めた。

「出世は大事だが、出世だけがしたくてここに入ったわけじゃねえ」

吐き捨てて、橋本は地面に倒れて動かなくなった死体を、構わずローレルのタイヤで轢《ひ》いた。

「……ったく、バランスが大事だってのに……」

苦く呟く。

我ながら愚かなことをした、と理解している。

だが、どうしても我慢が出来なかった。

自分の中にそんな、中学生のような部分がまだ残っていることに、内心橋本は驚いている。

ハンドルを動かすと音がして、自分が徐のAKをまだ持ったままだと気がついた。

AKを返すべきか、とも一瞬思ったが貰っておくことにした。

どうせあの国ではAKは余ってる……いや、世界中で日本以外の大抵の国でAKは有り余る流通量を持つ銃なのだ。

助手席で香は「後始末」のための番号をスマホに入力している。

恐らく、今回の事件はなかったことになるだろう。あの地域には監視カメラはなく、高架下なので衛星からも見えない。

「後始末」の時に判《わか》ることは撃ち合った挙げ句にロシア側が死んだ、それだけになる。徐の分の銃弾が問題になるかも知れないが、そこは「不意にそいつが撃ってきて、ロシア側が誤解、銃撃戦になった」こちらは一方的に中国側……と明かすかどうかは判らないので謎の襲撃者、と呼ぶべきか……の味方をせざるを得なかった……という〈物語〉を頭の中で組み立てる。

あとは、自然に世間がバランスを取るだろう。

橋本の、それが「国テロ」捜査官としての最後の事件になった。

第一章

☆

シュレッダーの回転式刃がじりじりと動き、昼過ぎまでかかって作った書類を白い素麺のようにし、さらに下の刃が縦に刻んで復元不能なまでに変えていく。

その光景を、橋本泉南巡査長はじっと眺めていた。

あの寒い二月の朝から二年が過ぎている。

季節は巡って秋が近いが、今橋本が立っている場所に関係はない。

勤め先は東京のままだが、霞が関の二丁目から一丁目に、橋本は異動していた。

本来は法務省本省、最高検察庁、東京高等検察庁本庁、東京地方検察庁本庁、東京区検

察庁、公安審査委員会、公安調査庁がひしめく、中央合同庁舎第六号館の地下二階。

ひっそりと警察庁が間借りしている場所がある。

コピー室、コピー機の隣に置かれたシュレッダーの前、そして隣にある部屋が、彼の主な定位置になって二年になる。

橋本は、巡査長に格下げされていた。

クビになるかと思っていたが、どうやらそれは自分たちにとってもマズイ事態を引き起こすと、上層部は判断し、彼を三階級降格させたのだ。

本来なら巡査だが、勤続十年を超えていて、これまでの活動に配慮して、ということで巡査長というお情けがついた。

完全な紙吹雪になった紙キレをシュレッダーから取りだし、部屋の隅にあるゴミ箱に棄《す》てる。

もわっと立ち上がる紙吹雪と切断した際に出る繊維の粉に最初の頃は往生したが今は軽く顔を背けてやり過ごす。

ゴミ箱のゴミ袋を取りだし今日の日付を書き込んだ「擬作係」の大きなシールを貼って口を縛る。

それをダストシュートに放り込んだ。

自分の仕事部屋に戻る。

「橋本君」

六畳二間ほどの大きさの窓のない部屋の中、三つの机が奥の一つの机に向かい合うようにして並べられた異様なレイアウト。

橋本の机は真ん中で、両隣は物が置かれておらず、空席だと示されていた。

奥の席には四十がらみの貧相な顔の男がこちらを上目遣いにねめつけていた。

この「擬装用特別資料制作係」の係長は、こちらをねめつけ始めて二秒後きっかりに粘っこい声を橋本の背中にかけてきた。

「ねえ、昨日頼んだマルチメディア関係の書類どうなったの？」

椅子に座る前に、粘っこい、嫌味を込めた声が投げつけられた。

「ああ、まだですねえ」

のんびりと橋本は答えた。

修羅場以外の橋本は無駄口を利かない性質だが、ここへ来てさらに無駄口は減った。

少なくとも係長は会話をしていて楽しい相手ではない。

「いま一昨日頼まれました電力網関係の資料をシュレッダーにかけてきましたので」

「君さぁ、もうちょっと仕事ちゃんと覚えてくれないと困るじゃない？　津田君も田中君も辞めちゃってタダでさえ効率落ちてるんだからさ」

ここの係長は、ひとり退職に追い込むたびにボーナスが二ヵ月分支給されるという噂だ。定時に出て定時に退庁するせいか、顔色もよい。

フラストレーションは全て部下にぶつけるのだからストレスも溜まらないのだろう。

「いやあ、申し訳ないです、係長」

橋本の前に七人、橋本が入ってから二人、この二年で辞めている。

うち一人は女性の元キャリア組で、ネチネチと続く係長の小言と、体調不良による年次休暇の申請はおろか、忌引きさえ認めない態度、無駄すぎる仕事に心を病んで手首を切る騒動を起こしてそのまま自主退職という扱いになった。

両隣はだから今、誰も座ってない。

お陰で、係長の注意は全て橋本に向けられていた。

ここでの仕事は、一種の修行僧に似ている。

朝から晩まで資料作り、それを係長が判断する。

内容は他国にバレても問題のない、重要資料に見せかけた「無害な」資料の作成。

ただし、いつどこでどういう風にして使われるものであるかは定められていない。

表向きは「いつ要請があっても送り出せるような資料を作る」ことになっているが、実際には何かの事情でそういう資料が必要になった場合には、別の部署がちゃんと対応する。

ここに送られるという事は、表向きその部署に対応する人員のプールであるとなっているが、実際には朝から晩まで資料を作らせ翌朝それに適当に目を通した係長から、「ダメだね」のひと言をもらえば、それをまたシュレッダーにかける。

これの繰り返しだ。

使用するノートPCは三世代前の使い古しで、三ヵ月に一回はブルースクリーンが出てOSのクリーンインストールを行わねばならず、だからといって「機密書類」をクラウドに上げておくということが許される職場でもない。

だから必然的に自費で購入したUSBのフラッシュメモリに保存することになる。

しかもこれまた五年ほど前の表計算ソフトの書式で、だ。

はっきり言って、環境にも人にも優しくないが、それでも、落ち度がなかったことになっている人間のクビを切ることができないから、依願退職をさせるためにこういう場所が必要になってくる。

昨今の風潮を考えれば、とっくに廃止にされてもおかしくないが、どうやらここの係長は、上層部の誰かの血縁らしく、しかも何処《どこ》へ配属されても無能さと傲慢さでトラブルを起こし、結局この部屋がこの無能の係長を養うためだけの部署になっており、同時に出世街道から転がり落ちた者たちの、緩慢な処刑場となっている。

学閥や派閥、そういう出世に目の色を変えている小グループの中の足の引っ張り合いの果て、転がり落ちたライバルをここに送り込めば、後は自動的に去っていくというわけだ。

さらに、たまに廊下を通りかかることで、出世街道から転がり落ちた、かつてのライバルの様子を見ることができるという、勝利者側からすれば歪《ゆが》んだ優越感のボーナス付きの場所。

もっとも、橋本の場合には元から出世には縁がない。

ノンキャリアから三十歳で警部補になったのも、三流私大出で国テロの捜査官になるための条件だったからだ。

そこから幾つか手柄をたてたのが認められ、警部に昇進したのは、当人としてはただの余録という認識であり、特に妬《ねた》まれることもなかった。元から国外での情報集活動をメインとする「国テロ」はノンキャリアで構成された使い捨て部隊であり、出世に背を向けている者が多い。

だから、彼に出世を脅かされると怯《おび》えていた者はなく、国内に戻ったとき、その転落を見物に来るような酔狂な者もいない。

むしろ彼に関わることを避けて、誰もがこの部署に来ると今は足早に遠ざかっていく。

それが、係長には不満らしい。

しかもどうやら、二月の人事異動で新しい人間がここに送り込まれるまでに、橋本を退職させようと躍起になっている節がある。

誰かに言い含められたか、賭けでもしてるのか……この係長は、本当に孤独が好きで、他人を追い出したいだけなのかもしれない。

あるいは噂通りに、ひとり退職届を出す度に支給されるというボーナスをあてにして何か買い物でもしたのか。

それともこの地の果てにあるような場所にいる門番にも、それなりのやりがいというものはあるのかもしれない。

橋本にとってはどうでもいいことだ。

あの日バランスを取ることを忘れる代わりに、この立場に追いやられることは想定済みだったからだ。

物事には常に作用と反作用がある。

彼があのロシア人と迎えの連中を始末した後も退職せず、ここにいるのは一種の嫌がらせの心情が大きい。

こうなってしまえば、日和見主義によりあのロシア人を引き渡せと決定した連中に対して、自分という存在が居続けることで、罪悪感を忘れさせないことが仕事だ、と思うようになったのである。

公安の仕事は治安維持の最後の砦……そう思っていた橋本からすればその連中こそ、日本の敵だといえた。

自分でも歪んでいると思う。

学生時代はもっとフラットだったはずだが、さすがに人間十年以上も公安なんていう場所にいると色々染まってくるものだ。

（あのロシア野郎を見逃せと命じた時点で全員同じ穴の狢《むじな》だ）

本気でそう思っている。

そういう意味では目の前で尚もネチネチと自分をなじっている係長と、自分はほぼ同じ生き物なのだろう。

だから二年も耐えていられる。

とはいえ、ここ数日、少々うざったくなってきた。

最近になって相手が「人を辞めさせるゲーム」に夢中なのだと理解しはじめたからかもしれない。

灰色の部屋の中、灰色の事務机に向かい、ノートＰＣを開けながら、橋本は係長の言葉を右から左へ聞き流しつつ「では遅れを取りもどします」とだけ言ってテキストアプリを開いた。

暫《しばら》く、意味のない言葉の羅列を参照資料から書き写していると、係内唯一の有線電話が鳴った。

係長の机にしかないものなので、橋本は無視してタイピングを続けるが、上ずった声と共に、係長が慌てて立ち上がる物音に目を上げた。

「は、ハイッ！　た、ただいま出頭させまするっ！」

まるで時代劇のような言い方をして、係長は受話器を持ったまま敬礼した。

「は、橋本君、き、君、十三階……じゃない、統括審議官補佐閣下の所へ行かれたまえ！」

かなり取り乱しているらしく、乱れた敬語を使いながら係長は橋本にこの建物のほぼ真ん中の階にある部屋へ行くように命令した。

「何処の十三階です？」

「警察庁のだ！」

☆

警察庁長官官房とは警察庁の筆頭局であり、その下に統括審議官が位置するが、その更に下、統括審議官補佐という役職は本来存在しない。

橋本を呼び出した人物は、その優秀さと立ち回りの巧みさ故に、その役職を「時限成立」させた人物であった。

栗原正之《くりはらまさゆき》警視監。

統括審議官の下には政策立案総括審議官をはじめとした専門部署の人間が存在し、直接指示を仰ぐのが普通であるが、現在の統括審議官が高齢により特例として彼一代限りという名目で創設された。

尋常ではない切れ者であり、やり手だ。

とはいえ、建物の設計を変える程の力はない。

故にオフィスは中央合同庁舎第二号館の十六階より上ではなく、本来国土交通省が使っているべき十三階にある。

セキュリティは故に二重であり、橋本も些《いささ》か面倒くさい手続きで首から提げるカードを国土交通省のほうの警備から貰ったあと、十三階に新たに施設された警察庁のゲートを通る。

真新しいドアをノックすると、ドアを、目つきの鋭い若い男が開けた。

「どなたでしょうか？」

「一丁目から呼ばれてきました。擬装用特別資料制作係の橋本巡査です」

巡査長というのは慣例でつけられる呼び名であり、正式なものではない、という認識なので、橋本はそう名乗った。

「ああ、よく来ましたね、水川君、通してあげてください」

奥から鷹揚《おうよう》そのものの声がして、若い男はすっと身をひいてドアを開けた。

「やあ、ご無沙汰ご無沙汰。お呼びだてしてしまって申し訳ない」

奥に置かれた大きな紫檀《したん》の机から立ち上がり、五十代半ばの丸顔の男が部屋の真ん中にあるソファを勧めた。

「で、なんのご用件ですか、統括審議官補佐」

イタリア製の革張りソファに腰を下ろすことなく、立ったまま腕組みをして橋本は口をへの字に曲げた。

栗原はかつての警察庁警備局国際テロリズム対策課の第三係の係長で、二年前の事件の折にはそれなりに庇《かば》ってくれたものの、最後は己の保身のために橋本を見放した。

懲罰委員会において「彼のしたことは許されないことであります」と答え、以後は沈黙を守った。

結果、この男は横の繫《つな》がりの広さから庇うものも多く、結局「部下の暴走に手を焼いていたものの、しっかり対処していた」とされ、「今回のことを事前に憂えて橋本の異動伺いを上層部に出していたほど」ということまでが「判明し」お咎《とが》めナシとなった。

橋本からすれば「裏切り者」だが、同時に「そういう人だ」という諦めもある。

が、階級はいまや仰ぎ見るほど高い、警視監である。

日本国内では本来、地方では三十八人、中央であるここ警察庁の中では、警視長もふくめ四十一人のみがつけることを許される左右に三本線の入った階級章を、特別な四十二人目として身につけている。

そんな人間が、何故、処分から二年も経過して、自分を呼び出したのか。

「君が座らないと、僕も座れないんです」

高階級のキャリアらしい穏やかな口調で、彼は勧める。

育ちの良さかもしれないが、付き合う気にはなれなかった。

「お話を先に」

「まあ、簡単なことですよ」

栗原は温厚そのものの顔に笑みを浮かべ、立ったまま告げた。

「君、仕事辞めないんですか？」

橋本がその瞬間、一発殴らなかったのは、感情よりも、栗原の笑顔に「裏があるぞ」と書いてあったからである。

ただ、拳は握りしめた。

これが本気でそれだけだったら、の場合に備えてである。

「意味がお分かりですか？　私には何の落ち度もありません。あの事件は存在すらしていない」

「そこはわかってますよ？」

温厚に穏やかにそう言いながら、栗原はソファに腰を下ろした。

どうやら、自分をしきりに座らせたがったのは、最初の言葉を聞いて、逆上して飛びかかってくることを警戒してのことだったらしいと、橋本はようやく気付く。

「今、ただ君を辞めさせたらアジアのスノーデンを生むことになる。まあこの国のマスコミが政府に骨抜きにされて久しいですが、それでも周辺諸国に知られれば大騒動になるだけのネタを君は頭の中に納めてる」

ニコニコと笑いながら栗原はお茶とお茶菓子を持ってきた若い男――恐らく彼の秘書な

のだろう――に軽く頷《うなず》いた。

男は一礼して部屋を出る。

「……で」

栗原の顔から笑みはそのまま、目に冷たいモノが宿った。

「君に辞めろといったのはですね、君が今欲しいもののために辞めないか、といってるんです。僕はそれを持っていますが、君がここを辞めないと与えられないんですよ」

「何のことです？」

「大義名分」

栗原は笑う。

「言い換えると〈御国のために〉になりますかね？」

「どういう意味ですか？」

橋本は口調からふてぶてしさを消した。

「僕ね、最近〈実働〉能力のある事前捜査機関を、外付けにする計画を立てました」

丸まっちい手を組んで、新聞記者に「気さくな偉い警察官僚」を演じるときのように、栗原は言った。

「は？」

橋本は首を傾《かし》げる。

「事前捜査ならすでに〈ゼロ〉がやってるじゃないですか」

かつては〈チヨダ〉とも呼ばれた、とされる警察庁警備局警備企画課に属する直轄部隊は、未《いま》だに警察内部でも正式な名前を与えられていないと言われているし、橋本も聞いた事がない。

「あれは古式ゆかしい盗聴と監視、尾行によるものです。私が言ってるのは欧米における事前捜査ということですよ」

「……つまりSNSの監視やメール記録の閲覧、特定サイトの出入りを含めた電子情報の監視もコミの、ですか?」

「ええ」

「私にDITUを設立しろというんですか?」

DITUとは「Data Intercept Technology Unit(情報追跡技術班)」の略称だ。

アメリカ連邦捜査局、FBIが外部に作り上げた民間のペーパーカンパニーの正体であり、アメリカ最大の盗聴組織と呼ばれる。

「そんなの、私個人では扱いきれません」

栗原の言う行為を可能にするものはガバメントウェアとよばれるマルウェアプログラムの一種であり、それをパソコンやスマートフォンのアンチウィルスソフトに引っかからないように動かし、情報を収集するには膨大な人の手間と時間と資金が要る。退職したひとりの公務員でまかないきれるものではない。

「DITUもどきなら今の公安に装備を足せばどうにかなります」

かなり乱暴なことを栗原は言った。

「これまでも公安と公安警察はこっそり非合法なことをやって来た……その是非の話はともかく、今までのような受け身《パッシブ》なことをメインにした事前捜査では、これから先諸外国との連携が出来ない」

「攻める形《アクティブ》な捜査は我々には認められてませんよ」

囮《おとり》捜査、潜入捜査、司法取引を前提にした情報収集などは今のところ日本の警察には認められていない。

「そうですね、諸外国では当たり前の司法取引でさえ、最近になってようやく認められた程、日本の司法システムは旧態依然とした思考に囚《とら》われている」

栗原は溜息をついた。

「つまり、左翼と右翼と、すでに犯罪を犯した特定宗教団体だけを見張っていればいい、という考えです」

　橋本は少し懐かしさを覚えた。

　彼の部下になったとき、とある小さな事件の報告書を出しに来た橋本は、同じ話を聞かされた。

「表向きはどうにでもなるその手の【古い】事前捜査の方法の話をしているのではないのですよ、君」

　小賢《こざか》しい理屈を振り回す生徒に嘆息する教師のような顔で、栗原は続けた。

「DITUのような組織は今作っている最中ですが、実際には法的手続きに時間が掛かっているだけで、電脳関連の監視をやるだけならこれひとつでなんとかなります」

　そう言うと栗原はテーブルの下からジュラルミンケースを取りだした。

　ケースの下の部分にはアカエイのマークがレーザープリントされている。

　二秒程、それが何なのか、橋本は理解出来なかった。

　思い出す。

「それ、ひょっとして【スティングレイ】ですか？」

　目の前にあるジュラルミンケースの中身は、携帯の基地局を完全に擬装し、のみならず他の基地局の情報を収集することで、対象とする人物の携帯の全ての通話記録、画像、書類、スマートフォンならアクセスしたサイトにくわえ、全てのダウンロードの記録、メール、ショートメール、メッセンジャーの情報を収集できる装置だ。

「よくもまあ」

「機密費から出てますからね」

「それでも一個四千万はすると聞きますが」

「私が買えと命じたものではないのです」

「?」

「……の人たちの何人かが」

と栗原は天井を突くような仕草をした。

「これで分かると思いますが、上は公安における事前捜査を導入しようとようやく動き始めました」

「そうですか」

「ですが、本質を理解していない……最先端のテクノロジーを使って昨日と同じことを今日も、明日も来年もやっていけばいい、とね」

「とりあえず証人保護の目的で京都府警と新潟県警が襲撃予想のプログラムを作って運用してると聞いてますが」

「まあそうですね。それは天下御免の指定暴力団相手だから辛うじて、です……〈治外案《ちがいあん》件《けん》〉と、〈越法《えっぽう》事案〉には対応していない」

「〈治外案件〉に〈越法事案〉ですか」

橋本は苦笑した。まだ部下として栗原の下に居た頃、彼が言い出した分類である。

〈治外案件〉とは、日本の治外法権に関わる……つまり日本で活動する各国情報部と実働工作員に関連する事件の名称であり、〈越法事案〉とは既存の日本の警察法、刑事法では対処出来ない凶悪、かつ法律的な広域および広範囲域犯罪のことを指す。

特に後者は日本の司法組織の抱えている最大の問題点の具象化だ。

警視庁、県警の担当区域、あるいは警察内部の組織における〈縄張り〉を越えた複雑化ないし大型化した犯罪。

日本には地元警察の縄張りを越境して捜査する、アメリカのＦＢＩのような組織は存在しない。

故に幾つもの県をまたいだ連続殺人が発生してもそれを認識することすら難しい……この事は戦後どころか戦前から言われていることだという。

だが警察、中でも公安という日本屈指の縦割り社会を持つ組織の中で、そういう横への浸透力を持った組織も、それを作り上げる人材も滅多に存在はしない。

「現状、世界の司法組織最大の懸案は電脳空間に出現した次世代の犯罪市場と、事前捜査の組み合わせによる世界規模の犯罪者とテロリストの連携とそれに対抗する世界の司法組織の連携です」

「それが日本の場合、大いに立ち遅れている、でしたね」

栗原が上司だった時代を思い出しながら、橋本は訝《いぶか》しがった。

なんでこんな話を今さら引っ張り出してくるのか。

「結局、上層部はこのふたつの案件を事前捜査で振り分け、〈ハコ〉に入れるつもりのようです」

「〈ハコ〉に入れる」とは最近出来た隠語で、最初から存在しなかったことにする、という意味だ。

「つまり、めんどくさいことには触れたくない、ですか……東大や一橋出が揃《そろ》いも揃ってだす結論がそれとは楽しい限りで」

「ええ、まったくです」

と栗原は頷いた。

「そこで、あなたに退職してやって欲しいのは、公安活動を補助する攻撃的役割をもった民間組織を作ってほしい、ということでしてね」

「つまり傭兵会社《PMC》ですか？」

「依頼や命令によるものではなく、自主判断による捜査と調査とこちらへの報告、そして時に実力行使を行うのでPMCではなく、私設警察と呼ぶべきですね」

遠回しに言葉を弄《もてあそ》ぶようなことをせず、栗原は言った。

この上司は常にそうだった。

自分を見捨てるときも「すみませんが君を見捨てます」と会議の直前に囁《ささや》いたぐらい。

さすがに橋本は黙った。

「実力行使、とはどのレベルですか」

「場合によっては〈処置〉もお願いすることになります。独裁国家の秘密警察と同じですね」

「面白そうですが、私はスジの悪い人間ですよ」

「学閥のことですか？ 二年前の事件ですか？ 気にすることはないですよ。これは私の子飼いの外注組織です。今の日本では対応する法律を作るのに最低でも三年から五年はかかる。つまりこの組織は誕生してから消滅まで短ければ三年、長くても八年。それが終われば解散、もしくは任務に失敗したら強制捜査の対象になります。その場合君には〈身を処し〉て貰《もら》いますよ」

日本の公安機関は大きな欠点を幾つか持っているが、その中でも最大なのは「政治結社や思想団体への捜査に特化しすぎている」ことが挙げられる。

特に、思想結社や政治団体に属していない「一般人」の「重大犯罪」を防ぐように日本の組織は出来ていない。

銃刀法が存在し、個人の武装が厳しく制限され、上手《うま》くそれが維持される時代が長かったため、そのような考えを司法自体が持たなくなって久しいのである。

これはエリート官僚の殆《ほとん》どがそうなっている。

栗原はその例外の一人だった。

九〇年代初頭、突如として大量密輸された中国製の五四式手槍、通称「黒星」、あるいは「銀ダラ」と呼ばれたトカレフ拳銃の引き起こした事件……それ以前に、栗原はすでに「一般人とカテゴライズされる存在の引き起こす事件の重武装化」を説いていた。

インターネットによって世界が縮まり、ありとあらゆる情報が共有される時代、その考えは現実のものとなりつつある。

「ほう、随分危険ですね。で、あなたはまた安全圏ですか？」

「今度はもう無理ですね。私は良くて懲戒免職、悪ければ横領罪で刑務所行き、まあその時はムショの中で仲良くやりましょう」

本気なのか、ユーモアなのか判《わか》らない曖かい笑みを栗原は浮かべた。

「なんでまた、そんな私設警察なんておっかないものを作ろう、なんて思ったんです？」

「このままでは、我が国の司法システムは、様々な世界の変動に間に合わなくなるからですよ」

何を言ってるんですか、と言いたげな顔で栗原は橋本を見た。

「全てにね。老後は安全に暮らしたい。補佐ではなく、本物の統括審議官になれれば間に合ったんですが」

いやみったらしくジロリとこちらを睨《にら》む。

「他に条件は？」

「ああ、つまり見切り発車もいいところだから、君が辞めて最初の事件を片付け、それが大いに評価の対象になることが証明されるまで、機材や資金の提供はできません」

「辞めた途端、〈あの話はなかったことにしてくれ〉と言われたら俺はタダの阿呆ですが？」

些《いささ》か挑発的に尖《とが》った橋本の言葉に眉一つ動かさず、栗原は背広の内ポケットから厚めの封筒を取りだし、「スティングレイ」の上にぽんと放り出した。

「三〇〇万あります。これを準備金にしなさい。それとこの【スティングレイ】を餞別《せんべつ》にあげます……まあこれは後で取りに来てもらいますが、封筒は今持っていきなさい」

装置の納まったジュラルミンケースの上に置かれた封筒に手を置いたまま、栗原は言った。

橋本は子供の頃遊んだ家庭用ゲーム機で、勇者を前に宝箱を撫《な》でながら「これと世界の半分をお前にやろう」と囁く魔王をなんとなく思い出す。

その後の選択肢、最初の頃は素直に「いやだ」を選べた。

だが今はどうか。

「微妙な金額ですな」

紙幣には独特の匂いがあり、封筒からは万札の匂いがした。嘘は言ってない。

「国テロ」時代、様々な理由から札束の入った封筒を何度も橋本は扱っている……懐に入ることはなく全て右から左、誰かから誰かへのものだったが……間違いなく、栗原の言うとおりの金額が入っているだろう。

「僕のへそくりです。断っておきますが完全なポケットマネーですよ」

橋本の皮肉を受け流し、残念そうに栗原は言った。

「車を買うつもりだったのですが、仕方がない」

まるで子供がお小遣いを差し出すような顔だった。

「私の価値は三〇〇万の大衆車並みですか」

「頭金に三〇〇万必要なアストンマーチンを買うつもりだったんです」

すました顔で栗原は言った。

「好きなんですよ、ダニエル・クレイグ」

一瞬、ぽかんと橋本は栗原のコロコロした体型と、アストンマーチンの組み合わせを想像した。

「なるほど。外見と似合わない買い物をなされるよりは、確かに私に投資したほうがいいでしょう」

恐らく彼の言葉から推測されるのはボンドカーで有名なDB5のレストア品や特注品でこの世に三台しかないDB10ではなく、ヴァンキッシュか、DBSだろう。

栗原が映画のように白いタキシードにバラを挿《さ》してステアリングを握り、高速をかっ飛ばす姿など、どう想像してもコントにしか思えない……というより、この温厚にして冷徹な高級官僚に映画の派手すぎるスパイに憧れるような稚気があるとは知らなかった。

「私はオックスフォードで学んだ人間ですよ？　その時はラゴンダに乗ってました」

おかしなことにその部分に栗原はムッとしたようだった。

だが口調の柔らかさは変わらない。

「さて、先にひとつ事件を解決したら、次からは内閣の機密費からかなりの額を君に流します。捨て扶持《ぶち》として、ですね……君、領収書の処理とか嫌いだったでしょう？」

「成果主義とは珍しくアメリカ風で」

「あなた以外にも候補者がいて、入札方式で上手くいくならそうしますけどね……第一に君、ここにいてももう出世しませんよ？　それに、あんな事件を起こすぐらい非情に徹しきれないなら、ここより外にいたほうが良いのでは？」

「そちらはよろしいんですか？」

「二年前の不出来な部下のお陰で統括審議官にはなれず、補佐止まりですからね、気楽なモノです」

二秒程ふたりは互いの表情を読み合った。

栗原の表情は、橋本にも読めない。

「で、その組織は最終的にはどこを目指すんです？」

「日本のお役所の最終目標は常に〈日々是平穏〉ですよ。それにすげ替えの効かない人間はいませんからね……ですから、ルールは一つ『目撃者はなし』ということで」

「例えば」

と橋本は先ほどの栗原の真似をして上を指差した。

「ああいう方々でもですか?」

「君が今日中に退職届を出せば依願退職の満額に少々上乗せしたモノをこれとは別にお渡ししましょう」

栗原は橋本の質問には答えず、惚《とぼ》けてみせた。

「退職金は出ますかね?」

「そこは保証しましょう……そうですね、ついでに……暴力沙汰も一件ぐらいなら見逃してあげますよ。君のところの係長、嫌な人間ですからね。反吐《へど》が出ます」

ニコニコと栗原は言った。

「私の同期で仲が良かった友人がいましたが、彼に壊されて退職しましたから」

「あんた、最低ですねえ」

「どうも、ありがとう」

にっこりと栗原は頷いた。

「で、どうします?」

「引き受けましょう」

橋本は歯をむき出した笑顔を浮かべた。

魔王と契約する勇者の気持ちが、今なら分かる。

☆

近くの喫茶店で、鼻歌さえ歌い出しかねない気分で橋本は退職届を書き上げ、庁舎に戻った。

栗原の部屋を辞して二時間は経っている。

退庁時間の一〇分前に間に合った。

ドアを閉めると、係長がこちらを物凄《ものすご》い形相で睨み付けた。

「橋本君、何処で油を売ってたんだね。君は」

薄い唇がネチネチと嫌味を吐き出しはじめた。

「栗原警視監と知り合いだと私に見せつけることで何か優越感を味わいたいかもしれんが、君が私の部下で、ただの巡査であることに変わりはないんだ、一昨日からの業務も滞っているのに、栗原警視監の部屋を辞してから三時間二十五分もどこをうろついていたのかね、今日は残業して貰って……」

悠然とした足取りで橋本は係長の机に歩み寄ると、満面に笑みを浮かべてその顔を覗き込んだ。

「それじゃ、係長。自分は退職します」

言葉が終わる前に係長の顔面に最初の拳がめり込んだ。

二発殴り、仰向《あおむ》けにひっくりかえったところを脾臓《ひぞう》を破らない程度に三発ケリを入れた。

最後にその頭を踏みつけ、床に押しつけてにじりながら、橋本は懐から退職届を取りだし、机の上に置いた。

本当は骨の二、三本も折ってやろうかとも思ったが、それでは本当の傷害事件になるため、みぞおちに一発ケリを入れ、橋本は係長のノートPCと自分の使っていたPCの電源をワザと荒っぽく引き抜いた。

ぱちっと本体とACアダプターの接続部に火花が散って、どちらの画面も永遠に沈黙するが、念の為机の角に叩きつけた。

大きく凹《へこ》んで歪んだ本体をさらに叩きつけて完全に「へ」の字の形にしてから放り出す。

頭を抱《かか》え、ひいひいと泣き出した係長と目が合う。

じろりと睨み付けると、係長は泣き声を飲み込み、背広のズボンから湯気が立ち上り、悪臭と放屁のような音まで聞こえ始めた。

無理もなかった。警察官とはいえ、三十年近く、銃撃戦どころか護身術の訓練さえろくに出ていない人間で、なおかつ自分の言葉で人を弄んできたのだから、フィジカルな暴力がここまで荒れ狂うのを見るのは初めてだろう。

橋本はついでにロッカーを開けて、そこにしまわれていた旧式のノートＰＣを全部床に叩きつけてやった。

フレームが壊れ、液晶が割れて真っ黒になる。

次にこの部屋に流されてくる人間は、恐らく全員が新しいＰＣを使うことになるだろう。

二年間の無意味な仕事にケリを付け、橋本は係長からの嫌がらせもあって少ない私物をまとめて鞄に放り込むと、胸の内ポケットを叩いて栗原の三〇〇万が中に入っていることを再確認し、颯爽《さっそう》と部屋を出て行った。

第二章

☆

瓜沢道三郎《うりざわみちさぶろう》は高校時代の夢を見る。


じりじり暑いマウンドの上、土の匂い。汗の匂い。

マウンドの上、相手高校のピッチャーが振りかぶる。

球が来る。

バットの真芯に球があたる、あの何とも言えない感触と爽快感。

飛んできた勢いがふり抜いたバットの勢いにベクトルを変えられて果てしない青空の中に飛んでいく。

カーブギリギリをぶっ叩いてのホームラン。

確信していた。

十五年前の初夏。地元の決勝戦、最後の打席。

絵に描いたような逆転ホームラン。

甲子園へ行ける。

確信があった。

風が背中を吹き抜けて、飛んでいくボールを支えてくれる。

どこまでも、どこまでも飛んでいけ。

そう願う……いや、確信していた。

そして追いかける相手チームの外野手が諦めてバックスタンドギリギリで立ち止まる。

場外ホームラン、というものを、瓜沢ははじめて叩き出した。

全てが単純で、真っ直ぐで、輝いていた時代。

高校野球で甲子園を目指し、白球を追っていただけのあの頃。

ガッツポーズしながら、歓声を浴び、ゆっくりとグラウンドを回る。

「よくやった、でかした！」

客席からまだ若く、髪の毛も黒々としていた瓜沢の父が、埃《ほこり》まみれの作業服で泣きながら手を振っていた。

その横で「万歳」を何度もくり返しているのは、父の片腕で、今は瓜沢の片腕にもなってくれている、専務の高田大悟《たかだだいご》だ。

逆転サヨナラホームラン。


最後にホームベースを、軽く飛んで両足で踏む。

顔をあげると、熱狂が瓜沢を包んでいた。

ヘルメットを取り去ると風が丸坊主の頭を撫《な》でていった。

甲子園へ行ける。

その輝きが全ての人生の始まりだと、瓜沢は信じていた。

まさか、それが人生最後の輝きだなどと、十七歳の少年が思うはずはない。

二週間後、灼熱《しゃくねつ》の甲子園の本戦で、強豪相手に一〇対零点という屈辱的な負けを味わって、脚を引きずって帰りながらも、それでも明日、来年があると固く自分に言い聞かせていた。

また、逆転サヨナラホームランがあると、信じていた。

☆

目が覚めると、ラブホテル特有の消臭剤の匂いが鼻についた。

安っぽい内装。やたらと冷えるのはクーラーが旧式で、温度調節が効かないからだ。

呻《うめ》きながら瓜沢は身体《からだ》を起こした。

三十二歳、特に運動はしていないが、景気が悪い建設会社社長という商売をやっていれば、よっぽど鯨飲馬食しない限りは太れない。

とはいえ引き締まっているわけでもない。

筋肉の量は高校時代より明らかに落ちていた。

そんな自分の姿がホテルの壁一面の鏡に映る。

このところ金策にかけずり回っていたせいか、数時間前、ここにこっそり持ち込んだ、ビール一缶で少し眠ってしまったらしい。

(変な味だったなあ)

そのことを思い出して、瓜沢は顔をしかめた。

いつもより奇妙な味がしたが、疲労のせいだろうか。

瓜沢の父は十年前、晩酌の途中で「なんかビールの味がおかしいんだ」と首を捻《ひね》って数分後にトイレで倒れて帰らぬ人になった。

「起きたの？」

バスユニットからのシャワーの音が止まって、中から細い肢体をバスタオルに包んだ高田メイが現れた。

メイはさっきの夢の中、万歳を何度もくり返していた瓜沢の会社の専務、高田大悟の娘で二十五になる。

化粧っ気がなく、フィリピン人の血を引いていて、うっすらと肌の色が黒いのと、母親譲りの持ち上がった尻肉の他は日本人そのままな地味な顔立ちと体つきだが、瓜沢は気に入っている。

建設会社といっても祖父がはじめて三代目、高田はヤクザから足を洗い、失業していたところを父に拾われる形で社員になり、専務になった。

だから高田専務は決して社員旅行に行かない。背中に未《いま》だに彫物があるからだ。

瓜沢は何度か子供の頃、それを見たことがある。

見事な般若の「彫物」で昨今流行《はや》りのタトゥーという言葉では言い表せない凄《すご》みがあった。

高田にとっても恥であると同時に誇りらしく、はじめて小学生の瓜沢がそれを見たときは大いに狼狽《うろた》えたものの「格好いい」と思わず正直に口にすると、一瞬相好を崩して「これは一流の人に彫ってもらったモノだ」と短く自慢した。

だが、親の因果は……という昔の言葉通り、娘のメイには色々影響がある。

高校時代家を出て、数年間怪しい宗教団体に所属し、瓜沢の父と高田は二人揃《そろ》って専門の弁護士やカウンセラーまで雇って何とか彼女を「脱教」させたのは五年の後だ。

大学へは行かず、そのまま会社に就職して経理の真似事をさせながら、気がつけばこういう関係になっていた。

後悔はない。いっそこのまま結婚してもいいのではないか、とさえ瓜沢は思っている。

ただ、会社の状況は良くない、を通り越して駄目になってしまった。

昨日はそれでやけ酒を飲んだ。

一緒に付き合ってくれたメイとホテルに入り、勢いに任せて二回ほどセックスした後、彼女の飲んだビールを飲み干した辺りでぱったりと寝てしまった。

(若くないんだな)

ふと笑う。

不思議に気分は爽快で、昨日までの沈鬱《ちんうつ》な気分は消えていた。

もっとも憂鬱の種である経営問題は何一つ解決していないのだが。

「悪いが、先に出るぞ」

いいながら財布から一泊分のラブホ代を引っ張り出す。

万札との別れが辛《つら》い。だが、メイはもっと経済的に辛い。ここで万札を出して残りはメイに小遣い代わりにやる……それが男の矜持《きょうじ》の示し方だと、瓜沢は思っていた。

（かまうもんか、半年ぶりの息抜きだ）

瓜沢が父親の突然の死から会社を引き継いで十年。経営は悪化の一途を辿《たど》った。

父の死による遺産相続では相続税、そして載せ替えられた借金、取引銀行からの融資は度々打ち切られそうになり、その度に額を床にこすりつけるようなことまでして、なんとか持たせてきたが、二年前、メインバンクのベテラン担当者が瓜沢の父同様に突然過労死したことで事態が更に悪化した。

新担当者と新支店長は、無慈悲にも全ての融資を引き上げると言い出したのだ。

「状況が変わった」

事情を説明するようにいうと、担当者は薄ら笑いさえ浮かべて答えた。

「あなたのところじゃどうせ返せないでしょうけどね。担保の追加をお願いします」

ふざけるなと思った。

一年から二年で返してやると息巻いた。

他にも付き合いのある銀行がある。そこからちょっとずつ増額してもらって……という甘い考えがあった。

だが他の銀行も掌《てのひら》を返した。

どこも「状況が変わった」と口を揃えて言った。

父の代から頼りにしていた弁護士は二年前に他界しており、新しい弁護士と、まだ付き合いのあった税理士は、どちらも「どうしようもない」と首を振って逃げ出した。

あっという間に預金は底をつき、手形は紙きれに化けた。

今はもう、弁護士と相談してどうにか安全に会社を「畳む」方向で考えてはいる。

「退職金を払うのは諦めたほうがいい。会社の現状じゃ再来月まで給料を支払うだけで精一杯だ」

弁護士は言う。

「あんたの無能で潰す会社だ、なんで俺たちが退職金を諦めなきゃいけないんだ！　今までの積立金はどうしたんだよ！」

労組なんてものはない会社だから高田の次に古参の社員が怒鳴り込んできた。

一〇〇人程度の従業員のうち、半分はその古参社員に扇動されて「今にも会社が潰れ、未払いの給料を放り出して社長が逃げる」と思い込んでいた。

彼らを説得するのにその日一日かかった。

少なくとも給料は支払い、出来れば退職金も出す、と。

例の古参社員は、嫌らしい笑みを浮かべてこう言った。

「出来れば、ねえ」

瞬間、カッとなってぶん殴りそうになった。

その翌日から会社は休業になり、瓜沢は金策に走りまわり……今日は久々の息抜きだ。

(半年ぶりだ、半年ぶり)

だから今日は浪費する。出来る範囲で……予算は二万円以内で。

☆

メイよりも先にラブホテルを出たが、起き抜けに飲んだビールのことが気に掛かる。

コンビニに入って、冷蔵ボックスから缶ビールを一本。

レジに並ぶとき、雑誌のスタンドに「甲子園」の文字を冠した雑誌があり、表紙の必死の形相でボールを投げ込む高校生の写真が視界の隅に映ったが、あえて無視する。

去年だったら一瞬心が和んで購入したかもしれない。

だが、今日はダメだった。

白球を追っていれば幸せだった時代の思い出は、今の我が身には辛すぎる。

瓜沢はコンビニの外に出て、ビニール袋からちょっと頭を出させるようにしてビールの缶のプルタブを引く。

かしゅという音とともに小さな飛沫がシャッターが下りた店ばかりの、夕暮れの商店街に散った。

今度のビールの味は普通だった。先ほどの味は本当にビールがいつもと違うからか、もしくは疲労のせいだろう。

瓜沢は安堵《あんど》した——まだ倒れるわけには行かない。

どうにも気乗りしない飲み会だが、ビールの味とアルコールが多少瓜沢を元気づけた。

無駄金は覚悟の上で、行かねばならない飲み会だった。

すがる思いで中小企業の資金繰りを支援するNPO団体の相談会に行ったのが半年前。これから御堂《みどう》と名乗る親切な初老の職員に誘われるまま飲み会に行くのだ。

一次会で逃げだし、それ以後は「せんべろ」と呼ばれる安い居酒屋を四、五軒ハシゴして、事務所で寝るつもりだった……自宅が抵当にはいってもう半年になる。

瓜沢の全財産はあと三ヵ月も経《た》てば、事務所に泊めてある古いトヨタのステーションワゴン車と、着替え、そして空っぽの預金通帳だけになる。

そして今日を過ぎれば、明日からまた金策に駆け回ることになるのだ。

自分を罵《ののし》り、バカにした連中の退職金のために。

これは、意地だった。

☆

西荻窪の外れにある、古びたビルの中に入っている居酒屋のドアの前で、瓜沢は傷だらけのGショックの時間を確認した。

一〇分ほど遅れると連絡したので、すでに飲み会は始まっているはずだ。

（一時間だ、一時間いたら帰る）

頭の中で自分自身に言い聞かせ、安っぽいが丁寧に磨かれ何度もニスを塗り直したらしいドアを開ける。

「やあ、いらっしゃい」

垂れ目で髪は黒いが眉の白い五十代後半の痩せた男がニコニコと手を振った。

「お疲れ様です、御堂さん」

瓜沢は頭を下げた。

「いえいえ、そちらこそ……大変でしたね、支店長が方針を変えるなんて」

「ええ、まあ……」
引きつった笑みを浮かべるが、御堂の顔を見ていると、本物の笑顔になった。
奥の席で軽くメイが会釈し、御堂はその隣へ瓜沢を誘った。
広さはカウンターの内側を入れて十二畳、カウンター以外にはボックス席がふたつ。
そのふたつを繋《つな》げて、すでに六人の男女がいた。
メイ以外は初めて会う顔だが、全員の顔に笑顔があった。
(そういえばあの時もそうだったなあ)
瓜沢は最初のNGOでのグループミーティングの雰囲気を集団の中に見いだしていた。

半年前だ。

経営危機に陥った中小企業の社長たちを集めて、銀行関連の情報を交換し、有利な条件の銀行を見つけつつ、仕事の支えあいが出来ないかを模索する集まりだったが、濃厚な「敗残兵」の雰囲気を誰もが漂わせていた。
当初、司会進行役をやっていた女性は、死んだように俯《うつむ》き、無反応な聴衆を相手にみるみる笑顔が凍り付き、そこで「ここからは私が」と代わったのが御堂だ。

彼は場に立ちこめた負の空気をモノともしなかった。

最初に彼がやったことは段の上から下りたことだ。

受講者と講師の方式ではなく、椅子で円を作らせ、自分もその円の中に入った。

「名乗らなくてもいいです。むしろここでは本名は忘れましょう。私から右回りにAさんBさんCさんで」

あっけにとられる一同に対し、御堂は続けた。

「嘘をつきましょう。あなたたちは立派な経営者で成功してるという前提で喋《しゃべ》ってください、昔の話でもいいですし、理想の話でもいい。今はそういう人たちだと思ってください。まあごっこ遊びです。まず、年収を三倍か五倍で答えてください……幸い、ここにいる人たちは初対面ですしね」

キレた数名が「そんなんでいいわけないだろう、ふざけるな！」と怒鳴ると、御堂はますます笑顔を浮かべた。

「そうです、怒ってください。あなた方は怒っていい立場の人たちだ。会社を放り出さず、逃げもせず、隠れもせず、何とか社員とその未来のために頑張ろうとしてる」

そして一瞬で笑顔を消し、じっとキレた数名のうち、もっとも年かさな一人に視線を固定して続けた。

「ここは生き残るための場所です。そのためにはあなたたちが生きねばなりません」

御堂の視線に、一番頑固そうな顔をした初老の経営者のひとりは明らかに怯《おび》えたようなそぶりを見せた。

さっきまでの癇癪《かんしゃく》持ち独特の剣呑《けんのん》な雰囲気は消え失《う》せていた。

御堂はその横に居た、同じくキレた中年の経営者に視線を移した。

「生きるということは理性を維持しながら、感情を爆発させることです、非常時には最も大事です。下らないごっこ遊びでもいい、心がプラスに働くなら、私は何でもします。あなたたちに一人でも多く生き残って欲しいからです――出来れば全員」

あの瞬間「魔法」がかかった。

この人は本気で我々全員を助けてくれるかもしれない。

瓜沢も含め、その場にいた三十五人の行き詰まった経営者たちの、誰もがそう感じた。

そのことを理解したかのように、御堂は、また温厚な笑みを浮かべ直す。

単に人のいい職員の笑顔ではなく、実力のある救世主の笑顔で。

それから夜までかけて御堂は全員のおかれた状況を整理し、持っていた金融機関の情報や条件をまとめ上げ、全員に情報を割り振るところまでいった。

おかげでそれから三ヵ月、なんとか従業員の給料を一日遅配するだけで済ませることが出来た。

☆

それから半年で限界から完全に脱出できた人間が十三人。

残りの半分のうち、何とかしのげている人間が五人。残りは姿を消した。

どうやら夜逃げしたらしく、噂ではその連中にも御堂が口利きをしてくれたのではないかということだった。

先月までは、瓜沢もなんとかしのげている五人のうちのひとりだった。

今月に入って、融資を回してくれている銀行の支店長が方針を変えなければ、何とかやれたはずだった。

「瓜沢さん」

席に座った瓜沢は、御堂に声をかけられて我に返った。先にコンビニで飲んだビールがまだ残っているのかもしれない。

メイが瓜沢のコップに最近話題の高濃度アルコールの缶チューハイを注いだ。

来日した酒好きのユーチューバーが揃って「こいつはヤバイ」と夢中になったといわれ

るその飲み物は、瓜沢としては少し、薬っぽい味で苦手だが、拒絶する暇もなかった。

「では、瓜沢さんも来たことですし、改めて乾杯を」

御堂がグラスを掲げた。

「皆様本日はありがとうございます、では乾杯！」

全員が「乾杯」を唱和し、瓜沢もそれに合わせてコップを合わせる。

早めに全部飲んでビールに切り替えようと思い、瓜沢は一気にコップを干した。

人工果汁と甘味料と香料が鼻に抜けて、薬臭さと化学成分としてのアルコールの強さも相まって嫌な感じだ。

「あの、ビールを……」

「すみません、今回飲み物はこれか、ウーロン茶なんですよ……予算の都合でして」

申し訳なさそうに御堂は頭を下げた。

「あ、いや俺は……」

「飲み物は今回これだけですが、その分食い物は贅沢しましたよ」

御堂はそう言って微笑《ほほえ》み、カウンターの中から「出来ましたー」と声がかけられた。

店には不釣り合いな豪奢《ごうしゃ》な器に載った、分厚いバゲットにレバーペースト、巨大なオムレツにシーザーサラダが数皿、高級そうなチーズの盛り合わせに加え、最後にパリパリになった飴色の皮をした豚の丸焼きが出てきて瓜沢は目を丸くした。

どう考えても人数分をオーバーしている量だし、予算も聞いていた範囲に収まるとは思えない。

子豚の丸焼きひとつだけでも数万円はかかる。

メイを含め他の連中も驚き、戸惑いの視線を交わしている。

「あの御堂さん……」

予算は五千円のはずだ。これだけのものを食うとなれば万札が一人頭四、五枚飛んでいってもおかしくはない。

「いえ、実を言えば今日、この店の下にあるレストランで三十人予約のキャンセルが出ちゃったんですよ。このビル全体の店でそれを引き取りまして……」

御堂が笑って種明かしをした。

「学生が最近よくやらかす悪戯予約《フェイクリザーブ》ってやつですよ」

フリーのメールアドレスを利用して棄《す》てアカウントを作り、そこから予約し、ギリギリでキャンセルする。

最近、「何時間前までキャンセル出来るか」を賭の対象にしている連中もいるらしく、問題になっている。

「なるほど……」

「逆に、お客さんたちには運が向いてきてる、ってことですね」

カウンターの中から店の主が笑顔を見せた。

一同はホッと溜息をつき、それだけでなんとなくお互いに親近感が湧いた。

☆

「すまんが、比村君、巻きこまれてもらう」

夕暮れが夜に変わるころ、警視庁からほどよい遠さにある高級レストランで、橋本は栗原からの依頼と退職したことを告げ、頭を下げた。

「いきなり、ですね先輩……私、『ポンコツ』以外の名前で呼ばれるのは久しぶりですし」

公安の後輩、比村香警部補は苦笑を浮かべた。

「いつも通りポンコツでいいですよ」

二年前の出来事に巻きこまれはしたが、普段からの橋本の不遜な態度もあいまって彼女には同情が集まり、彼女は警視庁の広報課に出向という〈一時的な島流し〉とされていた。

あと二年我慢したら元の〈国テロ〉へ、警視として戻る予定だ。

「申し訳ない。だが君ぐらいしか頼れる相手がいない。何しろ友だちが少ないもんでね」

「結構ですよ、私も来年までは閑職ですし。それにこの不景気、公務員のアルバイトは奨励されてますからね」

笑う香は二十八歳だが、この数年でさらに磨かれた美しさを持つようになった。

入ってきた当初は警察に間違って迷いこんできた垢抜けない法曹系女子、という感じで、橋本が服装から挨拶の仕方まで指示するほどだったのだが。

今ではクールビューティという言葉がぴったりだ。

「その代わり……」

香は潤んだ目で橋本を見上げる。

「お願い、できますか？」

そう言って、香はウェイターたちがたち振る舞う中央を背にして、椅子に座ったまま軽く腰を浮かせた。

そのままタイトスカートをゆっくりたくしあげ、長く引き締まった脚を開く。

官公庁に勤める女性必須のストッキングを穿《は》いていないのは店に入ってくる姿を見たときから理解していたが、その意味に思い至らず、橋本は面食らった。

香の秘部は剃《そ》り跡も青々しく、普段は陰毛に隠れているクリトリスの部位周辺に彫られた直線と曲線を組み合わせたトライバルな刺青《タトゥー》が見えた。

「先輩からメッセージを貰って、すぐ……剃りました」

うっすら開いた秘部も、香の眼も潤んでいる。

一瞬、鼻白んだものの、橋本はすぐに溜息をついた。

「まだ見つけてなかったのか、新しいご主人様」

「だって……先輩みたいなひとは、滅多にいませんから」

香はドのつくＭだ。

幼稚舎から始まって高校までエリートでありお嬢様学校の生徒会長まで務めていた。

高校生の頃、街中《まちなか》でタチの悪いサラリーマンに痴漢され、それを助けてくれたチーマーの青年に一目惚れしたものの、そいつにＭの味を仕込まれた。

処女は散らすことなく、アナル調教だけだったというから、恐らくそのチーマーの青年は本物のＳだったのだろう。

付き合いは一年で、青年は外国人観光客とのトラブルで山手線のホームから電車へ放り込まれて命を落としたが。その間に香は処女を失わないまま、アナルと縄による緊縛、露出などの性的嗜好《しこう》を肉体に刻まれた。

香は全てを忘れようとしてＭの素質を含めたセックスへの興味を押し隠し、受験と勉学に没頭し、公安まで辿《たど》り着いた……青年を殺したのが、ただの旅行者ではなく東欧某国の高官の息子だったため、無罪放免になったこともその一因のひとつだったが。

「わかった。とりあえずスカートを下ろせ、ポンコツ」

「はい」

滑らかな動きで香はスカートを元に戻した。

(相変わらずそういうところだけは面倒くさい奴だ)

キナ臭い気分で橋本は軽く手を挙げてウェイターを呼んだ。

☆

先輩後輩の仲になった橋本が、香の資質をかぎ当てたのはほんの偶然に過ぎない。

組んだ最初の事件で、香が逆襲してきた北朝鮮の工作員に鉄パイプで滅多打ちにされたとき、肋骨を二本折られ、左腕に亀裂を入れながらも相手を半殺しにしたあと、駆けつけてきた橋本の前で彼女は激しい自慰行為をしていたのである。

自分より多くの箇所を骨折し、気絶している相手を見ながらなので、最初はてっきり極度のSだと橋本は思ったが、香が「罰してください」と尻穴を開くのを見て理解した。

外事にいれば、色々な性的嗜好の持ち主に巡り会うし、時には身体《からだ》を重ねる必要もある。

マゾヒストは初めてではなかった。だが、日本の公安、司法関係者にここまでの被虐嗜好の人間ははじめて見た。

まだ婚約したばかりの橋本だったが、あまり貞操観念というものに縁はなかった。

常識を含め、そんなモノは外事捜査官としては邪魔になることが多い。

だから香を完全に「モノ」として扱った。

香のアナルではなく、女陰を貫き、「牝犬」「ブタ」などと罵《ののし》った。

処女だと知ったが、それでも止まらなかった。

引き締まった尻肉を叩くと、香はのけぞって喜悦の声をあげ、亀裂の入った腕を捻ると
さらに声を上げた。

自分の中にＳ《サディスト》の要素があることに橋本は気付いた。

だから迷わず香の中に射精した。

以来、ふたりは表向き関係を変えず、事件が終わると、あるいは危険な状況をくぐり抜けるときだけ身体を重ねた。

国テロの捜査官たちは表向き本名を伏せる。七〇年代の刑事ドラマのような渾名《コードネーム》を呼び合うこともしばしばだ。

以後、香の渾名を「ポンコツ」にしたのは当初「これからは牝犬とか、ブタとか呼んで下さい」と眼を本気で輝かせていう彼女への妥協案からきている。

二年前にロシアの男を射殺した時も恐怖やショックではなく「ご主人様のために人殺しをした自分」に興奮して失禁レベルで愛液を溢《あふ》れさせていただけだったのだ。

実際あの事件を起こした後、ふたりはラブホテルで翌朝まで求め合った。

とある事件の絡みで、橋本と妻の間は冷え切っていて、セックスレスが続いていたというのもある。

☆

豪華な食事はチープな酒をいい味に変えてくれたらしい。

三〇分もしないうちに、瓜沢は一時間で帰る予定を忘れていた。

「ああ、改めてご紹介しますね、こちらから柳沢《やなぎさわ》さん、辰巳《たつみ》さん、矢島《やじま》の良子《りょうこ》さん、小《お》田島《だじま》さん、北本《きたもと》の照美《てるみ》さん」

赤い顔になった御堂が一同を改めて紹介してくれる。

「こちらは瓜沢さん、高田さんです」

皆、普段から悩んでいるのだろう。眉間《みけん》に影がある顔立ちだったが、今は晴れやかだ。

立場も思想もバラバラなのに、何故か波長が合った。

御堂が仕切ってくれているからだろうと瓜沢は思う。

やる気があって上手い仕切りの出来る幹事がいてくれれば、宴会はちゃんと盛り上がるように出来ている……まして、運のいいことに豪勢な食事がついた。

皆ニコニコしていた。

奇妙に気分が高揚している。

貸し切りの店は単調で明るい曲をかけつづけ、それがいつの間にか彼らのテーマ曲のように思えてくる。

最近流行《はや》りのアイドルグループの曲は、これまで聞いていていてイライラしたものだが、その能天気な、世界を全肯定する歌詞と曲調が心地よい。

御堂の仕切りもあって、誰もがいい気分で飲み、喋り、苦労に頷《うなず》いた。

瓜沢も自分の話をした。

誰もが自分の話をした。よく理解出来なくても苦労だけは共感する。

いつの間にか打ち解け、腹を割って話していた。

何もしていないのにペラペラと口が回った。

甲子園で一度だけ本戦に出たがボロ負けしたこと、翌年勢い込んだが、頼りのピッチャーが卒業したため、あっという間に予選敗退。しかも母親が死んで卒業後、大学進学を考える暇もなく父親の建設業を継いだことや、その後の苦労、父親の急死。税金の取り立ての厳しさ、銀行のひどさにいたるまで。

誰もが自分のことを壊れたラジオのように話し続け、聞き続け、頷き続けている。

ここにいる誰もが皆、ある日突然に金銭だったり税金だったりの負債を背負わされ、銀行と税務署にあれよあれよと身ぐるみを剝がされ、ようやく御堂のNGO団体に辿り着いてひと息ついてはいるものの、いつひっくり返されるか判らない不安な日々を過ごしていた。

酔いが急速に回る頭の中、瓜沢は自嘲《じちょう》した。

(みんな同じ負け犬なんだ、俺たちは)

普段ならそう自覚した瞬間に落ち込む事実が今日は不思議と「だからどうした」という開き直りになっていた。

実は会話になっていないことに気付いているのは、カウンターの中にいる店の主たち以外では、御堂とメイだけだった。

ふたりだけは、アルコール飲料によく似た色づけの炭酸水を飲んでいたのが、瓜沢たちは気付かぬまま、ひたすら楽しいだけの酒盛りを続けていた。

☆

香とは食事をして別れた。

別れるとき潤んだ眼で橋本の上着の袖を摑《つか》んだが「おあずけだ、牝犬らしく待て」と告げると、彼女はそれだけで身体を一瞬震わせ、瞳孔を拡散させた。

軽い絶頂を迎えたのだろう。

それでいいと橋本は考えた——色々ありすぎて、今日はセックスする気分ではない。

最後に「渾名《コードネーム》を考えておけ」

と命じた。

これから先、何をするにせよ、偽名が必要だ……偽の身分証明書も必要になる。

上司である栗原を守るため、ではなく、自分自身とその親戚縁者を守るために。

「俺に対してはこれから吹雪俊介の名前で」

国テロ時代は「壇俊一」という偽名をよく使っていたが、そのままというわけにはいかない。

「判りました。私も別のを考えます」

香は一瞬、元の捜査官の顔に戻った。

タクシーに乗った香を見送り、歩き出そうとすると電話がかかってきた。

『伝言は聞いた。なんの用だ、橋本』

弱々しい、葬儀の夜の老人のように湿った声がした。

昔は明るく、快活な男でひと一倍の正義感もあった。

今よりも張りがあって、だが感情の起伏に富んだ弾んだ声をしていたと思う。

それが今では湿りすぎて水が漏れてきそうな声だ。

湿らせているのは涙で、悲しみと喪失感から抜け出せない証拠だった。

電話の相手は有野武彦《ありのたけひこ》といい、以前は東京税務署一の徴収部門の調査官だった。

二十五歳で結婚し、翌年娘が生まれてから人間味が戻り、三年前に妻子を失ってからは、泣くか、酒をあおっているかの日々に落ち込んでいる。

妻は通り魔に殺され、娘はその通り魔の車にはねられて二年間の昏睡状態の後の死亡だった。

それが橋本と妻の離婚の遠因でもあった……夫同士の家族ぐるみの付き合いから、橋本の妻にとって、有野の妻は姉のような存在であり、その娘の麻理は自分の子供も同然に思っていた。

有野の妻の死は、ロシアと日本の諜報機関に関わることではなく、病的な連続殺人者として発作的に人を殺してしまうロシア人工作員が犯人だった。

橋本たちは苦労して男を逮捕した。

政治的思惑が働いて、工作員は逮捕したものの、日本では裁けないこととなった。

そのことで橋本は沈黙のままに悩み、それが夫婦の間に亀裂を生み……結果、橋本は妻と離婚した。

離婚届を出して三日後、犯人のロシア人工作員と、その仲間たちを、橋本は射殺し今に至る。

「有野、お前に頼みたい仕事が出来た」

逆に橋本の声は乾いたものに変わった。

「だが、かなり危険だ」

『どれくらいだ？』

「場合によっては死ぬかもしれん。お前を安全な所に確保出来るほど予算も人もない」

嘘を言っても始まらなかった。

事実今の仕事は金も人も大してない。

橋本自身も場合によっては、ではなく最初から前に出るつもりだ。

四年前なら有野を誘ったりはしない仕事だが、友人が悲しみとアルコールで自滅するぐらいなら、その才能を有効利用する最後の場を与えてやらねば、と思っていた。

橋本なりの償いだった……有野にとって、あの事件は未解決、犯人不明のまま、処理されたことになっており、彼の凋落と苦悩はそこに全て起因する。

「だがどうしてもこれからの仕事は、数字を見ぬける奴が必要なんだ」

有野が断る理由はいくつでも思い浮かんだが、受け容れる理由は思いつかなかった。

『判ったよ』

有野の声から少しだけ湿り気が取れた。

『死に場所をくれるというんだろう？　税務署職員の頃には考えたこともなかったが』

電話の向こうで虚《うつ》ろに笑う声が聞こえた。

『お前は相変わらず〈険しい〉男だよ』

有野の声に微苦笑が混じっていた。

『なあ、覚えてるか。麻理がお前たち夫婦に……』

「全部忘れた」

橋本は冷たい声で有野の思い出話を断ち切った——生きるためには過去を断ち切らせねばならない。

「仕事の話の続きだ」

『……判ったよ』

有野の声に怒りはなく、諦観のようなものが感じられた。

「偽名、いや渾名《コードネーム》を考えとけ。これからは俺の仕事の手伝いだ、意味は判るな?」

間髪容れず、有野は答えた。

『俺にはお前と違って親戚縁者はいない。本名でいくよ……そっちの都合が悪ければ渾名は昔通りのソロバン。それでいいだろう?』

中学時代、当時からすでに珍しいものになっていた算盤塾に有野は通っていて、そう呼ばれていた時期がある。

『じゃあな』

電話は唐突に切られた。

☆

瓜沢はボックス席の角近くに座り、とりとめのない話を角に座った御堂と、彼の連れてきた男女と交わしていた。

予定を大幅にオーバーして、二時間になろうとしている。

料理は美味《うま》く、雰囲気は楽しく、自分の普段ため込んでいた思いを喋ることが出来て、聞いてくれる仲間が出来た。

瓜沢とメイ以外のこの宴席のメンツは皆、企業関係ではなく、御堂のＮＧＯ団体が主催するカウンセリングやグループセラピーの参加者だった。

瓜沢にとっては有り難い。

同じような中小企業の社長相手ではこちらとしても見栄が出たり、緊張したりする。

瓜沢の隣に座った青白い顔の柳沢克也《やなぎさわかつや》は、まだ二十歳そこそこに見えるが今年で三十歳。元ヒキコモリで、両親が急死した後も、どうやってか年金を不正受給しているのがバレて追徴課税や罰金などで家を追い出されて、今は生活保護を受けながらラブホの受け付けのバイトをしているという。

柳沢の隣で豚の丸焼きの皮に執着して食べまくっている辰巳一朗《たつみいちろう》は四十代後半の元派遣社員。かなり無茶な要求をする職場に回されて心を病んだところへ老いた両親の介護で貯金を使い果たし、さらに両親の仕事の借金まで背負って喘《あえ》いでいるが、

「今はもう、この豚の皮が美味くて幸せです！」

と叫んで一同を笑わせた。

矢島良子《やじまりょうこ》は三十五歳という年齢にしてはやつれていた。

祖父母と母の介護の相談に御堂のＮＧＯにやって来た。

老老介護を背負う恐ろしさは瓜沢にとって無縁だし、陰気なことは考えたくもなかったはずなのに、前向きに、冗談さえ交えて話す良子の明るさに、好意さえ抱きそうだった。幸の薄いところがメイと似ているせいもあるかも知れない。

三十そこそこの小田島正章《おだじままさあき》は普段の瓜沢にしてみれば生涯近づくことも知り合うことも避けていたい類《たぐ》いの人間だ。

元は市役所職員で、ネトウヨ運動家だったが、書き込みがバレてクビになった。自棄《やけ》を起こして市民運動家に包丁を持って襲いかかったところを警官に取り押さえられた。情緒不安定ということで精神鑑定を受け、釈放。妻子に去られ、見るに見かねた親戚によって御堂のNGOが行っているカウンセリングを受けているのだという。

「あの〇〇人どもに屈するのはイヤですけれど、命と生活が大事ですしねえ」

などという言葉は普段なら聞いただけで嫌悪感とともに相手を遠ざけるはずが、今日は美味い食事と度数だけは高い薬臭いアルコール飲料、そして御堂の顔を立てる、という意識もあってか、笑って受け流すことが出来た。

相手もさらに言葉を続けようとするのを御堂の「それよりも小田島さん、最近彼女とはどうです?」と同じカウンセリング仲間に対する質問によって話題を変え、上手い具合に御堂はそこから次々と小田島の政治思想から離れた話を続けさせるように誘導した。

その時斜め向かいにメイと並んで座っていた矢島良子が小田島を見たのは気のせいではないと瓜沢は確信していた。

高校時代は野球一筋で生きてきたが、さすがに建設会社の社長を継がされて十年、メイのお陰もあって、その辺のことは察せられるようになっている。

そしてさりげなく御堂は「ちょっとマスターと話があるので、席を替わっていただけますか？」全員を動かし、ふたりの席を近くになるように移動させた。

（この人は上手いな。親父が見たら【人たらし】と言うんだろうな）

なんとなくそう思う。

女たらし、男たらしとは別に人そのものの扱いが上手い人間を、よく瓜沢の死んだ父親は「人たらし」と呼んでいた。

「すみません、お隣失礼します」

北本照美《きたもとてるみ》が瓜沢の隣に座った。

ジャージに包んだ身体は膨らんでいて、体重は八〇キロ近くあるだろうが、顔立ちそのものはハッとするほど美しい。

聞けば元は地下アイドルで東京に出てきて数年は上手くやっていたが「辛いこと」があってリタイヤし、以後過食症になって一年、一時は一三〇キロまで太っていたそうだ。

それが御堂の主催するグループセミナーに通うようになって数ヵ月で四〇キロ減量したという。

「御堂さんたちのお陰ですよぅ」

そういって甘える声は可愛らしく、たしかにアイドルを目指していたというのも頷けるが、ジャージの袖から見える手首には幾つものリストカット跡がある。

「そういえば御堂さん、いい腕時計ですね」

ふと目についたものを口にするぐらい話のネタは尽きてるのに、瓜沢たちは話し足りていなかった。

「ああ、古いですし安物ですが、初めて就職したときに父から貰ったモノでしてね」

あははと笑いながら御堂は手首に巻かれた古いセイコーの時計を撫でた。

ガラスこそ真新しいが、本体は年月を経て使い込まれた細かい傷がある。

「あの当時で一万ぐらいだったかな。八〇年代の終わりのころです」

「へえ……」

当然のことだが、自分の目の前の年上の人物にも二十歳《はたち》の頃があったのだという事実が、どうにも瓜沢にはピンとこない。

「バブルの全盛期でね、その頃はすぐこんな腕時計、新しくていいものに買い換えてやるんだ、なんて思ってましたが、結局三〇年以上の付き合いになってしまいましたよ」

「三〇年、ですか」

そんなことを言っていると、ひとつ有り難い電話が入ってきた。

会社に残っていた専務の高田から、反古《ほご》同然になっていた父の代の古い手形が半額以下ながら換金できたという報告だった。

これで、従業員の退職金は全部支払える目処《めど》が立った。

安堵した分だけ、酒が進んだ。薬臭いアルコール飲料でも今は美酒になる。

だが、やがて御堂が気を利かせてビールを店の主人に頼んだ。

これがまた美味い。マイスタークラスのビールだった。

ジョッキを一杯干して、ようやく満足の幸福感が瓜沢を完全に包んだ。

これであの小賢しい古参社員の鼻を明かせる。

「そういえば瓜沢さんって建設会社の社長さんなんですよね？」

不意に御堂が改まって訊《たず》ねてきた。

「ブルドーザーって乗ったことありますか？」

「ええ、うちの前に三台停まってるでしょ、古いからまだ引き取り手がないんだがいいブルドーザーですよ」

「この前見た古い映画で言ってましたが、ブルドーザーも戦車も動かし方は一緒だそうですねえ」

「まあ、ほぼ同じですね。親父の時代は戦車もブルドーザーもまだ両手レバーで動かすのが主流でしたけど」

「両手レバー？」

「左右の履帯《りたい》を動かす……ああそうか、素人さんにはキャタピラっていったほうがいいのかな……を左右で操作して動かしてたんですけれど、今は普通に車のハンドルみたいなので動かせますよ」

「瓜沢さんも動かせるんですか、ブルドーザー」

「建設会社の社長は舐《な》められないようにまず、車よりそっちの免許から取らされますよ」

どちらかといえば最優先で取らされるのはブルドーザーより微細な動作が要求されるバックホー、あるいはユンボと現場で呼ばれるショベルカーのほうだが、そこまでいくとマニアックな話だろうと瓜沢はそこは適当にしておいた。

「しかし戦車と一緒ってことは、装甲さえ乗っけちゃえば戦車になるんですかね？」

御堂が言う。

「いやあ、さすがに装甲作るほうが大変でしょう」

ケラケラと瓜沢は笑う。

子供の頃、瓜沢も父の会社で動くブルドーザーやショベルカーを見て、そんなことを考えて戦車のことを調べたことがある。

本物はプラモデルと違って、特殊な金属を扱い、単に鉄板を溶接すればいいというものではないし、そもそも大砲をどこから調達するのかなど、当時小学校1年生だった瓜沢には想像もつかなかった。

当時働き盛りだった父が苦い顔をしつつも「大砲なんてものは自衛隊から盗むしかないが、盗むとしたらお前撃たれてしまうぞ、警察に捕まるぞ」と言われ、さらに「甲子園に行けなくなるぞ」と言われ、野球少年にすでになりつつあった瓜沢は震え上がって「もうやらない！」と叫んだことをほろ苦く思い出す。

「しかし戦車かあ、怪獣みたいなモノですね。みなさんは怪獣になったらなにをなさいますか？」

馬鹿な話を御堂が振った。

「あたしはあれかな、実家を踏みつぶすかなー。補修が必要だけど、ぶっ壊れてくれたほうが保険が下りていいんですよねー！」

矢島良子が思いっきり伸びをしながら応じてくれた。

「俺は市役所かなぁ。田中っていう嫌な課長がいて、俺と同じことやってたのに自分は口を拭って逃げやがったんですよ」

小田島が後を継いだ。

間違いなく、このふたりはデキてる……と酔っ払った脳で瓜沢は確信した。

「俺も昔の家かな。差し押さえられてて、競売にかけられるらしいし」

柳沢が遠い目をする。

ここまできたら瓜沢も答えなければと思った。

「俺は……銀行かな。俺の親父の代にさんざん世話になっときながら手の平返したところ」

「銀行っすか。いいですねえ。吹き飛ばしたら札束が舞いそう」

「人が死んだらどうするのよ」

「人がいない時間帯にやるよ。朝五時とか誰もいないだろ？　あとは金庫とＡＴＭだけ狙う」

「ああ、なるほど！」

そこからしばらく「自分の戦車」で何処《どこ》を狙うか、何処を吹き飛ばすかを瓜沢たちは語り合った。

馬鹿馬鹿しい小学校低学年のような他愛のない妄想話だが、有り得ない話だから気は楽だった。

結局、瓜沢は終電を逃し、このボックス席で丸くなって眠り、朝を迎えた。

酷《ひど》い二日酔いにもならず、余った料理を折り詰めにしてもらって、メイに引っ張られるようにして店を出る頃には御堂も、他の連中もすでにいなくなっていた。

起きたばかりの瓜沢の頭には、

（楽しかったな）

という印象だけが残った。

☆

退職して二週間後、橋本は御徒町《おかちまち》に本拠地を構えることにした。

四階建てで、バブル景気の時代に建てられ、エレベーターを入れた結果、消防法ギリギリの大きさの狭い階段がある。

「ここですか」

香はリフォームしたばかりの新居の匂いを期待していたらしく、古臭い埃の残る部屋の中、ハンカチを口元に当てた。

ろくに清掃もしていないまま引き渡された、居抜きの事務所らしく、手擦れしたファイルの棚や、ビル完成以来動かしていないのではないか、というぐらい古びたスチールデスクの角にも軽く錆《さび》が浮いてる。

「随分と……また」

「元は会計事務所があったそうだ。その前はモデルガンを売ってる店だった」

橋本は新しい自分の城の奥にあるデスクの上に腰掛けた。

「駅近くの古いビルで家賃が相場の二分の一ならこんなもんだ。家具類は全部そのままでいい、ってことで喜んでくれたよ……いまは産廃業者に頼むと偉い値段になる」

苦笑しながら、橋本が答える。

「だがここの下の部屋には二年前の春まで、公安がセイフハウスを設けていた」

驚いた顔で香が振り向く。

セイフハウスとは、確保した証人や協力者などを一時匿《かくま》っておく部屋だ。

「規定に従って年数が経って放棄されたが、その当時に入れたグレード3の防弾ガラスや部屋自体の内側に貼り込まれた防弾ボードはそのままになっているし、扉も防弾プレートが埋め込まれたままになっている」

「じゃあ……」

「ここはダミーの部屋だ。栗原さんの連絡先も表向きここになってる……監視カメラとマイクは仕掛け済みだ」

橋本は部屋を出て狭い階段を下りた。

「なんでまたそんな無駄なことを……」

「爆風は上に抜けるからな」

あっさりと橋本はいった。

「爆弾を投げ込まれるとでも？」

「どんなことでも想定出来るなら起こることだし、想定してないことも起こる……まあ、そういうもんだろ」

エレベーターは三階には止まらないと橋本は説明した。

「そういう〈故障〉が起きてるんだ。公安がここをセイフハウスにしたときからな……今は管理してる不動産屋も大家も諦めてる」

言いながら階段を降りると、銀行のような、古ぼけたドアのノブの上にある頑丈そうな金属製の数字ボタンを幾つか押して、それから鍵を差し込んで回す。

「指紋認証じゃないんですね」

「導入も考えたが金がない」

ドアを開けると、それまで不安げだった香の表情が和らいだ。

こちらは綺麗に清掃され、新品の応接セットや家具類がある。

シンクも含めた給湯設備が新品のものになっているのを見て香はますます表情を和らげる。

警察庁のエリート警部補といえど、女である限り「お茶くみ」という忌まわしいものからは逃げられないため、本能的に新しいシンクを見て安堵したのである。

「お前にお茶くみなんかさせないから安心しろ」

釘を刺すように橋本はいいつつ、応接セットの奥にあるパーテーションのドアを開けた。

「お前の机はここにある。奥が俺、右手にある机にはパソコン類を置くつもりだが、その辺は人間決めてからだな」

「ガンロッカーがありますね」

香が部屋の角にある空っぽのメタルラック類の奥にあるものをめざとく見つけた。

民間の猟銃用のものではなく、アメリカの警察にあるような、上の扉の中にライフル系、下の引き出しに拳銃を保管出来るものだ。

「何挺ありますか？」

「今のところ、二年前にくすねたＡＫＳ74Ｕ《クリンコフ》が一挺、拳銃は空っぽだ。栗原さんに廃棄処分する押収銃器を横流ししてくれとも頼んだが、まあ無理だな」

「当たり前です。ただでさえ官房補佐は情報の横流しをしてるんですよ？」

呆《あき》れながら香は持っていたハンドバッグの中から細長いＵＳＢフラッシュドライブを取り出した。

「先輩のパソコンはもう起動してますか？」

「ああ、とりあえず必要なソフトだけは入れた」

橋本は自分の机の上にあるラップトップを示した。

「今回はこれです」

香はフラッシュドライブを橋本に手渡した。

橋本がスリープ状態を解除し、パスワードを打ち込もうとすると、香は後ろを向いた。

「気にするな、パスワードは昔と一緒だ」

「そういうことはセキュリティ上……」

「俺が死んだら君が処理する。俺は君のパスワードを知る必要はないが君は必要だ」

橋本はＵＳＢフラッシュドライブをＵＳＢポートに差した。

日本ではＵＳＢメモリと巷間《こうかん》呼ばれるこの小さな装置の中に、栗原からもたらされた「治外案件」と「越法事案」の可能性が高いと振り分けられた情報が入っている。

ロシアに絡む案件から、とキーボードを数文字打った途端、

「先輩はもう少し考えるべきです」

香から冷たいひと言が飛んだ。

「どういう意味だ？」

「ロシアに対して怨《うら》みが大きすぎます」

真っ直ぐに香は橋本を見つめた。

「なんで判る？」

いささかムッとして訊ねた。

「刑事の勘です」

「キャリアが勘に頼っていいのか？」

「一瞬で来る直感に従わないと死ぬ、そう仰ったのは先輩です」

「……ポンコツめ」

口をへの字に曲げてはみたが、橋本はこの二年で自分の中に〈歪み〉が出来ていることを自覚した。

あの事件に、未だに自分はこだわっているのだ。

（……まずいな）

現場の勘が鈍ってる。

（バランスはどこへ行った？）

自意識が低くてすぐ人の意見に流されることは問題だが、自分の思考に固執することの危険性も同時に橋本は理解している。

腹立たしいが、香の言っていることは正しい。

たった二年、されど二年。

今ここにある〈名前のない組織〉に必要なものは何か。

金と武器と、そして人間。

事件もそれに見合ったものを探すべきだろう。

ついでに自分自身も鍛え直す必要がある。

「判った、違う基準を作ろう……まずは予想される実行日の近い順から並べ直すか」

「それがいいと思います。今回我々に必要なのは〈手近で、現場に四人ぐらいの実働部隊投入でカタが付いて、なおかつ現金が使われる取引〉ですから」

香のいうままに入力するが、そこまで微妙な検索はさすがに出来ない。

そのうち、もっと重要なことに気がついた。

「やっぱり、有野《あいつ》が必要か」

橋本は溜息をついた。

書類を全て読み込んでも、やはりどこかで〈数字が見える〉人間が必要だ。

何しろこれまで金を勘定して動くことを考えたことなど一度もない。

「とりあえず、仮押さえで明日から今回のチームを組んでみるか」

「どういう組み合わせにするんです？」

「強盗が出来るチーム。荒事を出来る人間が俺と君ともうひとり、あとサイバー関係に詳しい奴、それと車両係だ……今の俺にはあと三人がせいぜいだ」

「七人の侍、とはいきませんね」

「飯だけで来てくれる奴がいてくれれば話は別だが、仕方ないさ。ひどいベンチャービジネスだし、金も不足してる——で、ふたりは実働、あとひとり、サイバー関係の分析屋が欲しいが、だれかいるか？」

「どっちも一人はすぐに思いつきます」

「だれだ？」

「明日には分析官に会えるように手配りしました」

「どっち方面だ？　俺のは書類だが」

「デジタルです」

「よく見つけられたな」

「うちのサイバー犯罪関係でくすぶってるのが一人います。能力は高いですけれど、協調性がなさ過ぎて孤立してますし、保護観察が今週で切れるから、いなくなっても問題はありません」

「さすが優秀だね、君は」

「ええ、優秀です、だから……」

急速に香の眼に桃色の霞《かすみ》がかかってきた。

息づかいが荒くなる。

「あの……ご褒美、ください」

香はそう言って23区という変わった名を持つ有名メーカー製の、ストレッチ素材のタイトスカートのまま、がに股でしゃがみ込んだ。

前回と違い、今回はパンストで包まれた両脚の付け根には、細い、ディープブルーの紐パンティが見える。

細すぎる股布部分が濡れていて、蒸れた牝の匂いが立ち上る。

トライバルのタトゥーが呼吸の度に僅《わず》かに震える。

「私……いえ、香、頑張りました。お役に立てます、ですから、ですから……ご褒美くださぁい」

先ほどまでの鋭い才媛は消え去り、発情しきった牝犬がそこにいた。

(この前はセックスまでいかなかったな)

自分の中のS性が前回は出て、「ちゃんと出来たらご褒美してやる」と断った。

橋本は自分が最後にセックスしたのが、もう一年半以上前だということに気が付いた。

彼女とは二年ぶりだ。

(これもバランスだな)

冷静な頭の中とは裏腹に濃厚な愛液の匂いに股間が膨らんでくるのを感じる。

「ああ……素敵……先輩もぅ……反応してくださってるんですねぇ……」

甘えたように鼻を鳴らしながら、リノリウムの床に両膝と両手をつくと、香は橋本の股間に顔を埋め、舌先と前歯だけでファスナーを下ろした。

膨らんだボクサーパンツの中に舌先が潜りこみ、すっかり硬く屹立《きつりつ》した橋本のペニスの先端から亀頭の雁首部分へと巻き付く。

派手に唾液をすする音をさせながら、香はペニスを外へ引っ張り出した。

このやり方も橋本自身が仕込んだモノだ。

「なあポンコツ、お前、あれから何人と寝た?」

一瞬、香の首筋が震える。

「ぜ……ゼロです……こ、怖くて……」

「淫乱のくせに？」

「は……はい……オナニーだけです……」

肉棒を舐める音を立てながら香は答えた。

子供の頃から優等生であることを強制され、期待されていた香は、警察庁に入ってきた時点でその有能さとは裏腹に、肉体的精神的な奥底の部分では破裂寸前の欲求不満を抱《かか》えていて、Mとして橋本に調教されたことで「賤《いや》しいブタ」になって解放された。

だがそれは橋本とふたりっきりの時に限られた話で、他人に対して未だに香は自分の仮面を脱ぎ捨てることが出来ないらしい。

「そうか、じゃあ欲求不満だろうな」

いうなり、橋本は香を突き飛ばし、床の上に仰向《あおむ》けになった彼女の中に一気に押し入る。

香が喜びの声をあげた。

二年ぶりの女の中は、橋本もややすれば呻《うめ》いてしまいたくなるほどに熱く、窮屈なほどに締めつけてくる。

「ああ……硬ぁい」

まるで少女のように香がうっとりとした声を上げた。

「よし、犯してやるぞ、豚」

橋本が思いっきり抽送を開始すると香は甘い、交尾する牝犬のように断続的な叫びを上げはじめた。

尻を抱えながら肛門に指を突っ込むと、いっそう香の膣肉がうねり、窮屈に橋本のペニスを締め上げてくる。

「ご主人様、ご主人様ぁっ、香、香、幸せですぅっ！」

香は橋本の身体にしがみついて叫んだ。

小刻みにペニスを動かしつつ、肛門への指の抽送を激しくすると、膣より先に開発された部位への悦びに、香はますます甲高い声をあげ、瞬く間に昇り詰めていった。

一度気をやった香を、橋本はたっぷり言葉とペニスで責め、息も絶え絶えになった香の中に、久々に少年の頃のように大量の精液を放った。

「おふぅうっっ！」

幸せそのものの声をあげて香がのけぞり、笑みを浮かべたままぐったりとなった。

暫《しばら》くして橋本が、まだ硬いペニスを抜くと、肉棒と密壺の接合部から、意図せず長く禁欲したため、黄ばんだ精液があふれ出し、絨毯《じゅうたん》にしたたり落ちていった。

☆

瓜沢と高田は、人気《ひとけ》の絶えた建設会社の社屋で残務整理を続けていた。

御堂たちとの夢のような飲み会の記憶は彼方《かなた》に消え、砂を嚙《か》むような日々が続いている。

「今日はこれぐらいでいいだろう。高田さん」

書類を処理し、あちこちに電話をかけ、頭をさげ、さらにまた頭を下げ、泣き落としのようなことさえしながら一日を終えて、瓜沢はどっと疲れた声で言った。

事務所の中に差し込む陽射しはすっかり暗い。

今さらどうなるものでもないが、瓜沢はできる限り、仕事は日が落ちてから三時間で終わらせることにしている。

「そうですね、社長」

高田が微笑む。

この数ヵ月で、短く刈り込んだ頭はめっきり真っ白くなっていた。

「飲もうか」

そう言って、バブル経済の頃に取引先から貰い受けたイタリア製の応接セットのテーブルの上、山と積まれた書類から離れると、瓜沢は父の愛用していた黒檀の机の中から、ザ・マッカランNo.6とバカラグラスを取り出した。

「会社を畳むまでには空になるかね」

まるで大きな香水瓶のようなボトルのこのマッカランは、先代である瓜沢の父が、バブル景気のただ中に手に入れて、死ぬ直前まで大事に封を切らなかった酒である。

「亡くなった先代は結局ひと口だけ飲んだだけでしたなあ」

「本来、ホワイトホースで充分って人だったからね……」

瓜沢は苦笑する。

「バブル最後の残光とはいえ、昔は景気が良かったんだなあ」

今でもひと瓶五〇万は下らない品である。バブル時代とはいえ、一ドル二〇〇円の頃にこれを中元に貰ったというのは信じられない。

バカラグラスも合わせれば当時であれば数百万クラスの代物だろう。

「あの時は大手ゼネコンの仕事が完成して、本当に景気がよかった……」

高田が懐かしそうに言う。

「貧乏になりたくなければ働けばいい、って時代でしたから……ウチの会社にもフリーターや出稼ぎが山のようにいましたよ」

「年収二億か……夢のような話だ」

「翌年から三年間、がっぽり税務署に持って行かれましたけれどもねえ……あたしらも贅沢させてもらいました」

「社員旅行がアメリカだったねえ」

「ええ、本家のディズニーワールドに」

懐かしそうに高田は目を細める。

指一本分だけ、瓜沢はふたつのグラスに酒を注いだ。

「そろそろ一休みいかがですか……あら」

手におつまみの入ったコンビニのビニール袋を持って、メイがやってきて微笑んだ。

「早速始めてるのね」

「お前もどうだ、メイ」

「私はこれが」

そう言ってメイはコンビニ袋から、この前の御堂の宴会で大量に飲まされたあのアルコール飲料と同じ缶を取り出した。

「じゃ、ちょっと準備してきますね」

微笑み、メイは給湯室へと踵《きびす》を返した。

「……いい娘になりました」

その姿が見えなくなってから、しみじみと高田は言う。

「高校時代、おかしな宗教にハマった時は、正直どうしようかと思いましたが……」

「まったくだな」

その去っていく後ろ姿を見て、スカートの奥にある意外に豊満な尻肉の感触を思い出しかけた瓜沢は、慌ててその思考を振り払い、頷いた。

妹のように思っていた彼女と、まさか身体を交わすほど深い仲になるとは思いも寄らなかったが。

（いつかは話さないと……）

そう思っていると、不意に高田がこちらを見て、

「社長、娘をよろしくお願いいたします」

そう言って、深々と頭を下げた。

瓜沢は絶句した。

この専務は、とっくの昔に娘と瓜沢の関係を見抜いているのだった。

「は、はい……」

そう言うだけが瓜沢の精一杯だった。

☆

同時刻。

「君や社員が路頭に迷おうが知ったことか。計画通り半年で目標利益を上げられなかったんだから、部門を閉鎖するのは当然だろう。私に泣きつくな」

かかってきた電話の相手が、なおも泣いてすがろうとするのを切り、別の部署へ電話をかける。

「自殺でもしてくれればいいが……まったく、無能ほど生きたがる」

呟《つぶや》いてメルセデスのマイバッハ・プルマンの後部座席の革張りのシートに身を沈め、九《く》多良秋吉《たらあきよし》は物憂げに頬杖をついて窓の外を眺めた。

今年四十の声を聞くというのに、九多良の顔は皺ひとつなく、つるんとした大学生の顔をしていた。

今から二十数年前、未開の地だったIT業界、特に当時日本国内で未開拓分野だった日本語SNSを高校生で立ち上げ、激しく利用者と意見の応酬をし、あげく実況動画を撮影中に激高したその相手に刺され、腹から血を流しそれでもなお「炎上最高！　悪名最高！」と叫んでマスコミに名を揚げた。

あとは横文字とデジタルに弱い日本の企業関係者をその名声で乗りこなすように金を出させ、上手く行かなかったプロジェクトは無言で切り捨て、上手くいったプロジェクトのみを大声で怒鳴りながら継続させ生きてきた。

二〇秒ほどそうしていたら、先ほどの電話の件は、頭の中のタスクリストの下へ移動し、別の箱に入れておいたはずの案件が、ひょいと脳裏に蘇《よみがえ》る。

「『これは、なによりもゲームです。あなた方の持っている力を存分に使える』……か。タカシの野郎……まったく。あのお調子者め」

口をへの字に曲げた。

彼の長年の友人である新興宗教「神与試練《クエスト・オブ・ゴッドアワー》」ことQGHの教祖、行天院典膳《ぎょうてんいんてんぜん》の本名は田中タカシであり、九多良は個人的には彼を今でもタカシと呼ぶ。

二人が最初に出会ったのは中学の頃だ。

その頃のQGHは、「微笑みと奉仕の宿」という名の小さな小さな……宗教団体と呼ぶのも恥ずかしいような、地域のコミュニティ団体を、まったくの善意で両親が運営していたが、そのために大地主だった家は傾き、田中タカシは貧乏を嫌って、親の金庫から盗んだ金で、普通のサラリーマンの息子だった九多良と共にSNSの会社を立ち上げた。

会社は携帯電話の普及と共に注目され、その使いやすさから一大ブームになり、買い取りの話が出た途端、ふたりは喜んでそれを手放した。

その金を種銭として、九多良とは反対に、田中タカシはアメリカに渡った。アメリカで、心理学を学び、集団行動学とちょっとした心理トリックの手品を使えるようになった彼は、昔から営業で鍛《きた》えた度胸と話術に磨きをかけ、数年後、両親が突然死した実家に戻り、「微笑みと奉仕の宿」を「神の与えし試練の教会」に、そしてさらに「神与試練」に縮め、海外進出をした際に「ＱＧＨ」に改名、総信者数一三〇万の宗教団体へと成長させた。

再び信仰を取りもどした田中改め行天院は、九多良の力を借りて有料ブログ、メルマガと有料動画チャンネルをメインに、上手いこと政府関係にも金をばらまき、悪どいが違法ではないギリギリで金を集めるシステムを作り上げた。

信者が毎日最低でも一回は、五分一回の視聴につき一〇〇円の特別動画を見、チャンネル契約料として毎月基本料金として三〇〇〇円を払う……一見すると小さな額だが、一三〇万人から毎日集まれば莫大な金額になる。

儲けた金は社会奉仕活動や献金などにも使いつつ、上手い具合に回収ルートを作って八割近くが行天院となった田中の元に転がり込む仕組みになっている。

どちらも順風満帆と言えた。

だが、四十の声を聞いた今、ふたりの手元には「倦《う》み」が貯まりつつある。

金のない頃が懐かしいとは思わない。

貧乏が人間を育てるとか、強くするとかいうことは、金持ちと、金持ちになったと錯覚した中途半端な成り上がりどもが後に続く者をいびり、蹴り落とすための方便に過ぎない。

金はあればあるほどいい。自分の金は一円たりとも失いたくないし、失ってはならないものだ。

表向きはともかく、「俺は金のコレクターだ」とふたりともプライベートでは豪語する。

だが、日本においてふたりとも稼げる金の上限値を迎えていた。

日本では、もう億を超える金額を扱うプレイヤーにはなれない。

兆単位の金を動かすには世界と対峙《たいじ》せねばならないが、それには年を取りすぎた……英語を喋れない日本人というのはそういう意味で最初から巨大なハンディキャップを背負っている。

そこへ、ちょっとした冒険話が持ち込まれ、九多良と行天院は「プレゼン」を受けていた。

二ヵ月前のことだ。

「これは今までにない新規事業のお誘いです」

と、その男は言った。

名前は知らない。

犯罪という即興芝居の管理者《インプロビゼーションコミッショナー》、略してＩＮＣＯ《インコ》。

ダークウェブに九多良自らが潜り、直々に調べあげたが、それ以上のことは判らない。

「どれくらいの資金が必要？」

「おふたりなら受けて頂けると思いますが……おふたりで、この金額ならばお安いかと」

そう言って男は懐からメモを取り出し、走り書きで数字を記入した。

その手首にリシャールミルの赤いバンドの限定モデルが巻かれている。

モデル名はＲＭ０１１ＣＡフェリペマッサ。

一時期、九多良は腕時計に凝ったことがあるから、そのモデルが中古でも一〇〇〇万円はくだらないことは知っていた。

男は会うたびに違う腕時計をしていて、どれも購入には札束の「ブロック」が最低でも一個は必要なものばかりだ。

服にしても靴にしても、英国有数のテイラーが作ったオーダーメイド。

どれも詐欺師が見せ金の代わりに身につけている物ではなく、使用感がちゃんとある。

「ＩＮＣＯ」はそれだけの金と権力を集められる存在だ。

その腕時計の主が書き込んだ数字は、かなりの額だった。

自分もＩＮＣＯになるというのは面白そうだと思ってはいたが、その授業料としては高すぎる。

九多良は躊躇《ちゅうちょ》した――一度自分の命を賭けた大博打をした経験があるだけに、冒険の値段というものをそれなりに心得ている。

が、行天院が面白がって「必要額の六割出す」と言うために引き下がれなくなった。

「俺もバカだ……」

「ＩＮＣＯ」として隠し資産を作れるようになるのは魅力的だ、と思考を切り替えることにした。

それにこういう人として柔らかい部分を持っておくというのも、気分としては悪くなかった。

余りにも全て功利主義で回していくと、「人間味がない」だの、サイコパスではないかという評判が立ち、挙げ句勝手に激高したバカが突っかかってくる。

「それにしても……この歳《とし》になって人から何かを学ぶ、なんてことになるとはな……」

車が赤信号で停車し、「瓜沢建設」と書かれた門から、白髪の老人と中年男が出てきた。

商取引をしている相手でもない限り、見ず知らずの他人に感慨を抱いたりする感受性はない。

さらに、彼らが自分たちが行っているゲームの駒のひとつだ、とは思いもしなかった。

☆

翌日、橋本は警視庁に香の案内で入った。

〈部外者《visitor》〉の文字の入ったプレートを首から提げて、というのは少々寂しかったが、警察庁ではないので気は楽だった。

「ちょっとお待ちください」

そう言って香が〈立ち入り制限区域〉の中に消えて、暫くしてから一人の青年を連れて戻ってきた。

警視庁には不釣り合いな、ラフなＴシャツ、ジーンズの上からパーカーのフードを目深に被《かぶ》って耳からはイヤフォンのコード……これはＢｌｕｅｔｏｏｔｈ《ブルートゥース》などの電波を発信し続ける機器の持ち込みが禁止されている場所だからだ……が伸びている。

（ハッカーの外見ってのは定番からなかなか動かないもんだな）

苦笑を胸の中に収めつつ、橋本は思った。

これまであってきたハッカー、クラッカーとも呼ばれるＩＴ関係のエキスパートたちは、大抵同じような服装で、人の顔を真っ直ぐ見ることが出来ず、極端に太っているか痩せているかの二択。

それは、幼少期からひとつのことに打ち込んだことによる選択の結果だ。

幼少期からひとつのことに集中して他を顧みない環境は、よほど周囲が注意しない限り、極端な印象の人格形成になりやすいのは、実はインドアなオタク趣味も、アウトドアなスポーツ趣味も同じである。

「……………ども〈コルト〉ッス。個人的には〈トマ〉と呼んで欲しいッス」

青年が名乗ったが、ハンドルネームだろう。

サイバー犯罪課関連の人間にとって、住民票に記録された本名よりハンドルネームを名乗るのは、特殊部隊の人間がマスコミの前に出てくる時に顔を隠すのと同じぐらい当然のことである。

「よろしく、橋本です」

丁寧に橋本は頭を下げた。

こちらが、相手がオタクだからと軽く見たと判断した瞬間からこちらを拒絶する、という反応の速さは、感受性の高さというより、彼らなりの仕事への合理性に基づく。

だから橋本は以前からこの手の人物に会うときは心底尊敬し、敬意を表すことを忘れない。

何しろ相手はこちらが半年がかりの集中訓練でなんとか身につけて、それでも実際にはしくじるような繊細なPCやネット関連の捜査を、鼻歌交じりでものの三分もあればやってのける存在だ。

〈自分には出来ないことを可能とする相手には尊敬をもて〉

これは橋本が子供の頃から叩き込まれていることだ。

自分自身が何が出来て、何が出来ないかを把握し、必要なことは学び、必要だが修得に時間が掛かりそうな技術や知識をどう他者に振り分けるか、考えられないようでは公安や国テロの仕事は務まらない。

まして、これから行う「私設警察」においては。

「元はサイバー犯罪課でしたけど、今は私の在籍する広報部に移籍して、嘱託扱いなんです」

「話は彼女から聞いているかね？」

必要以上に笑わず、詰問するような厳しさを混ぜない声で、橋本は訊ねた。

「……はい」

頷いた〈コルト〉こと〈トマ〉の肌は奇妙に艶々していて、無精髭《ぶしょうひげ》のようなものは一切なく、腕やうなじなどの体毛も丁寧に処理されていることに橋本は気付いた。

「受けてくれるかな？」

「……ええ、まあ」

こくん、と〈トマ〉は頷いた。

言葉は曖昧《あいまい》だがOKという意味だろう。

「受けてくれる、と考えていいのかな？」

〈トマ〉は無言で頷く。

その途端さらに、女物のファンデーションの残り香と、頬や耳元にメイクの名残があることに橋本は気付く。

好奇心と、元捜査官としての頭が回転しそうになるがそれは抑える。

（私生活に立ち入るな）

捜査官同士の仁義でもある大原則を橋本は頭の中で唱えるように繰り返す。

「ありがとう……で、君が考える自分の専門分野は？」

「アルゴリズムからくる情報解析ツールと、電子工学一切です……僕、手先動かすのが好きなんで、ハッキングもいいですけれど、物作りも……」

女がいるようなそぶりではなかった。恐らく〈トマ〉は童貞だろう。

すぐ隣にいる香に対して身体全体が斜めになっていて、爪先はドアに向いている……女性そのものが苦手なのだ。

「なるほど。そいつは有り難い。これから私の仕事は全てゼロからだ。ＰＣの発注はモニタ込みで一〇〇万以内ですむかね？」

「なんとか」

「じゃあ、これで頼む」

橋本は一〇〇万円のＰＣ予算全額を放り込んだデビットカードを背広の内ポケットから〈トマ〉に差し出す。

「え？」

昨日届いたばかりのデビットカードに青年の顔が映りこむ。

こういう技術者に対して現場や管理の人間がやるべきことはまず全幅の信頼を示すことだ。

その上で真贋《しんがん》を見極める。

見極めるためには一〇〇万は捨て金でも良かった。香の眼が間違っているなら、次は見るべき点を変えるか、違う人間に人員紹介を頼めばいい。

まずは動くことだった。

「い、いいんですか？」

「君が使い物にならなければ倍にして返してもらう。だが比村君が見込んだ相手なら、相応どころか、予算不足だと思う……すまんね」

前髪を伸ばしてこちらからの視線を防いでいるらしい〈トマ〉の目が大きく見開かれる気配があった。

香の前情報によれば、かなり優秀なハッキングの腕を見込まれ……というより最近の定番で、官公庁のサーバーに侵入して、かなりのところまで機密情報を解除したために、優秀さを買われて保護観察処分に減刑する代わりに雇われたらしいが、同期に入ったハッカーの中にかなり社交性の高いのがいて、彼はほぼ無視された状態にあるという。

それだけに、この全面信頼は響いたようだった。

「……なんとかやってみます」

トマの声に、ぴんと筋が一本通った感があった。

「準備が終わったらこちらに電話をくれ」

橋本は〈トマ〉専用のスマホの電話番号を書いた名刺を渡して……何しろハッカーは隙を見せればすぐに何でもハッキングしたがる悪い習性がある……一礼してその場を辞した。

☆

外に出ると、橋本は栗原へ電話をかけた。

「ご無沙汰してます」

『お元気でしたか。私の三〇〇万、有効に使ってくれてますよね？』

恨みがましいというにはのほほんとした声で栗原が言う。

これは育ちが良すぎるせいなのか、それとも韜晦《とうかい》術の一種なのか、橋本には判らない。

「ええ、こっちの退職金も合わせて有効に使わせてもらってます……というわけで、実働までには最低でも二名必要ですが、とりあえずそちらのお力添えでひとり、お願いします」

そして、橋本は希望者の名前を栗原に告げた。

「私では連れ出せないんですよ、塀の中の住人なんで」

『君……』

「治外案件や越法事案を扱う以上、ある程度非合法も必要なのはこの前ご説明しましたよね？　まあ基本は彼女、接近戦ですから……弓ぐらいは持たせるかもしれませんが、最初のうちは銃刀法には違反しませんよ？」

『彼女ですか……』

栗原の声に苦いモノが混じる。

「いいじゃないですか、どうせ〈申し送り特例〉のうちのひとりでしょう?」

『……まあ、それはそうですが……危険じゃないんですかねえ?』

「完璧に危険じゃない殺人の経験者なんていませんよ」

『君、殺されないでくださいよ。私の投資がパアになりますからね』

冗談とも本気ともつかない口調で栗原が釘のようなモノを差してきた。

「それに関してはご心配なく。こちらもバランスを取りながら上手くやります」

☆

高田メイはその日、夕方前に「友人と会う約束がある」と会社を早退した……もっとも瓜沢とメイの父親である高田専務以外の人間は自宅待機という名前の早期退職状態にあるので、とがめ立てはほぼなかった。

あと一回、明後日に最後の給料を従業員に支払えば会社の業務自体はほぼ終わりである。

銀座にある高級ホテルの最上階で、メイはその人物と会った。

彼は瓜沢よりも力強くなかったが、その分愛撫は粘っこく、言葉でメイを盛り上げた。

「美しい」という言葉のバリエーションがこれほどまでにあるとは、彼に会うまで知らなかった。

長い長い愛撫の間に何度もメイは絶頂に導かれ、彼が押し入ってきたときは身も世もなく悶《もだ》え、獣のような声を上げた。

女にとってセックスの喜びはペニスの大きさではない。そのことを彼はよく知っていた。

彼が果てた後、メイは黙って彼に抱きついた。

年齢よりもゆるんだ身体。

父親とは違う、まっさらな肌。

「あなたのような父が、私は欲しかった……現世の父は、元ヤクザで、母をフィリピンから買ってきた、そんな男でした……さんざん苦労させて、仕事を言い訳にして最後も看取ろうとしなかったのです」

吐き出すように、真っ黒な感情を込めた声でメイは呟く。

「君は選ばれた存在だ」

優しく彼は言った。

「父を、母を自分の意志で選べる……だから君は信仰を捨てたふりをして十年もの間偽装していたのだろう?」

「はい、そうです」

メイは少女のようにキラキラ光る目で彼を見上げた。

「あなたのために、全てを捧《ささ》げるつもりです」

「素晴らしい、君は〈天の点数〉をかなりの数貯めている……私が見る限り……そう、ざっと見積もっても三億六千万神点《しんてん》はあるだろう」

胸に輝く純金のペンダントは「神与試練《クエスト・オブ・ゴッドアワー》」の頭文字、QGHの文字を象《かたど》っている。

世界の全てには神によって与えられた点数があり、それをやりとりすることでよりよい自分に、そして現世に、来世にという教義の新興宗教だ。

「さ……三億六千万！」

メイが驚いて跳ね起きる。

「そ、それはこの世の全ての罪から免れる三億神点を超えてます！」

「そう、来世も約束された数字ですよ」

穏やかな笑みを彼……行天院典膳は浮かべた。

彼の教義では、小さな親切や彼の運営する教団へ一円の寄付を行うと一〈天点《あまてん》〉という単位の徳を貯めたことになる。

一万天点で一〈神点《しんてん》〉となる。

五〇〇神点で未来の苦難をひとつ回避でき、一千神点でふたつ、そして一万神点で来世の苦役を全て帳消しに出来ることになっている。

やりとりが可能なポイント制度……この教えを共有する者たちの間のみで通用する仮想通貨。

三億あれば、来世だけではなく現世の罪も犯罪も全てが許される……これはメイとその仲間たちの間ではかなり強固に信じられている話だった。

「私の精液を膣内に受けたのですから三億神点は当然です」

「ああ、ありがとうございます、ありがとうございます」

ベッドの上で正座し、メイは何度も行天院に頭を下げた。

「それでは君、よろしくお願いしますよ」

「はい、命に代えても！」

一般信者では生涯かけても半径二〇〇メートル以内に近寄れない行天院と肌を合わせる距離までどころか性行為までしたという事実に目を輝かせながらメイは声を弾ませて答えた。

「では行きなさい、服は隣の部屋で」

深々と頭を下げてメイがドアの向こう側に消えると、行天院はサイドテーブルの上にあるリモコンでドアをロックし、スマホを取り出した。

教わった手順通りにスクランブラーアプリを起動させ、通話が傍受出来ないようにして〈講師〉を呼び出す。

「いま、一人終わったぞ……もう今日で三十人になるが。本当にこれでいいのか？」

『もちろんですよ……マスコミが怖いのですか？』

電話の声は声紋を採られないように加工されていて、甲高く聞こえた。行天院の声も向こうでは同じ様に聞こえるはずだ。

「バカを言え、こっちの信者は三〇〇万人だ。広告と不買運動でマスコミなどどうにでもなるし、ウェブの連中は愛国者である私の行動を揶揄《やゆ》することは出来てもスキャンダルをすっぱ抜けるほどじゃない」

実数は一三〇万だと言われているが、行天院は見栄を張った。

『それは重畳』

相手はその数字を把握しているはずだが笑わない。

「で、あと何人だ？　さすがに私も飽きてきたぞ」

『あと五人ほどで結構ですよ、ご協力感謝いたします』

☆

モスクワは何処までも灰色の街で、東京とは違う〈都会の匂い〉がした。

煙草の煙とアルコールの匂いが特に強烈だった。

どちらも橋本が十歳の頃には盛り場はともかく、普通の駅や空港の中では嗅げない匂いになっていた――それと、首筋と足の裏から染みこんでくるような寒さ。

橋本の親は、何を思ってか、彼をいきなり小学校最後のクリスマスが終わった年末の休みに、ロシアまでの一人旅に送り出した。

当時、ロシアの日本大使館に陸上自衛隊の叔父がなぜか職員の名目で着任していて「泉《せん》南《なん》をこっちに旅行に来させたらどうだろう」と旅の費用を丸ごとポンと出してくれたというのが大きい。

橋本の両親は共働きで、どちらも役所の職員だったから、単純に弟の提案と費用全部持ちという状況に乗じて、子供の見識を広げておきたかっただけなのだろう。

バブル経済の残光がまだ残っていて、〈子供の頃から国際化〉という言葉がそのころ突風のように流行っていたのもある。

ただ、橋本の父母は、どちらも子供が喜ぶと思って突発的なことをやらかす悪癖があった。

それにぶつかるようになるのは橋本が中学生になってからのことで、この時は単純に自分一人で外国に行くという不安と格好良さに憧れていた。

正月に着るような子供用の背広をあつらえてもらったのもその心を高揚させていた……大人と同じ服を着、大人のように一人で旅をするのだ。

冒険という言葉はまだ橋本の心に憧れとして輝いていた時代である。

同時に一人旅の怖さも調べて知った。

故《ゆえ》に親に言われた十月からモスクワの下調べとともに一生懸命ロシア語の単語を覚え、簡単な会話は出来るようにしていた。

アエロフロートに乗り込むと、偶然にも行きは優しい日本人の夫婦連れが隣で、客室乗務員も親切にしてくれたので、長旅も気にならなかった。

モスクワ空港に到着し、隣にいた日本人の夫婦連れと別れると、そこは異国の地で、東京とは違う匂いに気付き、十歳の橋本は言いようのない不安に襲われた。

が、なんとか……子供の一人旅だと聞いても眉ひとつ動かさなかった係官のお陰で……入国審査を一人でパスすると、叔父は時間よりも早く迎えに来てくれていて、甥っ子が見聞を深めることを喜んでくれていた。

こうして年末年始までの五日間を、橋本はモスクワで過ごした。

叔父からは「ここでは叔父さんの息子ということにしておいてくれ」と頼まれた。外国では色々面倒だからだということで、幼い橋本は納得した。

その五日間、橋本は叔父のアパートの守衛と仲良くなった。

きっかけは、当時日本で流行っていたカードゲームの小売り用の袋をその守衛が持っていたことだ。

橋本は異国の地で見慣れた日本のカードゲームを持っている人間がいるという事実に驚き、身振り手振りで何とか自分もそれを持っているとアピールした。

ゲームには、橋本お気に入りのモンスター「クダン」がいて、そのレアカードを持っているのが、子供だった橋本の自慢だった。

タダでさえ強いのに、レアカードでは、特定の条件が揃えば相手の攻撃を後から全て無効化し、こちらの攻撃を三倍にしてたたき込める、といういささかパワーバランスに欠けた役割のカードだ。

筋骨隆々の黒い怪物の名前は、日本の妖怪からの引用で、「クダン」はにんべんに牛と書いて「件《くだん》」と書き、牛の身体に人の頭、あるいはその逆で、この世に大きな災いが来る前に生まれてきて、予言を残すと死ぬという不気味な存在だと知るのは後のことだ。

守衛はイザコフといい、カードゲームは息子のためだと言った。

幸いにもルールは日本もロシアも共通で、ふたりはその日何回かそのゲームをして楽しんだ。

ロシアで年末を過ごしながら、幼い橋本はそれなりに日常会話を覚えていった。

なんとか、イザコフが数年前離婚して、息子は妻のほうに引き取られたこと、月に一回会えることは判った。

だがこの年末に会ったかどうかは判らない。

今にして思えば、息子と面会するとき、遊べるようにとイザコフはカードゲームを始めたのだろう。

そして三日目のある日。叔父がいつもより早い時間に橋本を部屋まで迎えに来て、少しイザコフと話し合っているのを見た。

それまでイザコフと叔父は妙によそよそしかったのに、と不思議に思ったのを覚えている。

四日目の朝、意を決して自分の手持ちのカードをイザコフにプレゼントしようと守衛室に行くと、壁に貼ってあった息子の写真も含め、イザコフの私物は全て消え去り、見たこともない、熊みたいなアジア系の大男がこちらを睨んだ。

イザコフは？　と身振り手振りも交えて聞いたが、新しい守衛は首を横に振るだけで答えない。

怖くなって叔父の部屋に戻ってイザコフはどうなったのかと訊ねると、叔父は溜息をついた。

「イザコフは多分、遠くへ転勤になった。ロシアではよくあることだ……私たちはもう二度と彼に会うことはないだろう」

その横顔に、橋本は何か暗いモノを感じた。

悲しくなって、十歳の橋本はその夜ベッドで泣いた。

☆

ウトウトして、橋本は自宅であるマンションのソファで目を醒《さ》ました。

男の一人暮らしだが、異様に部屋が片付いている。

警察庁に入り、国テロの一員として海外を飛び回っている頃から、ＤＮＡや指紋を残さない生活が身に染みついてしまった。

夢で見たことには後日談がある。

橋本の叔父が何故自衛隊員なのに当時大使館にいたのか、そして大使館員の住むアパートの守衛が、本当はどこの組織の人間であるのかを知って、イザコフ相手の対人諜報活動《ヒューミント》の一環として甥である橋本を利用したと気付くのは、モスクワから日本に戻って八年後——叔父はその頃にはもう病で没していた——のことだ。

大学に合格した後、なんとなくロシアの社会情勢を調べているうち、日本政府の対応や、その対応部署が気になって、やがて十年近く前の叔父の好意の裏側にあるものに気付いた。

橋本がどうしてもこの「気づき」を誰かに話したいと思った時、側《そば》にいたのが中学時代からの親友、有野だった。

「日本大使館員が外でアパートやマンションを借りて住む場合、守衛や清掃員の中に大抵ロシア情報局《FSB》が関わってる。叔父さんは俺を使ってそいつを懐柔しようとしたんだ！」

穏やかすぎる両親への反発があって、どこか厳しいモノを求めていた橋本は今は亡き叔父のやり口を「汚い」と思うと同時に「凄い」とも思った。

有野はその時、面食らったような顔をしていたと思う。

「お前、普通ソコは【利用された】って怒るところじゃないのか？」

一瞬、橋本はあっけにとられ「そりゃそうだ」と頷いて二人とも笑った。

それから数ヵ月後、大学の入学式で知り合った女性の片方が橋本の妻に、もう片方が有野の妻になった。

二年前の事件の後、結局妻も出ていった。今回の〈新事業〉のために、橋本はこのマンションも売り払うつもりでいる。

妻への慰謝料はすでに支払った。

幸か不幸か子供は出来なかった……妊娠治療を夫婦そろって受けたが、橋本には問題がなかったものの、妻のほうに不妊症という診断がくだされた。

それだけに有野の娘は橋本の妻にとっても我が子同然だった。

男同士の中学時代からの付き合いが、片方は警察庁、片方は国税庁に分かれたものの、別の仕事ということで、付き合いがより気楽になり、やがて互いに結婚して家族ぐるみの付き合いになった。

三年前までは、それはとても上手くいっていたと思う。

完璧とは言わないまでも、かなりいいバランスだったと。

三年前のある日、有野は妻を失い、娘を生命維持装置に繋ぐことになり、その娘も、二年後に死んだ。

以来、有野も橋本も、バランスが崩れたままで人生を歩んでいる。

崩れたバランスを元に戻すのは難しい。

橋本は部屋を出た。

今日は有野と、もうひとりを新しいアジトに連れて行く必要がある。

橋本は襟回りがゆったりしたシャツに、ジャケットの組み合わせで外に出た。

足回りはスニーカーにしておく。

☆

橋本が有野の家に、目立たない十年落ちの白いカローラで到着したとき、ドアの前にゴミ袋が山積みになっていた。

チャイムを鳴らすと、ドタバタと足音がしてやつれた細面《ほそおもて》の男が顔を出した。エラが張った顔立ちで、税務署に入って一年ほどでキツイ目つきと眼鏡のせいで随分冷たい印象になったが、今は気の抜けた柔和な笑顔が見える。

有野武彦《ありのたけひこ》、三十五歳。

Tシャツにジーンズの上から100円ショップで買ったと思《おぼ》しい、無地の薄っぺらいエプロン。あちこちにまだ新しい染みや汚れがある。

同時に複数の酒の匂いがして、橋本は少し失望しそうになったが、

「ああ、もうそんな時間か、すまんね」

当人の口から一切のアルコールの匂いはなかった。

「いや、予定より早く着いた。取り込み中か?」

「トイレに酒を流してたところだ……十分待ってくれ、すぐ終わらせる」

そう言うと有野は玄関に入ってすぐにあるトイレに行った。

トイレの出入り口には「空き瓶回収用」と書かれた廃品業者の箱がある。

箱の横にはマジックで今日の夜の日付が書かれている。

「今日の夕方には回収業者が引き取ってくれるんだ」

「おい、こんな酒まで流したのか」

空き瓶の中から、ヘネシーのリシャールを見つけて橋本は呆《あき》れた。

単価で三十万、銀座のバーなどで頼めば一〇〇万は吹っ飛ぶ代物だ。

「ああ、そいつは棄てそびれただけの空き瓶だ」

しれっと言いながら、有野は安酒のボトルの中身をトイレの便器に流しこんでいた。

「そうか」

思わず安堵の溜息が出る。

「でも、全部棄てちまうのか?」

年一本の酒のコレクションは、大学時代に父親のそれを引き継いで以来の、有野のささやかな趣味だった。

妻を失い、娘の葬式を上げてからは酒瓶棚《セラレット》の扉が開けっ放しになり、その中身は次々と干されていったが。

「お前の仕事があるんだから、しらふじゃないとな」

最後の二本を流しこむと、有野はすっきりした表情で段ボール箱をガムテープで封印すると、部屋に入り、さっぱりしたネルシャツとタンカーパンツ姿で現れた。

「おい、随分とラフじゃないか」

かっちりしたスーツ姿とポロシャツぐらいしか記憶になかった橋本としてはTシャツ姿だけでも高校生以来になる。

「お前の仕事、命がけのほうなんだろ？　とりあえずはこういう動きの軽い服装が必要だと思ったんだが、違うのか？」

「まあ、そうだな。見当外れじゃないが崩しすぎかな」

「そうか、難しいもんだな」

真面目な顔で言う有野に苦笑いしながら、橋本は彼を家の前に停めた車に乗せると、ダッシュボードの下にある指紋認証システムに指を押し当てた。

ダッシュボードの上が開いて、ノートパソコンが滑り出てくる。

「ちょっとこれを見てくれ」

「これは……」

「これから起こると予想される犯罪の事前情報だ。色々あって、この中でも凶悪なモノ、日本の法律の範疇《はんちゅう》外にあるものを選んで俺達が処理することになった」

橋本はざっとこれからの〈新規事業〉について説明した。

「それで危険、というわけか」

「そうだ。引き返すなら今のうちだ」

「バカを言え。お前が職を投げ打ってまでやろうって仕事だ、しかも俺を見込んで、となれば逃げるワケにはいかんだろ」

「……すまんな」

「なに、酒に溺れて死ぬのを待つのに、そろそろ飽きてきただけだ。現代医学は簡単に死なせてくれないからな。鉄砲の弾とかで殺されるなら楽でいい」

橋本はバックミラー越しに助手席の有野の顔を見た。

目に暗い影がある。

妻子に先立たれた男の顔だ……だがその影はかつてよりは大分薄くなった。

☆

瓜沢はその日、ようやく最後の給料日を迎えることが出来た。

社長室で印鑑かサインを貰い、一人一人に手渡ししていく。

「いい気なもんだな」

何人かの古参社員がそう言って瓜沢を罵った。

「会社潰しやがって」

「お前《め》ェが無能だから会社を潰した」

みな、瓜沢の祖父と一緒に会社を立ち上げたばかりの頃からいる作業員出身だから気性も荒い。

「並ばせるってのはどういうことだよ」

「振り込めよ！」

三年前までは三〇〇人の社員で、最後に給料を受け取りに来たのは四十九人、そのうち九人がそういう罵声を浴びせた。

殴り合いにまで発展しなかったのは、瓜沢の後ろで給料を受け取りに来た者たちの名簿を作成している風に座っていた、高田の眼光を怖《おそ》れてのことである。

そして四十九名に最後の給料を手渡し、瓜沢は社長室を出た。

誰も、敷地の中には残っていない。

祖父の代から三十年以上の会社だったが、皆、給料を受け取るとそそくさと去って行った。

瓜沢は悔しさで涙がこみ上げてくるのを感じた。

二度目の甲子園を狙って、初戦敗北で終わった日以来、感じたことのないもの。

それを奥歯でかみ殺し、誰もいない正門の向こう側に、瓜沢は深々と頭を下げた。

悔しいが、情けないが、薄情だとも思うが、それでもこの会社は自分の代で潰れてしまった。

そのことに対する、けじめだった。

☆

橋本がまっすぐアジトに向かうと思い込んでいた有野は、車が東京拘置所に向かうと知って驚いた。

「おい、まさかお前のアジトってのは拘置所にあるのか?」

「そんな何処かの映画みたいなことはないよ……うちはここに間借り出来るほど金はな

い」

　苦笑しながら橋本は栗原から郵送されてきた身分証を有野にも手渡した。

「どういうことだ」

　首を傾《かし》げる有野に答えず、橋本は拘置所職員用の出入り口をくぐった。

　広大な東京拘置所の建物の中を勝手知ったる様子で歩いていく橋本に、有野は最初何度か声をかけたが、橋本が黙って首を振ると、諦めたようにそれ以来口をつぐんだ。

　やがて、ふたりは清潔清浄な東京拘置所の中でも、地下ひときわ深く、ひときわ荘厳な気配と、微《かす》かな線香の匂いが漂う空間に辿り着いた。

　地下だというのに煌々《こうこう》と灯《あか》りがついていて昼間のようだ。

「おい、まさかここは……」

「そのまさかだ。後学のためだ、よく見ておけよ？」

　にやりと笑って橋本はドアを開けた。

　入ると壁に埋め込まれた仏壇が見えた。

「おいおい、本当かよ、ここは……」

「見たことあるのか」

「ドキュメンタリーでな。ここが〈執行室〉か」

「正式には単に〈刑場〉だがな」

言いながら橋本は隣の部屋へと入った。

後からついてくる有野は、隣室の床の一部に一メートル四方の二重の四角を見つけて凍り付く。

何とも言えない表情で天井を見上げる。

「まだ時間があるから、ロープはないぞ」

橋本の声に慌ててまた歩き出す。

「どういうことなんだ？」

橋本は答えず、三つのボタンが並んだ執行室から立ち会い室に出、そこから階段を下りた。

「おいおいおいおい」

さすがに有野が慌てた声を出す。

橋本は本来なら絞首刑になった罪人を回収するための場所の片隅に置かれたエアマットを広げ、単一電池で動くエアポンプを繋いだ。

「何するつもりだ？」

「いいから、そこにあるもう一枚を膨らませてくれ」

橋本が指差すところに、確かにもう一個同じモノがある。

「何するつもりなんだ?」

「有名人に会えるぞ」

☆

扉が開き、刑務官は彼女に所持品をどうするかと尋ねた。

彼女は「全て寄付するか、処分して下さい」と答える。

「髪だけは……私が死んだら切り取ってボランティアに送って下さい」

刑務官は彼女の為にケーキを用意し、彼女はそれをゆっくり味わって……しかし忙しい刑務官の仕事を滞らせないギリギリの速さで平らげ、顔なじみの教誨師《きょうかいし》と短い会話を交わした。

彼女は刑の執行に対しても納得していたが、同時に自分の犯した罪を悪いことだとは欠片も思っておらず、教誨師も彼女の罪を裁くことは仕事ではないので、互いに納得して短い世間話をして、終わった。

アイマスクをして、一メートル四方の二重の四角が描かれた板の上に乗る。

縄に首を通すとき、一瞬だけ彼女は身を震わせたが、それだけだった。

無言で首に縄をかけた刑務官が合図し、別室に控えている三人の刑務官が一斉に壁のボタンを押す。

床板が落ちる。

だが、そのしなやかな身体は、ロープに引っ張られることなく、そのまま下に敷かれたエアマット二枚の上に落ちた。

刑務所に収監されて二年、その間も身体を自主的に鍛えているという話は橋本も聞いていたが、運動能力も落ちていなかったらしく、見事な受け身を反射的に取っていた。

二秒ほど待つ。

「……え?」

何が起こったのか判らず、身体を起こそうとする彼女へ、橋本は「しーっ」と子供相手にするように人差し指を自分の唇に当て低い声を出した。

やがて、規定の十五分ではなく、一分ほどで「死亡確認」の声があがり、ぞろぞろと刑務官たちが外に出ていく。

全体的にホッとした気配が漂っていた。

恐らくこの部屋に入って、誰も死なないということは初めてのことだろう。

手足の拘束を解き、アイマスクを取ると、有野が「ああ」と声をあげた。

一重の大きな目。薄い唇。卵形の輪郭にバランス良くそれらが配置され、細い鼻筋が最後のアクセントを乗せている。

和風テイストのファッションドールを思わせるその顔立ちは、その悲劇と共に「百合の花のような」と表現され、かなり長い間マスコミで取り上げられていたが、その頃はまだベリーショートだった。

今は髪の毛をシニヨンにまとめている程、長い。

「三年前の『朝霞《あさか》の敵討《かたき》ち』のひとか、この人？」

有野が口にしたのは、埼玉の朝霞で起きた大量殺人事件とその要因になった凄惨なリンチ事件をマスコミが総括してつけた名前である。

そんな古風な名前がつくだけの事件だった。

元アーチェリーのオリンピック強化選手で女子大生だった彼女は、仕事帰りのサラリーマンだった父を面白半分に駅のホームで撲殺された。

犯人は半グレ集団と俗に呼ばれるような、二十代から三十代の男たちで、その日競馬に大金を突っ込んでスッた腹いせに、その時の三連単と同じ、一四五人目にすれ違った初老のサラリーマンを十人がかりで撲殺したのだ。

酔っ払っていたその仲間が撮影した投稿動画から、すぐに犯人は特定されたが、動画をアップした人物は証言を拒否。

弁護側が「動画は作り物説」を強固に展開した上に、所轄署の公安委員会の委員の息子が関わっていたため、マスコミは派手に騒ぎ立てたが、半年後検察は立件を諦めた。

彼女は退部届を出し、家財道具を全て処分すると、警察が証拠不充分で手を出せなかった犯人である半グレ組織のアジトに乗り込んで、メンバー二十人のうち、十人をクロスボウとアーチェリーで射殺、八人を日本刀で斬り殺し、ふたりの手足を切断した。

そして、血まみれのままで警察に出頭。裁判では無罪を主張せず、粛々と死刑を受け容れた。

「白百合のような」とマスコミが形容し、騒ぎ立てていたのはこの頃だ。

二十人の殺傷事件ともなれば、これはもう日本国内では戦前に起こった「津山三十人殺し」と比較される大事件である。

当時そのあまりの凄惨な要因と、その結果を犯人側の「因果応報」とするか、「報復を目的とした許されざる大量殺人」ととらえるかでかなりの論争があった。

まだ娘が死ぬ前の有野が覚えているほどである。

「ああ、世間ではそう言われてるんですねえ」

彼女はきょとんとしたままそう答えた。

「あら、あなたは……」

　橋本に視線を向ける。

「公安は辞めたが、色々あって君を私の新事業に採用することになった」

「どういうことですの？」

「おい、知り合いなのか？」

「ああ、彼女の事件がテロなのか、それとも単純に個人的なものなのか、判断するために何度か面接した」

「あの時のケーキ、美味しかったです」

　のんびりと答える彼女は、死刑執行された人間にしてはかなり元気だった。

「あの後、減刑のお手紙を法務省に出してくださったそうですね」

「まあ、それは無駄に終わったが、その代わり、君は表向き死んだことになった」

「あら。そうなんですか？」

　そして、ふっと彼女は目を細めた。

「私、なにをすればよろしいんでしょう？」

「君にまた、世のため人のため、人を殺して欲しい」

「え？　そうなんですか？……まあ恩赦とか特赦じゃないのはわかってましたけど」

　立ち上がり、彼女はぱんぱんと埃を払った。

「これで刑は執行されたから君は自由だ、死人を裁く法律はない。拒むならそこのドアから出て行き給え。私と来るなら外へ出られる。ただし、ちょっと整形手術はしてもらうが」

　どうするね、と橋本が訊ねると、彼女はニッコリ微笑んだ。

「いいですよ。どうせ死んだ命です」

　やけにあっさり引き受ける。

「じゃあ目の辺り、プチ整形お願いしてもいいですか？　昔から二重まぶたに憧れてましたから！」

　彼女は間髪容《い》れずに答えた。

「あと新しい名前を考えてくれ……前の名前は使えなくなる。ちなみに私は吹雪、こっちはソロバンだ」

「うわ、もう少しまともな名前を考えておくべきだった」

　ゲンナリとした顔で〈ソロバン〉こと有野が言う。

「そうですね、では時雨《しぐれ》で」

　彼女はニッコリと笑った。

「父は大好きでしたけど、前の名前だけは大嫌いだったんです」

「おい、は……じゃないボス」

橋本と名前を呼びそうになって有野はなんとか別の言葉に変換した。

「俺の渾名、変えていいか？」

「もう遅い、〈ソロバン〉で全部登録されてる」

「……まいったなあ」

「では、よろしくお願いします、〈ソロバン〉さん」

にっこりと笑って、〈時雨〉は手を差しだし、有野は〈ソロバン〉として苦笑いしながらその手を取った。

第三章

☆

自称〈トマ〉に加え、〈時雨〉と有野こと〈ソロバン〉を仲間に入れて二週間後。

福島近くの森林地帯に橋本たちはいた。

夜明け前の山中の冷たい空気がありがたい。

「走れ！　走れ！」

背後から陸自のレンジャー部隊の教官の怒鳴り声が響く。

迷彩服に背嚢《はいのう》、手には89式自動小銃を模して重量、バランス共に同じにしたエアBBガンを手に、橋本たちは森の中を走る。

橋本、有野、〈時雨〉、さらに〈トマ〉も悲鳴を上げながら訓練に強制参加させられていた。

〈時雨〉と橋本はなんとか最初の一週間で訓練についていけるようになったが、有野は十日かかり、〈トマ〉に至っては未《いま》だについてきているとは言いがたい。

とりあえず毎日十キロ、装備一式二十キロ……〈トマ〉は持ち上げることすら出来なかったので十キロになったが……を背負って山の中を行軍、一般道に出て二キロのマラソン、さらに筋力トレーニングという日々である。

二年前の銃撃戦で中国の徐が与えてくれたＡＫＳ74Ｕで一応実弾射撃もした。

一応、というのはＡＫの弾薬が少なかったためだ。

全員、ひと弾倉、三十発撃つのがやっとだった。

橋本の実感としては二週間で三千発は撃たないと実戦では使い物にならない。

が、ないものは仕方がなかった。

〈トマ〉は初日に筋肉が攣《つ》って大騒ぎになった。

こむら返り用の市販薬を服用させて何とか対応しているが、それでも逃げ出さないのは香が見込んだだけのことはあると橋本は思う。

夜、眠っているところを見回ったとき寝言で「綺麗になるんだ」と言っていた気がするが、それは聞かなかったことにした。

そして、橋本は最後の仕上げである夜間行軍二十キロのラスト五キロを走りきり、何とかゴールである廃業したドライブインの駐車場に辿《たど》り着いた。

〈時雨〉がすでに到着していて、橋本が二位、有野が三位。後ろから万が一倒れたときの介護も考えて走る教官に追い立てられて、〈トマ〉がようやくゴールした。

「お疲れ様です」

駐車場にはすでに香こと〈ケイ〉がいて、ハッチバックの軽自動車の後部座席からクーラーバッグで冷やされたスポーツドリンクを配ってくれる。

礼を言ってそれを受け取り、橋本は地べたに座り込んでその甘露を喉に流しこむ。

二週間では昔のように、とはいかないが、それでもまだ何とかなりそうだという自信にはなった。

横に、有野が這《は》いずるようにやってきて座った。

「お前までやることはないのに」

笑う有野に、

「うちの組織は小さいんだ。ボスだからって椅子に座って命令出しているだけってわけにはいかん」

と橋本は大真面目に答えた。

そういえばせっかく考えた〈吹雪〉というコードネームは有野がとっさに拘置所で口に

した「ボス」という渾名に負けて、今は誰もが橋本のことをボスとしか呼ばない。

「大将が前面に出てくる組織は良くないと思うが」

「組織自体は俺とお前ともう一人がコアだ、他は事件ごとに解体、再編するつもりだよ」

「なるほど」

「それに、朝鏡を見て腹が出てくることを諦めるのはいやなんだ」

大真面目に橋本が言うと、有野は声を上げて笑った。

「〈ソロバン〉さん、どうしたんですか?」

装備一式を外した〈時雨〉が汗を拭って声をかける。

本人の希望通り、プチ整形で二重になった目のお陰で、元から白百合のようだった美貌は薔薇《ばら》のように見える。

まとめていた長い髪を解くと、風になびく様子がまた美しい。

三十もそろそろ折り返した橋本と有野は、時折その様子を見て「若さ」の輝きに顔を見合わせて苦笑することも多い。

恐らく二十代だったら二人とも〈時雨〉を放っておかなかっただろう。

「いや、こいつ、ダイエット目的で訓練に参加したらしい」

「あら、まあ」

くすくすと〈時雨〉が笑った。それだけで花が咲いたようになる。

背後で香がこちらを見る視線の温度が下がるのを感じ、橋本は少々うんざりする。

女の敵は女。それは年齢の差があろうがなかろうが変わらないらしい。

今夜は訓練も終わったので、久々に香を抱いて慰めねばならないだろう、とボンヤリ思う。

もっとも当の〈時雨〉は完全に橋本や有野に対しては親戚の叔父、もしくは父親の同級生ぐらいに考えているのは明らかなのだが。

「そ、それは僕も同じっすけどね……」

這々《ほうほう》の体で、ようやく香からドリンクを受け取った〈トマ〉が引き継ぐ。

二週間、橋本はこのふたりと距離を縮める必要はなかった。

有野がなんだかんだで二人に話しかけ、面倒を見、励ましたりすることで見事に調停役をやってくれたからだ。

〈時雨〉はもとより、〈トマ〉も有野には父性……それも理想的な……を感じているらしく、この訓練期間中、夜に色々話し込んでいるのを見た。

思わぬ効果だった。

三年間、人と関わることを遠慮していた男とは、到底思えない。

が、両親の希望で税務署に入るまで、有野はかなり人付き合いが上手《うま》く、どちらかと言えば顔を構成する鋭角な線のおかげで、ムスッとした感じを人に与えやすい橋本からすれば学生時代はかなり助けて貰った。

人は絶望を通り抜けたとき、バランスを取るために昔に戻るのかもしれない、と橋本はボンヤリ考える。

☆

夜が明けた。

最後の給料を従業員に支払って二週間後、瓜沢が会社の社屋を明け渡す日が来た。

これまで何千回となく回してきた鍵を、最後に閉めた。

「お渡しします」

「はい、確かに」

不動産屋と弁護士立ち会いの下、銀行屋にそれを渡すと、相手は特に感慨も示さずあっさりとそれをポケットに収めた。

「はい、お疲れ様でした」

どいつも先代である父親の世話になっていながら恩を返さなかった連中だ。

今朝もまるっきりそんなことはおくびにも出さずにすました顔をしていた。

怒りはもう湧かなかった。

こういう世界なのだ。

朝日が差し込む鉄筋コンクリート三階建ての小さな社屋に入っていく代理人と銀行屋たちを見送りながら、瓜沢は深々と社屋に向けて頭を下げた。

もう涙も出ない。

ザ・マッカランNo.6とバカラグラスは昨日のうちにこっそり持ち出していた。

マッカランはまだ瓶の底に三センチほど残っていた。バカラグラスはどうしても酒瓶と対で持っておきたかったからだ。

歩いて遠くの駐車場まで行き、ワゴン車の運転席に入る。

もう自分の財産はこのワゴン車と中に積んだ僅《わず》かな私服。

今日から破産者だ。

溜息をつくと、携帯にメッセージが入った。

御堂からだ。

（細かい気遣いの人だな）

半ば苦笑いが浮かぶ。

三日前、差し押さえ勧告に来た業者の前に、偶然居合わせた御堂は、土下座してこう訴えた。

「なんとか、あと三日お待ちいただけませんか、もう一つの銀行の決済がそれなら下りるはずなんです」

「無駄ですよ」

明らかに筋モノと思《おぼ》しい屈強な業者は鼻で笑った。

「膨らむ負債のことを考えれば意味がない」

「そこを何とか」

言った御堂の腹にケリが入った。

「オッサン、それ言うぐらいならあんた腎臓の一つも売ったらどうよ?」

まだ二十歳そこそこの粗暴さの残る顔で業者は言った。

「ここに必要なのは札束、判《わか》る?」

へらへらと笑う業者にもう少しで瓜沢は殴りかかりそうになったが、それを専務の高田が羽交い締めにして止めた。

御堂からのメッセージはあれから病院に担ぎ込まれたが幸い、腹は内臓破裂も起こさず、元気だという内容だった。

そして最後に「本当に申し訳ない」と短く結ばれていた。

不覚にもその瞬間目頭が熱くなった。

三十年、父親ぐるみの付き合いをしてきた連中は紙くずのように自分を見捨て、半年前に知り合ったばかりの人間が腹を蹴られても土下座して助けようとしてくれる。

メイからもメールが来た。

こちらは高田と一緒に引っ越したアパートに余裕があるから暫《しばら》くここに身を寄せてはどうかという話だった。

申し出は有り難いが、元社長と元専務が一緒にいてはこれからさらに負債を取り立てに来る連中の格好の餌食になる。

自己破産の手続きがそれぞれ済むまで、会うことも遠慮したほうがいい、と瓜沢はメールを返した。

この携帯もいつまで使えるか。

当分は日雇い労働をして糊口《ここう》を凌《しの》ぐしかないが、それにも今の世の中連絡先としての携帯が必須だ。

手数料が発生するのを我慢して、当分は携帯電話屋の窓口支払いをしなければならないだろう。

もとからネットに興味はないので、料金プランは格安にしているから毎月の支払いは大丈夫だろうが、払い忘れたら恐らくもうしばらくは携帯電話は持てない。

ハンドルを握りしめた。

不安だけが膨らんでいく。

何もかもが消えてしまった。

身ひとつになれば気が楽になるだろう、と思っていたが、逆だった。

気が楽になるのではなく、何かドロドロしたモノが腹の真ん中に居座っている。

「殺してやる」

不意にそんな言葉が口から出て、瓜沢は驚いた。

だが、不思議に心が静まった。

「殺してやる」

もう一度言うと止められなかった。

ハンドルを何度も叩きながら瓜沢は「殺してやる」と繰り返した。

自分の腹の中に居座ったものが、殺意と怒りの混合物だと、瓜沢は理解した。

☆

訓練を終えた橋本たちが都内に戻ってきて二日め、有野と〈トマ〉が「手頃な事件」を見つけた。

「で、どんな事件だ？」

「これです」

〈トマ〉はアジトの応接セットの側《そば》にある五十インチディスプレイの画面に触れて資料を拡大した。

「この二ヵ月ぐらいの資料を照らし合わせて、外国語の通信内容、人員、車両の移動、大量の現金の移動などに因果関係を紐付けして整理するソフトを〈ソロバン〉さんの協力で作りました。試しに一千万円以上、五千万円以下の違法取引をピックアップするようにしたところ……これが引っかかりました」

資料の一部に線が引かれ、それが丸まって円になり、そこから線が伸びる。

円は縮小され、大学の敷地図になり、さらに世界地図になってロシアへ伸びていく。

「情報の基幹は、三年前薬物を使った集団レイプ事件を引き起こした某大学のヤリコンサークル……えーと、セックスが目的で表向きはパーティを行ったりするイベント関係の研究会のフリをしたりする……」

「それぐらいは知ってる」

「あ、はい。じゃあこの基幹となるサークルが最近、ロシアとの通信を頻繁にするようになってるんです……正確には、四つの国のサーバーをまたいで、ですが」

「何処《どこ》に繋《つな》がったかというと、ロシアンマフィアだ」

〈トマ〉の説明を有野が引き継ぐ。

「薬物の不法輸入だったら麻薬取締局《マトリ》が動くだろ？」

「そうかもしれないんだが、このロシアのマフィア、麻薬じゃなくて武器と人間の売り買いが専門だ……日本人や日本で暮らしてる外国人は教養も高いし、今じゃプロポーションもいい。〈商品〉としては最高の部類に入る」

「それは普通に公安の人たちの案件ではないのですか？　もしくは警視庁の経済犯罪専門の部署がありましたよね？」

「でもこれ、『治外案件』と『越法事案』のふたつのカテゴリー情報にまたがることなんですよ」

「？」

「ロシアンマフィアはただのマフィアじゃなくて、ジョージア（旧名表記グルジア）とかのテロリストグループと繋がってる。日本のほうはといえば……サークルのリーダーは与党の大物議員の息子だ」

「どなたです?」

〈時雨〉がキョトンとする中、橋本は溜息をつく。

「君の死刑執行書類にサイン出来る人物だ」

「法務大臣ですの?」

「ええ、そこの次男です。長男は次の内閣では総理とも言われてるオヤジさんの後を継ぐべく国会議員二年目、次の選挙も考えれば」

「まあ、政治的理由から動けないわな……しかも今の法務事務次官とは前職の大臣官房長時代から昵懇《じっこん》だ」

で、いつ、何が起こる? という橋本の問いかけに、〈トマ〉が答えた。

「人身売買です。恐らく青森のどこかの小さな漁村で。対価は……金塊です」

「ナンパして飽きたらソープに沈めるという話は聞いたことがあるが、人買いに売り払うなんて、まるで昭和の頃の子供への脅し文句だ」

有野が一般人らしい感想を口にするが、橋本は首を振った。

「世界は残念ながらそんなに変わらん。暴力と犯罪の世界は外側こそハイテクだのＩＴだので武装してるが、実際には昔の犯罪者とやってることの中身は変わらん」

「そういうものかね」

「そういうもんだ」

　橋本のスマホが鳴った。

　香だ。

『とりあえず、東京税関と話をつけて、揃《そろ》えられる範囲で揃えました。〈時雨〉の注文は完全になんとかなりましたけど、それ以外は大分心許《こころもと》ないです』

「まあ、仕方がない。現代の日本で武装するとなればヤクザに話をつけるしかないが、俺らは私設とは言え警察だからな。そんなことは出来ない」

『ところで、重さ二十キロの箱を三つ、上から下《お》ろすのと下から上げるのとではどっちが楽ですか？』

　このビルのエレベーターが自分たちのいる階には止まらない機能を持っていることを橋本は思い出して舌打ちした。

「上の階で箱から中身を出して下ろす」

　箱と梱包材がなくなる上にひとりで運べる分量になる。箱ごと運ぶ必要はない。

『賢明ですね』

取りそろえられたのは、12番ゲージの上下二連散弾銃が一挺と同じ口径の自動装塡型散弾銃ベネリが二挺、それと弾薬が八箱。

☆

現状では国内での所持が違法ではないものだ。

狩猟用のブローニングのBARライフルの新型、MK3が一挺と使用弾薬である、308ウィンチェスター弾が五十発箱で四つ……つまり二〇〇発。

セミオート式のBARMK3は、第二次世界大戦で登場し同じくBARの愛称で親しまれた分隊用機関銃と同じく、頑丈で精密で有名で、国内のハンターにとって、スタンダードな品物となっている。

迷彩服やヘルメット、顔を見られないためのマスク。

そして大きなコンポジット・ボウと、ボウガン、それぞれに使用する矢が三〇〇本ずつで、これが実は一番の重量だった。

コンポジット・ボウとはアーチェリーを改良して、弦をプーリーを使って軽く引くことが出来るようにし、貫通力は従来のモノより強化されているものだ……アメリカでは狩猟用に使われている。

日本国内では違法だが、スポーツ用として部品をばらして輸入して組み立てたモノだ。

「あら、これは？」

その下に、真っ黒な、ラバーグリップを装着した細長いものを見つけて〈時雨〉が驚いた顔になる。

「ハイスピードスチール製の〈カタナ〉だ。アメリカ製。登録上は刃を潰した状態ということになってる」

橋本が答えた。

国内における「日本刀」はその製造方法からしてすべて「技術を保存」することを名目として製造が許可されている「美術品」のため、それ以外の材料、製造方法を使えば銃刀法違反になる。

一方で、そういうモノのない海外……特にアメリカのナイフメーカーなどは、最新技術や素材を使って「カタナ」と呼ばれる新しい武器を作り続け、これもまたその中の一本らしい。

〈時雨〉がすらりと鞘《さや》から抜くと、真っ黒に焼き付けされた刀身が露《あら》わになった。

エッジの部分だけが僅《わず》かに光っている。

日本刀の優美さも美しさもなく、ただそこには銃剣やサバイバルナイフとおなじ「実用品」の凄《すご》みがあった。

「面白い考えですわね」

「日本刀の美しさはないが、人を斬るにはこっちのほうがいいだろうと思った。気に入らなかったら違うものを調達するが」

「いいえ……前回、やっぱり日本刀の作りや拵《こしら》えは、試し切り用の切柄《きりづか》でないと多人数を相手にするのは難しいと思いましたから……ハイスピードスチールならかなり頑丈でしょうし」

「拳銃は？」

全てをアジトの奥にあるガンロッカーとメタルラックに運び込んで、〈トマ〉が訊《たず》ねた。

「今回は合法的なラインと抜け道を使って調達したから、こんなモノしかないわ。古式銃としての登録を誤魔化すためにワザと細かい傷とか入ってるけど。商品自体は去年イタリアで製作されたものよ」

香が最後に美しい紫檀の箱を開けると、ビロード張りの中身に、古臭いデザインのリボルバーが納まっていた。

「フランスのリボルバーで、ルフォーショー。本来は黒色火薬を使うのだけど、これはハーフムーンクリップでリムを留めた9㎜パラベラムが使えるようになってる」

「すみません、僕、かお……じゃない〈ケイ〉さんが言ってる事の意味が、半分も理解出来ないんですが……」

〈トマ〉が戸惑った顔になる。

「まあ、形は古臭いけど、ダブルアクション、いえ引き金を引けば撃てるし、威力は普通の拳銃並みにあるわ。細かい事は後で説明するからそのうち練習して覚えて」

「え？　これ一挺だけですよね？　ボスか〈時雨〉さんが使うんじゃ……」

「これはお前専用だ」

橋本はカーボンファイバー製の矢が詰まった箱を苦労してメタルラックの上に並べながら言った。

「お前はバックアップだ、万が一のことがあったらそれで逃げるために応戦しろ、弾丸を撃ち尽くしたら棄《す》てて逃げろ。ま、上手《うま》くいったらこんな骨董品じゃなく、まともな拳銃に変えてやる」

「僕も戦うんじゃないんですか？」

「戦うさ。だがお前のメインの仕事は俺たちに指示を出す『椅子の人《オペレーター》』だ。だが、お前にも動けるようにしておく必要があった。フィジカルに鍛えておくことは異常事態に反応して生き残る確率が高くなることと同義だからな」

反応こそ鈍いが、どこか感動したような雰囲気があることに、橋本は満足した。

「ではさっさと整理してくれ。お前と〈ソロバン〉の予想に従う」

「は、はい」

〈トマ〉の声は軽く弾んでいた——香こと〈ケイ〉によると、以前の職場では本当に何の意見も通らず、通っても同僚に手柄を奪われ、正当に評価されていなかったらしいから、先ほどのリボルバーも含め、形あるもので自分のことを認めてくれた、と自覚出来るだけでも嬉しいのだろう。

「あの、〈ソロバン〉さん、どういう情報が必要ですかね？」

「そうだな……」

有野が首を捻《ひね》るのを見て、橋本は安堵《あんど》の溜息をつきそうになり、慌てて飲み込んだ。

妻子を失ってからずっと有野の顔に貼り付いていた死神の影が、ようやく去ったのを見たからである。

☆

日雇いの現場から帰ろうと、近所の路地裏に違法駐車した車に乗り込むとバックミラーに走ってくる御堂が見えた。

「どうしたんですか？」

そもそもどうやってその日暮らしの自分の居場所を知ったのか。

不思議に思いつつ車から降りると、御堂は瓜沢の前でぜいぜいと息を吐いた。

「いや、間に合って良かった。あれからどうなったか気になりまして」

「すみません、ここ違法駐車なんで、話は車の中でいいですか？」

生活の場にしていることで自分の体臭や食べ物の匂いがこびりついている車内に、まだ残っていた除菌消臭スプレーを吹きつけ、瓜沢は助手席を開けた。

助手席に転がっていた栄養剤の瓶をとって、ダッシュボードに突っ込む。

栄養剤はメイがくれたもので、まだ半分残っていた。

「ああ、ありがとうございます」

「ご自宅、この近くでしたよね」

車を動かす。

「あれから、ずっとああいう工事現場で？」

「俺の頭じゃ事務職や営業職は難しいですからね」

「一応、私の知り合いの建築業者に、現場監督の空きがないか聞いてみまして、いまこの会社が監督が出来る人を探してるようです」

御堂はいつも抱えている鞄を開けた。

鞄の底に、手擦れした真四角の木箱が見える。

その隣にあったファイルケースからプリントアウトされた紙を一枚取り出す。

「四社あります。今日の時点での話なので、明日にでも電話してみたらいかがでしょう」

「助かります」

そう言って、瓜沢は用紙を受け取った。

「あとこれ、不要かも知れませんが履歴書用紙」

細かいところまで気のつく御堂に、感謝の気持ちが胸に満ちる。

「ありがとうございます」

「いいえ」

溜息と共に御堂は前を向いた。

暫《しばら》く、車は道路を走る。

「今はどちらに？」

「この車が我が家ですよ。車中泊って奴です。トイレはコンビニで借りて」

実際には小便は一・五リットルのペットボトルに入れたりするが、それは言わなかった。

まだ車内に小便を入れたままのペットボトルが転がっているのを思い出したからだ。

「なるほど……」

また御堂も自分の家、もしくは宿を紹介してくれるのだろうか、と思ったが、

「瓜沢さん、いつもの飲み会の人たちも今、あなたと同じような状況なんです」

前を見たまま御堂は切り出した。

柳沢克也は今、家を追い出されてラブホテルで住み込みで働いているという。

元SEの辰巳一郎もまた、家賃を払えなくなって生活保護を受け、保証されるギリギリの家賃の家に引っ越した。部屋の荷物は行政にお願いして全部処分したという。

矢島良子はあれから、祖父母たちの介護に疲れた父母が失踪し、祖父母の死後、相続税が払えなくなったんで家を物納する形で家を失った。

元ネトウヨの小田島正章は、再就職した先で以前のことがバレて会社をクビに。

北本照美は銀行からの借金を返せず、銀行預金を差し押さえられて、生活保護申請をしている間に家賃滞納が続いて部屋を追い出された。

「皆さん、やり直そうとしているのに、どうしてこういうことになるんですかねえ」

唇を噛《か》みながら、御堂は悲しみに満ちた声で嘆く。

「私たちの力じゃ限界があります。社会や個人が優しくしてくれなければ、立ち直れるモ

ノも立ち直れないのに……セカンドチャンスというものが、この国にはなさ過ぎる」

声に荒々しさが混じった。

「『溺れる犬は石もて打て』とは魯迅が『溺れる犬を打つな』への皮肉として『負けても懲りずに反省もしないものは打ち据えて二度と立てぬようにせよ』として作った言葉だそうですが、日本の場合、どんな心根であろうとも、どのようにして水に落ちたかも考慮せず、娯楽として、いえ社会のシステムとして倒れた人間をよってたかって打ち据える」

御堂は声を荒らげたことに気付くと、ばつの悪そうな顔になり、「煙草《たばこ》、いいですか」と訊ねた。

瓜沢は頷《うなず》いた。瓜沢自身も煙草が欲しいと思っていた……高校球児時代は考えもしなかったが、酒と煙草は建築現場では最低限使えなければ困るコミュニケーションツールというのもあって今はかなりのヘビースモーカーだ。

「どうぞ」

御堂はリトルシガーを差しだした。

てっきり普通の煙草だと思っていた瓜沢は少し驚いたが、遠慮なく黒いパッケージに木の切り株が印刷された箱の中から一本取って、今や世間では外部電源としてしか認識されていないシガーソケットを使って火をつけた。

甘い、シェリー酒のような香りが口の中に膨らんだ。

この前、社屋を明け渡して以来、ずっと腹の中に蠢《うごめ》いている怒りの衝動がだんだん落ち着いてくるのを感じる。

御堂もシガーソケットで火をつけ、それを手に持ったまま暫く黙っていた。

車は暫く都内を走る。

郊外に出て、駐車場のあるコンビニを目指している。

御堂を家まで送るつもりだった……方角的には同じだからだ。

「ねえ、瓜沢さん」

車中、御堂はふと、切り出す。

「どうしようもないこの国を変えてみませんか？」

「なんですか？　ひょっとして御堂さん、政治家に？」

答えながらこの人物なら選挙運動を手伝ってもいいなと自然に瓜沢は思っていた。

「いえ、もうこの国の現状は政治じゃ変えられません」

静かに、煙草を手に持ったまま、御堂は続けた。

「世間の同情を集め、正しい行為を行い、そして救済される『犯罪計画』を、私はもうこの二年、ずっと考えてきたんですよ」

いきなりぎょっとするようなことを言われ、思わず瓜沢はブレーキを踏みそうになった。

「それ……冗談、ですよね?」

「いいえ」

御堂は首を振った。

「私は、本気です……どうですか瓜沢さん。この話に乗りますか?」

こちらを見た御堂の顔は冗談を言っている顔ではなかった。

第四章

☆

東北の小さな漁村に夜がきた。

若者たちは殆《ほとん》ど都会に出払い、漁業を営んでいるのは五〇代以上の壮年から七〇代の後期高齢者が主だから、活気はすでに失われている。

夜八時を回れば静かなものだ。

しんしんと冷え込む漁港への道を、大型の冷凍トラックが三台、大型ＳＵＶ数台に前後を守られるようにして到着した。

かつては漁船のドックで、魚の匂いが充満していたいくつかある倉庫の一つへトラックは乗り付けた。

今はドックで整備をしようにも作業を引き受ける業者がいない上、殆どの漁船とその持ち主は「今度修理が必要になったら廃棄して廃業」という有様なのでドックは乾ききり、埃《ほこり》やごみがそこいら辺に積もり、転がっている。

トラックから降りた男たちは錆《さ》び付いたシャッターを開け、中に停車した。

トラックの護衛に雇われた元自衛官の〈ツネマサ〉は外で待機を命じられたが、半開きになったシャッターから、その中身が何であるかを知った。

〈ツネマサ〉はむろん、本名ではない。自衛隊時代、同じ隊に同姓同名の奴がいて、それと区別するためにそう呼ばれるようになった――今では本名のほうに違和感がある。

そうでなくてもこの寒空に海から吹き付けてくる風で、〈中身〉たちのすすり泣きが聞こえて来たのだ。

「くそ」

ＳＵＶを降りた。雇われたときに「荒事になるかも知れない」と渡された自動装塡式散弾銃を肩紐で提げていく時も背筋を伸ばしてしまうのは、自衛隊時代からの癖だ。

〈ツネマサ〉にとって、そういうすすり泣きは海外派遣された中東で何度か聞いた声でもあった。

海外派遣で行った先で自衛隊は基本、こういうことに関わらないと厳重に釘を刺された。

基本というのは鉄則と同じである。

〈ツネマサ〉の駐留している基地近くの村では半年に一回、女子供が売られていった。

貧しい村では子供を売ることは立派な産業と化していたのだ。

だが、大人たちの都合は子供には関係のない話である。

売り飛ばすような親でも、親から、兄弟たちから離れるのは辛《つら》い。

だから泣く。

その声が、帰国しても耳に残っていて、他の様々な表沙汰には出来ない戦闘の記憶も相まって、〈ツネマサ〉は陸自を辞めた。

「おい、どういうことだ！」

〈ツネマサ〉は車から降り、倉庫にいる彼の雇い主である大学生に詰め寄ろうとして周囲の警備から止められた。

同じような元自衛官はおらず、全員もとは警官か、ヤクザにもなれない所謂《いわゆる》「半グレ」の連中だが屈強さに変わりはない。

「話と違うぞ、おい！」

阻まれてもみ合いになった。

〈ツネマサ〉としては陸自を辞めてくすぶっていた自分を雇ってくれた恩があるし、雇われた以上彼らも仲間なので、拳は振るえない。

持っているショットガンを使うのはなおさらだった。

それが〈ツネマサ〉の信条だった。

「どうした？　何かもめ事か？」

雇い主の大学生が顔を出した。

顔立ちそのものはほぼ整っているが、エゴの強そうな口元のラインとぎょろりとした目が殆ど瞬きをしないようなところがどうにも嫌な印象を残す顔立ち。

大学のサークルの部長としてのみではなく、マスコミにはウェブビジネス界の寵児《ちょうじ》として持てはやされ、自信たっぷりな態度と発言の過激さにファンがいて、ウェブの受けもいい。

だがモニタの向こうにいるならともかく、実際に目にすると不愉快極まりない気配を周囲に放っていた。

「おい、話が違うだろう。人身売買だって？　電子機器じゃなかったのかよ！」

「いいじゃないか、こっちのほうが金になるんだよ」

「いいわけあるか！　人間だぞ！」

「ああ、まあそうだな。だけど日本じゃ生きていけない弱者だ。生活保護とかネグレクトとか、そういうので親からも政府からも見放された連中を再利用してるんだ、いわば人助けだよ。陸自じゃ習わないか？　こういう慈善事業」

小馬鹿にしたような口調で両手を広げ、ひらひらと手の平を動かしながら雇い主であるサークルの部長は笑った。

親の法務大臣は大したものだと陸自時代の上官も先輩も褒めていたが、息子にはその血の欠片《かけら》も入っていないようだった。

「お前……」

とうとう決意して自分の手足を拘束してる連中をふりほどこうとした〈ツネマサ〉の首に、青白い閃光《せんこう》とカタタタ、というスパーク音が響いた。

一瞬目の前が真っ白になり、身体《からだ》中が痙攣《けいれん》して地面に倒れる。

「おっと」

背後から別の手が伸びて、〈ツネマサ〉の持っていたショットガンを肩紐ごと外した。

「お前ウザいわ」

護衛連中の一人がそう言ってスタンガンをさらに無様に倒れた〈ツネマサ〉の身体に押し当ててボタンを押した。

文字通り跳ね上がる〈ツネマサ〉を見て、護衛連中も含めた一同にどっ、と笑いが起きる。

「どうします、ぶちょー」

　護衛のひとりがサークルのリーダーに尋ねる。

「今のうちに頸動脈刺して吊しときますぅ？」

「リーダーって呼べっつってんだろがよ。ばーか、ここでやる奴があるかよ」

　冷たい目でサークルリーダーは答えた。

「面倒ごとってのはさ、手順ってもんがあるんだよ、優先順位決めて、トリアージすんだよ。今の最優先は取引だ」

「でも、こいつ、ウザいっすよ」

「港は綺麗にしとかなくちゃいけねえんだよ。漁協の爺さんたちも、駐在も、倉庫が血で汚れたらさすがに黙っちゃいねえ」

「こんなオンボロ倉庫なのに？」

「理屈じゃねえんだよ」

「へえい」

「とりあえず手足ガムテで縛って廃船の中にでも転がしとけや」

　リーダーはひらひらと手を振りながら倉庫の中に戻った。

　尚もすすり泣く〈商品〉たちを怒鳴りつけ殴りつける音が響く。

☆

「ひでえ」

そこから数百メートル離れた、古いアパートの駐車場で〈トマ〉は顔をしかめた。

アパート自体は人口の減少で廃屋になったものである。

『相手の人数は何人だ？　売られる連中は除いて、だ』

橋本の問いに、〈トマ〉は慌てて体温センサーと、望遠カメラのモニタを見た。

今回、時間がなかったのと、人の少ない港町でよそ者がうろうろするところを見つかる危険は避けたかったため、監視カメラの類《たぐ》いを倉庫に仕込んでいない。

だから望遠カメラの画像を増幅補正してこれに対応していた。

さらに今回の取引に関わっている全員のスマホへの侵入を、基地局を偽装する「スティングレイ」で行っている。

そこから得られる位置情報を照らし合わせる。

売られる女性達はトイレを済ませると再びトラックの荷台へ戻された。

やがて、船のエンジン音がした。

別角度に備え付けたカメラで海を見ると、沖合に停泊したロシア船籍のクルーザーから小型ボートがやってくるのが見えた。

「えーと、武装してるのがひとり減って十四人、非武装っぽいのは一人、です」

『リアルタイム配置図作って送ってくれ』

「了解」

〈トマ〉は広げたノートPCの画面をタッチして、今回の敵全員の位置情報を送った。

全員の被《かぶ》っているヘルメットにはバイザー部分にヘッド《H》アップ《U》ディスプレイ《D》が内蔵され、そこにリアルタイムの位置情報が送られてくる――着用している防弾ベスト、ブーツや戦闘服も含め、アメリカ軍の特殊部隊の最新装備だ。

普通に考えれば入手は不可能だが、マニアの伝手《つて》というものがあれば、入手できない物はこの世にない。

そして軍用品というものは基本、量産されてコストが下がり、使用する人間が増えると同時に、部外者への流出を止めにくくなる性質を持っている。

それを〈トマ〉を除く全員が装備し、配置についている。

窓に向けたレーザー盗聴器が、中でカタコトの日本語とロシア語の会話が始まったことを伝えてきた。

音声を変換して文字化するアプリが会話内容を翻訳した。

「取引が始まりました……しかし、やつら手慣れてますね――通話記録調べたら、もう軽く一〇〇回はやってるみたいですけれど」

『我が国の警察が優秀なのはいつの時代の話なんだろうな……ま、無駄口はここまでだよな。ボスに怒られないうちに次の指示をくれ』

有野こと〈ソロバン〉が〈トマ〉の軽口に答えつつ、次の段取りを促した。

「無線をこれより封鎖します、皆さん、くれぐれもマスクと手袋外さないように……だれかがボディカメラをつけてる可能性もありますから」

顔はもちろん、素手の時に見える手の甲の静脈は、指紋、眼紋にならぶ個人特定の出来る証拠の一種だ。

『了解』という返事が、黙ったままの〈時雨〉も含め、三つ戻ってきた。

『カウントダウンを開始する』

橋本がそう言って五つ数えると、マイクの切断音が次々と聞こえてきた。

〈トマ〉もマイクのスイッチを切った。

「上手《う》くいきますように……」

思わず祈る。

こんなスリリングな場所にリアルタイムで居合わせるのは初めての経験だった。

これまでいた警視庁のサイバーチームと違い、ここは自分を必要としてくれる。そのことが嬉しかった。

〈トマ〉は太腿に固定したホルスターの中に収まったルフォーショーリボルバーのグリップに軽く触れ、またモニタリングに集中しはじめた。

非常事態が起これば、無線封鎖を破ってでも橋本たちに状況を報告する必要がある。

☆

橋本は一番倉庫に近い廃車の中にいた。

海沿いに放り出され、潮風ですっかりボロボロになった大型バンは窓ガラスも割れ、タイヤは空気が抜けて腐り落ち、中は適当なゴミ箱にされていて、身を隠すには持ってこいだった。

そうでなくとも、この漁港と港町はすっかり手入れする人間がいないため、あちこちに木々や雑草が生い茂り、道路と建物の近く以外には隠れ場所は多すぎるほどだ。

その、土に帰りつつあるバンの後部座席で、橋本はボウガンを構える。

レーザーポインターなどという洒落《しゃれ》たものはない。備え付けの小さな鉄製の照準器だけが頼りだが、不安はなかった。

距離は二十メートル。

相手は倉庫の裏手を警戒している警備役だ。

ドアの左右にふたり。

微動だにしないので楽だ。

引き金をゆっくりと〈落とす〉ように引く。

風を切る微《かす》かな音は海風に消され、左の警備の胸の真ん中に矢は深々と突き立った。

素早くボウガンの先端にある足かけにブーツの先を突っ込み、弦を引いて固定、二本目の矢をつがえる。

「おい、どうした！」

がくっと膝をついて倒れた相方に何が起こったのかと戸惑う右の警備の首の付け根を狙って橋本は二本目を放った。

首の付け根を狙ったつもりが、相手の首を左右に貫通する。

声も上げられずにすでに絶命した相棒の上に警備は倒れ込み動かなくなった。

橋本はボウガンを置いて、腐ってなくなった後部ドアから外に出る。

手には自動装塡式のショットガン、ベネリM1。日本の国内法で狩猟用の銃はライフルは五発、ショットガンは二発＋薬室の一発の三発が上限で、それ以上の装弾数を持つ銃も、日本国内へ輸入されるときには装弾数を減らす加工を施したパーツを使用する。

それを交換し、本来の装弾数を取りもどしているので、七発の装弾数になっている。

腰のベルトポーチには左右で十四発の弾薬が入っていた。

橋本はドアに辿《たど》り着くと、ショットガンを構えなおし、ゆっくりとノブを回して少しドアを開けながら、胸のポーチに差した閃光手榴弾《しゅりゅうだん》を数発取りだし、ピンを抜いては次々と中に放り込んだ。

「なんだ？」

誰かの間抜けた声が聞こえる。

数秒後爆発と同時に閃光と鼓膜にダメージを与える大音響が倉庫の中にこだました。

苦鳴のあがる倉庫へ橋本はドアをあけて飛びこんだ。

☆

シャッター前の警備は五人。慣れきった様子で、ひとりはスマホをずっと眺めていて他の四人に窘《たしな》められたりしていたが、背後で突然起こった大音響に浮き足立って振り向いた。

その身体へ次々と大きな矢が射ちこまれた。

心臓、首、そしてこめかみ……どれも即死する位置だが、猛獣狩りに使う弓矢だけあって、貫通力が物凄《ものすご》く、何本かは標的を貫いてシャッターに深々と突き刺さった。

残った二人が銃を構えて警戒の声をあげるがもう内部から応じる余裕のある者はいない。

さらに二本の、こちらはボウガンの矢が残った二人の胸元に突き刺さり、それでも反撃しようとする男の額を、大きな矢が貫く。

五〇メートルほど先にある漁船の陰から〈時雨〉と〈ソロバン〉こと有野が走り出した。

有野はボウガン、〈時雨〉は狩猟用に使うアーチェリーを構え、背中には海外から輸入されたハイスピードスチール製の日本刀を背負っている。

そのままシャッター前に転がる死体に近づくと、彼らの武装を奪う。

「なんかゲームみたいで楽しいですね〈ソロバン〉さん」

マスクとバイザー越しに小さく〈時雨〉が微笑《ほほえ》むが、

「ＦＰＳより、私はのんびり武器屋で武器を買うタイプのＲＰＧのほうが好きだな」

と有野は渋い顔をした。

死んだ連中は、どちらもフルサイズのＡＫ74を持っていた。

有野はそっとコッキングハンドルを引いて初弾の装塡を確認した。

「あら……」

〈時雨〉も同じようにしながら、ふと、転がったスマホの画面を見て首を傾《かし》げた。

最新型の機種のクリアな画面は、音を消去した状態で動画を再生している。

丁度〈時雨〉が覗《のぞ》き込んだあたりで自動再生になり、次の動画を再生しはじめた。

「この人……どこかで……ＦｕｃｋＭｅＢＯＹ・４０４・ＫＡＨＯＲＵ？」

「急ぐぞ〈時雨〉！」

〈ソロバン〉は装塡を確認したＡＫ74の安全装置を解除し、〈時雨〉を促しつつ、シャッターの下をくぐり抜けた。

〈時雨〉はアーチェリーを持ったまま中に入る。

「せえの……確保ーっ！」

「か、確保ーっ！」

叫びながら二人は銃を撃ちまくった。

☆

二度目のスタンガンで気絶していた男は、銃撃音で目を醒《さ》ました。

「確保」という上ずった男の声と、逆に良く通る女の声が何度もくり返し聞こえた。

暗闇に目が慣れてくると、ここがトラックの中で、饐《す》えた匂いと甘ったるい香水の名残で女たちと一緒なのが判《わか》った。

以前の派遣先で聞いた鋼板を銃弾が貫く音がして、その光がトラックの中に漏れた。

「伏せろ！　床に腹ばいになれ！」

そう叫んだつもりだったが、舌がもつれて妙な発音になる。

それでも極限状況に長いことおかれていた女たちはのろのろしている。

やがて、「この野郎、死ね！」というサークルリーダーの罵《のの》り声と共に大砲のような発射音がして、三発目でコンテナの中に拳が通るほどの穴が開いて、ボンヤリ立っていた女の頭から肩までを吹き飛ばし、それで皆ようやく慌てて床に伏せた。

「何が起こってるんだ、警察か？」

戸惑いながら、武装していない〈ツネマサ〉はひたすら流れ弾が今度は自分の方角に飛んでこないようにと祈った。

そして後ろ手にガムテープで縛られた手を、靴のあたりまで何とか伸ばす。

靴を脱いで、なんとか中敷きを外した。

中にはガーバーの小型の折りたたみナイフが仕込んである……いささか大げさすぎるとは思いつつ、細工物はギャンブルの次に好きな趣味なので、ついつい凝ってしまったが、まさか役に立つとは思わなかった。

ナイフを丁寧に取り出して、刃を起こし、ガムテープを切った。

銃撃戦はますます激しさを増している。

一刻も早くこの拘束を解いて、ここにいる女たちを逃がす必要があった。

☆

閃光手榴弾三発と、間髪容れずに突入してきた謎の敵の襲撃は、犯罪には慣れているが戦闘には不慣れなサークルとその護衛たちにとっては恐慌を来す元凶でしかなかった。

閃光で目が眩《くら》み、耳は破裂音でバカになった状態である。

ロシア人たちもろくに動ける者はいない。

彼らにとって唯一有利だったのは突入してきたのがたった三人で、こちらはロシア人の取引相手も含めて二十人以上いたということだ。

半分以上が敵の銃弾や弓矢に倒される中、ようやくサークルのリーダーは、目が見えるようになり、密輸品の木箱の中から半ば手探りで武器を引っ張り出した。

何処《どこ》かに買い手がいたのか、個人的な趣味なのか……恐らく後者だろう。

武器密輸に手を染める者は、一番強烈で高価な品を自分専用に取っておく。

そうでなければわざわざＯＳＶ－96などという冗談みたいな武器を持ち出すはずがない。

セミオートマチックのこのライフルは、かつては対戦車砲、今は対物狙撃銃《アンチマテリアルライフル》と呼ばれ、装甲車や建物越しにいるテロリストを射殺するための12・7㎜もの口径を持つ強力すぎる銃だ。

「しねええ！」

叫びながら弾倉をはめ込み、装塡してぶっ放す。

一発目が橋本の頭上の壁に撃ち込まれて貫通、遠くに立っている木の電柱をへし折った。

12・7㎜とはつまり50口径。ろくに訓練もしていない、パーティと女で緩みきった身体に扱える武器ではない。

「当たれエエ！」

二発目は入り口から入ってきた〈ソロバン〉と〈時雨〉に向けられたが、ふらつく腰のせいでその隣に停車していたトラックのコンテナを撃ち抜いた。

慌てて撃った三発目も同じである。

四発目を撃った瞬間、その首が高く飛んだ。

〈時雨〉が背中に背負っていたアメリカ製の〈カタナ〉を抜いてリーダーの首を切断したのだ。

かつて八人を斬り殺し、それゆえに死刑宣告を受けた腕前は衰えていない。

一瞬遅れて胴体側の首の切り口から血が噴き出すのを〈時雨〉は鮮やかにさけてトラッ

クの陰に隠れた。

間欠泉のように、高く血を吹き出しながらリーダーの身体は膝をつき、ぱたんと倒れた。

まだ視力が回復せずにオロオロしながらおっかなびっくり銃を振り回す他のサークルメンバーやロシアマフィア、護衛の生き残りたちの何人かが溢《あふ》れる血に足を取られて転ぶ。

残った連中の掃討には大して時間は掛からない。

取引相手のロシア人たちは必死になってボートに逃げようとしたが全員がボートの上で右往左往しているうちに射殺された。

動くもののいなくなった倉庫の中で、それでも数分、〈ボス〉たちは生きのこりがいないかを探し、〈トマ〉の「熱探知も含めて動くものはトラックのコンテナの中だけです」と言われて警戒を解いた。

「よし、無線封鎖解除。まずは金と武器を積み込むぞ……〈トマ〉、そっちの撤収は任せる」

『はい……ちょっと最後にその辺、もう一度だけ点検していいですか？』

「お前がそう考えるなら必要だろう、やれ」

〈吹雪〉はそう答えると、死んだサークル連中のポケットを探って、リモコンキーを回収し、〈ソロバン〉に渡した。

「一台ぐらいはまともに動くのがあるだろう」

外に出た〈ソロバン〉は停車しているＳＵＶに向けて片っ端からリモコンキーを操作した。

二台が反応する。

他のキーと対応する車は、彼らの本拠地かどこかに置いてあると思われた。

うち一台をバックでシャッターを開け放った倉庫の中に入れる。

ハッチバックを開け、後部座席一杯に死体から回収したライフルやショットガンなどの荷物を積み込みはじめた。

「あら、ボス。こちらに現金がありますわよ」

〈時雨〉が木箱の横に置かれた小さなブリーフケースを引っ張り出して開けた。

中には日本の万札がずらりと敷き詰められている……五千万ぐらいはありそうだった。

「コイツらの財布も全部抜いておけ。今から十五分で集められるだけ集めたら火をつけるぞ」

「火を？　大丈夫なんですか？」

「この辺に延焼するような建物はないし、それが今回ここを襲うことを目こぼししてもらう条件だ」

この大学サークルの皮を被った密輸屋共がこの漁港の漁業組合に話をつけたように、橋本も駐在を通じて話をつけてある。

今日この日、何があっても駐在は通報しない、漁協の連中も同じ。その代わり、このドック兼倉庫を燃やすこと……保険金狙いだろう。

どうせ人死にの処理はするつもりだったので、橋本からすれば願ったり叶《かな》ったりだ。

と、いきなりトラックがエンジンを始動させた。

「!?」

驚く暇もなく、トラックは猛スピードで後退して、見事なバックターンを決めると走り去っていく。

「まずい、生き残りがいるぞ！」

〈吹雪〉が地面に片膝を立てて、サークルの連中が持っていたAKを撃った。

トラックの後輪が数発の弾丸を受け、アスファルトに跳弾が火花を散らすが、それでもトラックは暫《しばら》く走り続けた。

やがて蛇行が始まるのが数百メートルおきの街灯の明かりに見え、ブレーキ音を響かせながら、よたよたと道ばたに停車する。

運転席が開いて、大柄な角刈りの男が飛びだした。

ぶらぶらと開いているドアを思いっきり開け放つと「逃げろ！」と中の女たちに叫んだ。

「とにかく逃げろ！　民家に逃げ込め！　警察を呼べ！」

そう言ってショットガンを構えた。

ルイギ・フランキのSPAS12。映画などでお馴染《なじ》みのピストルグリップに折りたたみ式《フォールディング》ストックではなく、固定式のライフルストックだった……恐らく〈吹雪〉たち同様に市販品を改造して装弾数を元に戻しているのだろう。

ガシャンと音を立てて、先台を引いて装填する音が響いた。

「来るな！　来たら撃つ！」

堂に入った構えだった。

そして、いきなり撃ってこないあたりに男の善良さが見えた。

「撃つな、こっちは彼女たちに用はない……荷台の中身は彼女たちだけか？」

問うと、男は「そうだ」と答えた。

「なんで彼女たちを逃がそうとする」

「俺は聞かされてなかった。せいぜい機械部品の密輸だと聞いてた。人を売り飛ばすのは獣だ」

「なるほど」

橋本は銃を左手に持って手を挙げた。

「で、お前さんはやつらを裏切ったワケか」

「ああ、さっきの銃撃戦の流れ弾で一人死んだ。これ以上の被害は出したくない。俺も見逃してくれたら、ここでの話は黙っておく」

「そうは行きませんわ」

いつの間にか背後に立っていた〈時雨〉の声に振り向きざまに銃のストックを叩き込もうとして、男は見事に中空を舞った。

それでも咄嗟《とっさ》に受け身を取ったのは見事だったが、〈時雨〉の手にはどこから手に入れたのか配線を弄《いじく》ったと思《おぼ》しきガムテープでグルグル巻きにされたスタンガンが握られていた。

青白い閃光とともに、男は痙攣し、動かなくなった。

「どうしますか？　いい人そうでしたから殺しませんでしたけれど」

「とりあえず、こいつを運ぼう」

『あの、ボス』

〈トマ〉から通信が入る。

「どうした⁉」

『倉庫の中から変な電波が出てます。複数発信源があるみたいで……手袋とマスク、絶対に外さないでください』

「変な電波？」

『取引が始まった途端電源がオンになったみたいで、十分おきに圧縮された画像情報が何処かに送信されてるんです……暫くモニタリングしてなかったら多分気付かなかったと思います』

そのタイプの監視装置は橋本も使ったことがある。録画、あるいは録音したデータをそのままリアルタイムに発信するのではなく、データを蓄積し、間隔を置いて圧縮送信することで、通常の盗聴器などの捜索で見つからないようにするのだ。

「奴らのボスが監視用に配置したのかもな……いや、違うか」

橋本はマスクの下で唇を歪《ゆが》めた。

この大学サークルには半グレ的組織の常で自分たちよりも「上」はいない。

漁協の連中も駐在も見て見ぬフリで利益を得ていて、全員七〇代近い。

スマホならともかくそんな複雑な仕掛けは扱えそうになかった。

「……〈トマ〉、暫くその電波、追跡しろ。それとこれから送る免許証の主のことを調べておけ」

そう言って橋本は男の免許証を抜いた。

それを防弾ベストに装着されたボディカメラの前にかざして「見えたか？」と訊ねる。

『見えました。番号を感知、調べときます』

「じゃあ頼むぞ」

『了解』

それから男を近くの茂みの中に放り込み、三人でできる限りの金品と武器を二台のSUVに詰め込み、ボートの予備燃料をばらまいた。

最後のジェリ缶の中身をばらまいてすぐ外に出る。

余り待つと気化したガソリンが海風によって空中に散ってしまうから、走りながら橋本は、車の発煙筒に火を付けて後ろに放り投げ、地面に伏せた。

投げこんだ発煙筒の火が爆発的な燃焼を起こして炎が上がる。

炎はあっという間にトタン板と材木をメインに作った倉庫と、海から引き上げたまま引き取り手のいない古い漁船に飛び火し、倉庫は火の柱となった。

「よし、撤収！」

有野こと〈ソロバン〉の運転する車には〈時雨〉を乗せ、橋本は自分の分のSUVのハンドルを握った。

橋本の分のＳＵＶは例の廃アパートの駐車場で乗り捨てた。中身は乗ってきたバンに移し替える。

その頃になってようやく消防車のサイレン音が聞こえ始めた……本当に漁協と駐在は保険金目当てなのだろう。

そして、車から降りた〈ソロバン〉こと有野が激しく近くの木の根元に胃の内容物を吐き出していた……万が一、腹を撃たれた時のことを考えて、四時間前から水とエネルギーバーだけだったので、すぐに黄色い胃液になった。

恐らく一段落ついた途端、殺人のショックが襲ってきたのだろう。

相手がどれだけ人間のクズだろうと、殺人という行為は、巨大なストレスを与える。

ここへきて、身体がようやく「安全地帯」と認識して人間性が復活したのだろう。

だが、有野は運がいいと言える。

どんな戦場でも一〇〇％は有り得ない。熟練の兵士でも、新兵がパニックを起こして撃った一発の弾丸で死ぬ。

そして、橋本自体はかなり元気だった。

切れ始めたアドレナリンの感覚が心地よい。

「で、例のカメラの電波はどうなった？」

「やっぱり追い切れませんでした……どうやらボクらが気付いたのを知って回線を切断したらしくって」

「何者だと思う？」

一瞬、〈トマ〉は躊躇《ためら》ったが「噂なんで、何処まで本当かは判らないですが……」と前置きして、オズオズと口を開いた。

「犯罪者専用のダークウェブの世界で、最近誰かが『犯罪の成功と失敗に対する賭け』をしている、って聞いたことがあります」

「どういうことだ？」

「犯罪を実況して、その間に犯罪がらみの広告をいれたり、成功するかどうかの賭をリアルタイムでやったりするらしいです。使うのは仮想通貨だけ。だから賭けるほうもかなりの金持ちたちらしいです」

「………」

ダークウェブ、あるいはディープウェブとも呼ばれる〈ネットの闇〉の奥深さはある程度橋本も知っているが、改めてその深さと黒さを思った。

「つまりユーチューバーのダークウェブ版とカジノの胴元が一体化してるってことか」

「ええ、ダークウェブって元々犯罪者が利用するためのもんでしたけど、だんだんその犯罪者を楽しませて金を儲けようって連中が出てきたみたいで」

「……そういう連中が、あの場にカメラを仕掛けてたということか……まだ外国の諜報機関のほうがマシだ」

「とにかく、そいつらにボクらの姿を見られてるんです、これからは絶対にマスクと手袋、取らないでくださいね」

「ああ」

「でも、あの女の人たち、どうなっちゃうんでしょうねえ」

〈時雨〉が荷物の移動を手伝いながらふと漏らした。

「半分ぐらい、よその国の人っぽい方もいらっしゃいましたけれど……」

あの暗がりで走って行く女たちをそこまで見ていたらしい。

「お身体に落書きされてる人もいました……あれ、以前アメリカのドキュメントで見ましたけど、密売臓器のドナーの印ですよね」

「え？」

〈ソロバン〉こと有野が驚いた顔になる。

「逃げたうち、五人ぐらいが下着姿で、胸と、ここの腎臓の辺りと、膵臓《すいぞう》のあたりに印がついてましたもの」

橋本は思い出す。

衰弱しきっているものもいるように見えたが、恐らく入管は彼らを強制収容し、やがて送還してしまうだろう。

橋本は、あえてそのことには触れずに声を張りあげた。

「俺たちは七割上手《うま》くいけばいい。十全のことなんか出来ないと割り切れ」

とりあえずこれで資金が出来、装備と武器弾薬が手に入ったのだ。

黙々と手を動かそうとした橋本は、ふと〈時雨〉の胸に赤い点が灯《とも》っていることに気がついた。

「伏せろ!」

全員が言われたとおりに動き車の陰に隠れる。

だが、赤い光点……レーザー照準器光は、群れとなって橋本たちの周囲を動いた。

どう考えても逃げられる数ではない。

「どこから漏れた?」

橋本はロシア人たちから奪ったマカロフを手に呟《つぶや》いた。

「いや……漏れてないか」

ロシア情報局《FSB》の三文字が脳裏に浮かんだ。

ＫＧＢと組織が呼ばれていた時代から「彼らの腕は長く、辛抱強い」と言われていたことを思い出す。

さらにＬＥＤのサーチライトが照らされた。

かなり遠くからだがよほどの大出力らしく、周囲二十メートルが昼間のように照らされる。

その光を背負って人影がゆっくりとこちらにやってくるのが見えた。

第五章

☆

その人影を見て、橋本は銃の引き金にかけた指を外した。

「相変わらず仰々しいのが好きだな……徐さん。ＭＳＳが何の用だ？」

人影は立ち止まり、片手を上げた。

「ＭＳＳ？」

〈ソロバン〉こと有野が驚いた声を上げた。

少し前まで灰色の現実の代表であるところの税務署職員だった身としては、いきなり怪しい男が現れて、意味不明な単語が出てくれれば戸惑いもする。

「なんの組織なんだ。自衛隊か？」

「ＭＳＳってのは、中華人民共和国国家安全部の略だよ、〈ソロバン〉」

橋本は「本名は口にするなよ」という意味でワザと強く有野のコードネームを呼んだ。

「あなたたちこそ、INCO《インコ》に絡んでくるとは意外ですね？」

徐は、穏やかな笑みを浮かべた。

「インコ？」

「さっきそちらの方が仰《おっしゃ》っていた、ダークウェブのユーチューバーみたいなものの名前ですよ。即興芝居管理者《インプロビゼーション・コミッショナー》の略でしょうね。洒落《しゃれ》た名前を名乗ってるでしょう？　不愉快ですがセンスはいい」

「俺達がそうだと思ったのか？」

「いいえ、あなたたちがそいつらに雇われてたんじゃないかと。あなただと判ってたらこんな無駄は踏まなかったのですが」

嘘だ、と橋本は理解した。

今回、INCOとかいう存在が裏で糸を引いている取引があると踏んで、踏み込もうとしたに違いない。

サーチライトの彼方《かなた》には最低でも十人以上の気配があった。

〈時雨〉にも気付かれず、ここまで近寄れるということはとんでもない精鋭を集めていることになる。

「そんなに大物なのか」

「世界に五人しかいないそうですよ……それが増えようとしてる」

徐は肩をすくめた。

「ところで、私をFSBだと思ったんですか？……随分と驚いてらしたようですが」

確かにびっしょりと橋本は汗をかいていた。作業のせいもあるが、それ以上にロシアのFSBではなかったという安堵《あんど》の汗だ。

「……彼らの執念深さは君らの比じゃない」

「あなたが二年前に殺した彼の繋《つな》がりは先月全員失脚しましたよ。あの大統領のほうがよっぽど執念深いし忍耐強いようで」

徐は三日月のような笑顔を口元に浮かべて続けた。

「大統領を若い頃、さんざんな目に遭わせた連中だったようですね。表向きは全員、失踪ということになってますが……ロシアに名前が戻ってもソヴィエトはソヴィエトですな」

「あの国はロシアだ、ツァーリが統一していた頃から本質は変わらん。ソヴィエトになっていたほうがおかしな時代だったんだ」

些《いささ》か無神経な徐の言葉に、橋本は軽く抗議をしたが大体の目的は読めていた。

「俺達が回収したPCか」

「ええ」

徐は遠回しに切り出すが、こちらが省略することを嫌わない。

「〈トマ〉、渡してやれ」

「あ、は、はい！」

マスクで顔を隠した〈トマ〉が慌てて回収したノートPCを持って来る。

☆

東京の最高級マンションは「他人とすれ違わない」ことを求められる。

地下の駐車場で車をエレベーター前に停め、そのまま目的階まで上がり、エレベーターのドアが開いたら五歩以内に（出来ればそのまま）目的の部屋に入る。

一般市民にとっては長く続く不況とはいえ、むしろそれだからこそ、裕福層はこのようなマンションを建て、住みたがる。

行天院典膳と九多良秋吉のふたりは、毎回「ＩＮＣＯ」がらみで会う場所を変えていた。ふたりに交友があること自体が伏せられているためだ。

ＩＴ時代の寵児《ちょうじ》と巨大新興宗教の教祖が未《いま》だに友人であると知られれば、それこそ痛くもない腹を探られることになる。

行天院は本日の「謁見」動画収録のために来るのが遅れたが、九多良の作った秘匿性の高い私製のメッセンジャーアプリを使って今日の状況を知っていた。

「秋吉！」

エレベーターのドアが開くと、護衛を押しのけるようにして行天院は部屋の中に足を踏み入れた。

「親の総取りってのは本当か！」

家具すべて床下と壁に収納された、二十畳以上あるリビングに据え付けられた会議用100インチタブレットの前で九多良は破顔した。

「ああ、見ろよ、二千三〇〇万ドル総取りだ！」

いくつかのアイコンをタップして両手を使ってピンチアウトさせる。

動画が出てきた。

あの漁港の倉庫に仕掛けられた小型カメラからの映像だ。画像補正がかけられて足りない光を増幅しているせいでえらく画像が荒れている。

その中で、大学生サークルのフリをした密輸屋が、次々と謎の武装集団に射殺され、あるいは弓矢で射られ、真っ黒な刀で、斬り殺されていく。

「おほほほ、死んでる死んでる！　よく殺されてくれたなあ！」

「お、今のやつ首が飛んだぞ！　スゲエ！　よし、死ね死ね！」

モニタの前で興奮して二人は拳を握り、目を輝かせる。

「誰かレイプされないかなあ」

「おい、男しかいないぞ」

「今回の積み荷は女だろ？　それに男が犯されるのって面白いぜ」

へへへと行天院は笑い、「それもそうか」と九多良も頷《うなず》いた。

二人ともダークウェブの送り出す動画には一時期どっぷりハマっていた。

何よりも今回はリアルタイムで自分たちの利益になっている。

人の生き死にを自分たちが左右しているのだということが、ふたりの肥大した自我を心地よく撫《な》でていた。

やがて、沖合から小型ボートで乗り付けたロシア人たちも応戦をはじめるが、閃光手《せんこうしゅ》榴弾《りゅうだん》と煙幕弾で機先を制されて勝負にならない。

「で、この襲ってきた奴ら、警察か？」

「いや、警察が日本刀で人の首は刎ねない」

煙幕で画面が見えなくなると九多良は動画の時間表示バーに触れて動画の再生時間を進めた。

「ほら、見ろ！　こいつら絶対警察じゃない！」

　完全なマスクとヘルメット、さらにプロテクターのようなものがあちこちに装着された戦闘服……一見するとＳＦ映画に出てきそうだが、行天院はそれが最新式の米軍装備だとダークウェブの広告で知っている。

「これだけの装備ならアサルトライフルかＳＭＧを持ってるはずだよな？」

「ああ、そうだ、つまり完全に『取引成功でもなく、決裂でもなく、警察介入による逮捕殲滅《せんめつ》でもない、第三者の介入による終結』だ、俺達の総取りだよ！」

「やったなあ！」

　二人は肩をたたき合った。

　と、九多良のスマホが鳴った。

　通常の通話ではない。私製メッセンジャーアプリの通話機能だ。

「ＩＮＣＯ」の講師だ。

『やあ、こんにちは九多良さん。行天院さんもご一緒に今頃親の総取りで喜んでるころですかね？』

　驚きはしなかった。ダークウェブにおいて、彼らＩＮＣＯは今のところ、九多良たちの「神」ともいえる階層に属する。

「用件は？」

なんとなくその口調に揶揄《やゆ》するモノを感じて、不機嫌に九多良は訊《き》いた。

『【クォンタム】を三キロほど都合していただきたいんです』

不機嫌は不愉快に転じた。

「慰め《クォンタム》」とは九多良が輸入し、行天院が使っている、心理解放ドラッグの別名だ。

元々は米軍が九〇年代に自白剤として開発していたものが転用されたドラッグで、後遺症が少なく、多幸感を増幅させ、自分の奥底に秘めた願望を口にしやすくなる。

米軍が予算関係で研究を放棄した後、レシピだけが民間に移動し、当初はカウンセリング用に、と開発が進んだが、短期間で連続、あるいは大量に使用すると、他者に対して一切の秘密が保てなくなる上、凶暴性も増幅することが判明してから臨床試験も中止、だが情報はドラッグディーラーに流れ、今も世界中で作られ続けている。

それを金持ちの信者に投与して、という相談をしてきたのは行天院のほうからだったが、密売ルートの伝手《つて》をつけたのは九多良だ。

が、直接九多良はルートを仕切る組織や売人とは接触せず、幾重にも人を介し、電子的な足跡が残らないようにしたはずで、捜査当局の手が伸びても、行天院は逮捕されても九多良との結びつきは証明出来ないはずだ。

だが、相手はＩＮＣＯだ。

『私も持っていたんですが使い切ってしまいまして』

笑う「講師」の声は腹が立つほど飄々《ひょうひょう》としていた。

「これは授業料、と考えていいのかな？」

『そう考えていただいて結構。私は必要経費だと思ってますがね』

レトリックを並べる相手に、九多良はますます腹が立ったが、この相手の得体の知れなさに怒りを心の底に押し込んだ。

「内的オッズの変化が起こるか？」

『それはもう』

言われて九多良は現在のオッズを頭に描いた。ダークウェブの「犯罪ゲーム」において、今現在展開している、そしてＩＮＣＯを「講師」として迎えて現在進行中の「場」のオッズ。

内容は「特定の日までに四十九ある素人を寄せ集めた複数人の集団、〈駒《ユニット》〉がひとつでも一億以上の被害総額、あるいは五人以上を殺すような大事件を起こせるか、否か」

賭ける側からのオッズでは「不可能、全ユニットで可能、どこかのユニットが脱落者ありで実行」で現在、四対一対五というものだが、どのユニットが、ということでの賭けは数千倍の掛け率になっている。

〈駒〉たちは当然、自分たちが賭けの対象にされていることは知らされていない。

現在最も人気になっているのは、32という番号を振られた、元ヤクザを中心にした半グレたちで、数も最多の二十人。銀行強盗の計画を立てていて、明日にも武器弾薬を得る筈だ……実を言えば今日の「親の総取り」になった事件の犯人は彼らではないかと、装備を見るまで九多良は思っていた。

「もうあの〈駒〉で決定だろう」

『まだ期限は二週間ありますよ。それに頭《ハナ》から保険金や現金狙いの犯罪は発覚しやすい。事前捜査の技術は日本の警察もそれなりに取り入れてます』

「本当にどれかひとつは犯罪を起こすんだろうな？」

『まあ、胴元はこういうときに慌てず落ち着いて構えておくモノですよ』

「全員揃《そろ》って実行してくれるんだろうな？」

『そのつもりでやっておりますよ。ＩＮＣＯ講座の講師としては胴元に儲けていただくことが第一ですので』

これまで、この手の「民間犯罪の誘発」ゲームは日本国内で実行まで至ったものは少なく、運良く実行まで至っても一億という被害金額を満たしたことはない。

ゆえに、今回の「実行か否か」のオッズは「否」のほうが高い。

「で、いつまでに必要だ？」

『明日の夕方までにはお願いしたいです。いつもの私書箱によろしく』

そして電話は唐突に切れた。

☆

「講師」は、薄暗い車内で九多良との通話を終了し、別のスマートフォンを取り出した。

今日は腕にブルガリのグランドソヌリ・ウエストミンスター／トゥールビヨンが光っている。

金色のボディはムーブメントの音を美しく持ち主の耳に響かせるためだけにブルガリが開発したマグソニック合金ゆえだ。

「私です。動画はご覧になりましたか？……ええ。彼らを追いかけ、正体を暴き、出来れば殲滅してください。ワイルドカードは不要ですし、排除出来ないまでも正体は知っておきたい……ええ、待ちます」

いいながら「講師」は、ノートパソコンを開く。

パスワードを打ち込んで画面を切り替えた。

対人コリレーション分析アプリの管理画面が現れる。

〈ユニット〉は当初一〇〇を超えていたが、やがて三十弱まで減っていた。

リアルタイムで情報が変化する。

合計人数は一二三人。

「最低でもふたつはことを起こしてほしいものですが……」

呟《つぶや》く間に、通話の相手が変わった。

「ええ、そうです。このイレギュラーの正体の解明と殲滅をお願いします。代金は相場の二倍で。とにかく急いでください」

☆

足取り重くアジトであるビルに戻ってきて、事務所のドアを閉め、盗聴器のチェックをしてから、橋本は大きく溜息をついて表情をしょぼくれたものから切り替えた。

「で、コピーは取ってあるんだろう、〈トマ〉」

「え?」

〈時雨〉が意外な顔になり、〈ソロバン〉こと有野は「やっぱり」という顔になった。

「さすが、お見通しですねボス」

にやっと笑って〈トマ〉は持って来たリュックサックの中から外付け式のハードディスクドライブを取り出した。

「いつコピーしたんですか?」

驚いた〈時雨〉が訊くのへ、〈トマ〉が頭を掻《か》きながら答えた。

「ボスたちから渡されてすぐです。前の仕事場でも、いつ横やりが入って押収品が持ってかれるか、わからないですから。こういうの習慣、っていうか脊髄《せきずい》反射でやるようにしてまして」

「こっちがコピーした痕跡は残ってるのか?」

橋本が問うと、〈トマ〉は苦笑しつつ、

「MSS相手ですから……でもしばらくはごまかせるんじゃないかと」

「ということはここに怒鳴り込んでくる可能性もある、かな?」

有野の問いに、橋本は首を横に振った。

「向こうもそんな暇じゃなかろう。こっちが情報を引っこ抜いて、オリジナルを消しでもしない限りは……まさかそんなことはしてないよな?」

「僕もMSSの怖さは映画以上だってことは知ってますよ。ハッカー時代の友人の何人かは海の向こうでCIAかMSSに連れていかれてそれっきりですから」

いいながら、〈トマ〉は奥の部屋に入ってHDDをメインPCに繋《つな》いだ。

「そっちのモニタに出します」

応接セット横にあるタブレット機能付きモニタにフォルダが表示される。

「他に何を輸入してる？」

「えーっとですね」

〈トマ〉は奥から戻ってくると両手でピンチアウトして次々フォルダを開けていく。

「多分、これです」

ロシア語で書かれたデータだ……犯罪者でも大学に巣くうからか、それともロシアと取引するため必然になったのか、殆《ほとん》どのデータはロシア語だった。

殆どが人身売買の記録だったが、この二ヵ月ほどで急に武器弾薬の輸入予定が増えた。

さらにマネーロンダリングのためかユーロ紙幣の細かい記録もある。

その中で、橋本が首を捻《ひね》るものがあった。

「おい、それ展開してみてくれ。上から三番目、今お前が押さえてるところの三つ下の資料」

「はい」

〈トマ〉が開くと、それはコンクリートの型枠資料、及び特殊な枕頭ネジのデータ、とあった。

「随分古い資料も混じってるな……元はソヴィエト時代の資料なのか」

数百ページに及ぶ画像資料の最も古いモノは「革命人民用低価格戦車の研究」とあった。

「いったい、これなんだ?」

有野が首をひねる。

「民間用のトラクターやブルドーザーに鉄板とコンクリートで装甲を貼って簡易戦車にしようって計画だったらしいな」

「また無茶な話を……」

「意外とそうでもないぞ。二〇〇四年にアメリカで『キルドーザー事件』ってのがあった。自棄《やけ》を起こした自動車修理工が、自前のブルドーザーに鋼板を溶接して戦車もどきを作ったって話だ」

「なんだそりゃ」

「ああ、知ってます」

〈トマ〉が頷いた。

「市役所の意向に逆らって村八分にされて、訴訟にも負けて恋人にも去られて、ってやつですよね。たしか一、二時間暴れ回って数億円の被害をだしたとか」

「まあ、ブルドーザーやユンボってのはあまり意識されてないが、民生機械の中じゃ、恐ろしく頑丈に作られた代物だからな……奴ら、これで武装して組織抗争でも起こそうってつもりだったか？」

「あ、そういえばこれもそれに関わるんですかね」

〈トマ〉が別のデータを展開した。

こちらは打って変わって今時の３Ｄデータらしい。

ペーパークラフトのような展開図まであるが、同時に細かい数値の書き込まれた設計図や立体《ポリゴン》ＣＧ映像データも含まれている。

「金属粉体をレーザーで焼き固めて作るタイプの自動装塡の散弾銃ですね……ご丁寧にアメリカ銃火器及び煙草類捜査局《ＡＴＦ》の作った通報プログラムを回避するためのデータサイトへのアドレス付きですよ」

「通報プログラム、ってなんですの？」

〈時雨〉の問いかけに、

「最近自治主義者とか民兵、あと学生が悪ふざけで３Ｄプリンタで銃器類を作るもんですから、金属加工が出来る奴って今、鉄砲とか丸ごと作ろうとするとＡＴＦへ通報されるようにアメリカがプログラムを仕込むようにしてるんですよ。銃器会社とかだとそれを外すためのプログラムを貰えるっていう話で」

３Ｄプリンタと言えば樹脂や石膏のようなものがイメージとしてあるが、これは樹脂だけではなく金属の粉体などをレーザーで焼結させて作るものだ。

「レーザーで鋳物を作ると考えて下さい。時間は掛かりますけれど、普通の鋳物よりも型の分割とかを考えなくていいぶんだけ複雑で頑丈なものが作れます」

〈トマ〉は早口になるのを抑えるべく一度言葉を切って、また続けた。

「ライフルは施条を作る必要がありますからデータも出力も遅くなりますけど、ショットガンなら最悪、頑丈な鉄パイプとフレームの一体成形でいいわけですし」

「散弾銃なら銃砲店襲ったほうが早いだろうに」

有野が首を捻るが、橋本は、

「違う、同じものが揃う、その数に意味がある……数挺ではオモチャだが、一〇〇挺作って一〇〇人集めれば混乱を起こせる」

と言い切った。

たとえば、自衛隊や米軍基地は難しいかも知れないが、警察が押収した銃器保管庫などをブルドーザーも併用して強襲、そこからわらしべ長者的に武器を強化してもいける。

「とはいえ、そこまですると本末転倒だしスケールが大きすぎる、第一銃器保管庫の場所は秘匿されてる」

話を打ち切るようにムービングセンサーの反応があり、壁のディスプレイの隅に玄関に設置された監視カメラの画像が映る。

香こと〈ケイ〉が監視カメラを見上げていた。

警視庁の仕事が終わったので様子を見に来たらしい。背後に人はいなかった。

ノックの音がドアから響いた。

「〈ケイ〉です」

名乗った後、ロックキーが解除される音がした。

橋本は念のため、マカロフをいつでも抜き撃ちが出来るようにソファから立ち上がった。

物事には万が一がある……ましてＭＳＳと接触した後だ。些か偏執狂じみているが、巨大すぎる組織が時に映画よりも奇想天外なことをしでかすのは経験で知っていた。

ドアを開ける。本物の香だった。

後ろ手にドアを閉め、オートロックがかけられる。

「戻ったと伺ったので……お手伝いすることは？」

「このデータ、見てくれ」

橋本はディスプレイに表示されたモノをざっくりと説明した。

「こっちのほうがマズイかもしれませんね。警察庁か、警視庁の組織犯罪対策部《ソタイ》に流しますか？」

「伝手があれば頼む。出所はボカしてくれ」

まずは一件片付けた。ＭＳＳが絡んできた以上、ここから先はどうするか、栗原に相談すべきだし、すでに輸入されたモノの追跡なら警察にまかせたほうがいい。

なによりもこれで香の上への覚えがめでたくなるかも知れないし、それはこちらにとって都合がいい。

それぐらいの振る舞いが出来る女だと橋本は香を見込んでいる。

☆

ギアボックスの異音はとうとう無視出来ない大きさになっていた。

社屋を明け渡し、車中泊を続けてもう二ヵ月以上になる。

昼は日雇い労働の建設、あるいは工事現場で働き、路上駐車して眠り、時にパトカーに起こされ、コンビニの駐車場まで移動して、飲料水を買っては三時間眠る。そんな日々を繰り返していた。

御堂から渡された建設会社の現場監督の面接も受けたが、どこも結局は「申し訳ない」という返事が来た。

社内規定の問題があって、監理職を住所不定では雇えない、ということだった。

当然だ、と思う。会社を経営しているころなら、自分だって住所不定の人間は雇わない。

半年、我慢して金を貯めるしかなかった。

コンビニで安いおでんを買って、汁の中に飯をぶち込み、ふやかしてから胃の中に流しこむ。

まるで残飯だが腹は膨れる。

毎日の日当は八千円、これから千円を生活費として七千円。ガソリン代が週に二千円。銀行口座は差し押さえされているからそれを全てシートの下、以前貰ったお中元の、海苔が入っていたブリキの箱の中に入れていた。

計算では三ヵ月半ため続ければ、四畳半の安アパートが借りられる……保証人になってくれる相手をひとり見つければ、だが。

ハイエースはのたのたと進む。

酒も煙草《たばこ》もこの三週間、無縁だった。

出来れば思いっきり呷《あお》りたい、吸いたい。だがそんなことをしている余裕はなかった。

すべて今までならやれたことだ。

覚悟を決めて残っていたマッカランを飲み干し、グラスを割って縁を切った。

人間は、水以外飲む必要はない。野菜ジュース一本と、食パン一斤、ゆで卵数個あれば充分だ。

だが、甘いものが欲しい。酒が飲みたい。煙草が吸いたい。

だが、余計なモノを買わない、という行為は次第に人の手足を壊死《えし》させていくような気分にさせていく。

不思議と風呂に入らないことを気にしなくなった。

ぼんやりと、自分は壊れはじめてきているのではないか、と思う。

特にこの一週間は、疲労も酷《ひど》い。

メイから貰った栄養剤もなくなっていた……そのせいかもしれないとは思ったが、栄養剤に使う金も今は惜しかった。

何もしたくない。

その思いが日に日に膨れあがってくるのをどうしようもない。

「……寝よう」

呟いてギアを入れ替える。

異音がして、激しい震動がハンドルと床から伝わってきた。

ギアボックスがとうとうイカレたのだ。

慌てて路肩に寄せる。

煙がフロントグリルから噴き出す中、ブレーキをキツく踏み込み、ハンドブレーキを引いて瓜沢は深い溜息をついた。

次の瞬間何とも言えぬ衝動がわき起こり、ハンドルに突っ伏すようにして何度も手の平でダッシュボードをぶっ叩いた。

全てに腹が立っていた。

死んだ父親にも、自分を罵《ののし》った古参社員も、銀行の連中も。

殺してやりたかった。

何で俺が、こんな目に。

ギアボックスの交換には工賃含めて十五万かかる。中古品を見つけてきても、十万円はするだろう。

せっかく貯めた金もこれでパアになる。

泣いた。

一ヵ月ぶりに泣いた。声を上げて泣いた。

情けなかった。

(俺はもう、人なみの暮らしに戻れないんじゃないか)

その思いがある。

帰る家か部屋があり、寝床があり、働いて帰って、風呂を浴びる生活。二ヵ月に一度は何処《どこ》か外で、気のあう仲間同士で酒を飲み、馬鹿騒ぎ出来る……そんな生活はもう二度と戻ってこない。

それが確定事項だと、認めたくはないが、事実なのだろうと瓜沢は信じた。

スマホが鳴る。

メイからだった。

これまで何度も無視してきたが、今日は取る気になった。

そういえば一ヵ月近く、人間同士の会話をしていない。

現場での作業の確認とコンビニの店員との合計金額の確認は会話とは呼べない。

現場では親しくなると飲みに誘われる。それを疎んじてのことだ。

それで後二ヵ月やり過ごすつもりだったが、もう限界だった。

「なんだ」

『……元気？』

メイの声には、軽い驚きと深い躊躇《ためら》いがあった。

「生きてる。なんとかな。いま車のギアボックスが壊れた。修理でこれまでの貯金がパアだ……そっちはどうだ？」

『今、何処にいるの？』

昨日までなら誤魔化すが、今日は素直に口にした。

「鶯谷《うぐいすだに》の近くだ」

『じゃあ、ホテルまで来て。お金の儲かる話があるの』

メイは会社が懇意にしていた自動車修理工場からレッカー車を送ると言った。

「おい、そんな金……」

といいかけ、自分が今、それどころじゃないことに思い至る。

『レッカー費用のお金なら私が払う。それからタクシー代も。前使った外壁が全部鉄板で覆われたホテル、覚えてる？』

「ああ、覚えてる」

今年の頭から夏にかけて、何度か使ったラブホテルだ。主がヘビーメタルファンで、それ故にホテルの外壁を全部磨き上げた鉄板で覆ったという、新しくて変なホテルだった。

だが、じきにそんなホテルに使う金もなくなり、会社から十分ほどの、築三十年はたった安宿にメイとの逢瀬《おうせ》の場所は変わったのだが。

『その側《そば》のコンビニにいるわ。一時間で来て。領収書は貰って。払うから』

瓜沢の性格を熟知しての提案だった。

断る理由はもうない。

女を抱かなくなってひと月、三〇代半ばの瓜沢はかなり自分が溜まっていることに気がついた。

メイと会話しながらも、作業ズボンの前が張り裂けそうになっている。

電話が終わると、瓜沢はシート下の海苔缶から現金を引っ張り出し、皺だらけの札を丸めて輪ゴムで留めると、三万円を、使い込んであちこち剝げてきた革の長財布に久々に差し込んだ。

自動車修理工場に電話し、レッカーを頼む。

もともと建設会社との付き合いも長いおかげで、夜八時までは営業しているその工場が、レッカー車を持ってきてくれるまで、瓜沢はじっと夜空を見上げた。

☆

〈ツネマサ〉は、あれから茂みの中で目を醒《さ》ました。

手足は縛られておらず、財布の中には四十万ほどが突っ込まれていた。

自分の金ではない。

何枚かは血まみれで、穴が開いているものもあった。

穴の周辺の匂いは覚えがある。銃弾が通り抜けた匂いだ。ＡＫに使われている独特の火薬の匂い。

中東で何度か嗅いだ。

とにかく、あとは元陸自の強みで、山伝いに何とか逃げた。レンジャー部隊に一時は志願しようと思って山歩きを欠かさなかった経験が生きていた。

何とか東京に舞い戻ったが、あの事件は大学のサークルが山奥の漁港で羽目《はめ》を外《はず》した挙げ句、持ち込んだガスコンロのボンベに引火して爆発、倉庫が炎上したという話になっていた。

銃撃戦もロシア人の船も、存在しないことになっている。

唖然《あぜん》とするしかなかった。

漁協の組合長は、いかにもマスコミが望みそうな木訥《ぼくとつ》そうな表情に、地元の訛《なま》りの濃厚な喋《しゃべ》りで「とても迷惑している、大事にしていた倉庫なのに」という談話を発表していた。

それ以上、調べる気にはなれなかった。

唯一、判っているのは一回一〇〇万の護衛の仕事がフイになったということだ。

現金四十万円では足りない。

だから競馬場に来た。

馬はこの前、単勝が当たった。

何よりも、あの銃撃戦から生きて帰れたという強運を信じた。

だが。

競馬場で馬券は紙キレになり、それでも未練たらしく馬券を全て払戻機にかけて、それが的中していないことが確定すると馬券を引き裂き、放り投げた。

中東では戦闘に巻きこまれても一発も当たらず、前回もまた無事に帰ってきた。

強運の持ち主であるはずなのに、なぜギャンブルだけはだめなのか。

踏みつけていると、後頭部を思いっきりぶん殴られた。

倒れたところへ首筋にちくりと痛みが走り、更に殴られてうずくまっていると意識が途絶えた。

目が覚めると、金を借りたヤクザ連中がこちらを見下ろしていた。

手首足首はしっかりとロープで固定されている。

何処かの倉庫らしかった。

酷く薄暗いが、競馬場からさほど離れている感じはしない……気絶していたのはほんの二時間ほどだろうと見当をつけた。

でっぷりと太った、イギリス風な襟のデザインの背広を着こなした三十男が、七三きっかりに分けてポマードで撫でつけた髪を、僅《わず》かに小指の先で直しながら見下ろしている。

「やあ、お久しぶり、自衛隊のお兄さん」

にこやかに笑みを浮かべながら、でぶの三十男は言った。

「人生は面倒くさいねえ。ギャンブルにハマるだけでも面倒くさいのに、金を借りるとさらにだ」

「足柄……さん、三日待ってくれ」

口の中がからからに乾いていた。

この男はでぶは鈍くて重くて脆《もろ》い、という世間の常識とはかけ離れた存在だった。

足音もなく背後に忍び寄り、あっという間に骨を砕く。

実際、〈ツネマサ〉は借金が一千万の大台に乗ったとき、このでぶ……足柄の事務所で、

「返さなかった場合の実例」を見た。

　ほんの十秒ほどで、柔道の元強化選手の足の関節をへし折り、両手の指を全て逆に曲げた。

　中東のテロリストだって、ここまで鮮やかに、しかも楽しそうに人を破壊しない。

　足柄というヤクザはそういう男だった。

　今度は自分の番だ、と確信する。

「三日ねえ。この前もそう言って……今日で何日目だっけ？」

「……い、一週……間」

「一週間待つと？　利息はどうなる？」

「……と、十日じゃないですから……」

「正解」

　ははは、と足柄は笑った。

「トイチだからな。十日経《た》たないと増えはしない」

「じゃ、じゃあ……」

「うん、お前は今日、五体満足で返す。だがせっかく四十万も儲かったのに、俺に一円も入れずに競馬に行く態度が気にくわねえから殴ったんだよ」

「す、すみません」

中学時代、〈ツネマサ〉は不良に絡まれたことがあるが、そのときの恐怖が遊園地の記憶に思えてくるほど、本物の凄《すご》みはおっかなかった。

テロリストは戦場から逃げれば追ってこないが、こいつらは何処までもやってくる。日本の外に出ても多分。

法律の外までやってくる。そして何よりも暴力に慣れていて、前線から離れれば暴力のスイッチをオフにするように訓練を受けた軍人と違って、それを実行するためのスイッチが入ったままだ。

「あと、もう俺達はお前に会わない」

「え？」

「そこの旦那が全部支払ってくれた……もっとも元金だけだが」

そういって足柄が顎《あご》をしゃくった先には、エラの張った痩《や》せぎすな、背広姿の男がいた。

年齢は三十代後半だろうか。だが顔全体に拭《ぬぐ》いがたい影があって五十代にも見える。

カタギらしく、背広もネクタイも明らかに吊しの安物だ。

「じゃあな、自衛隊の兄さん。ギャンブルは程々にな……税務署の旦那、例の件は、これからもご内密に頼みます」

そういって足柄は、背広の男に深々と頭を下げた。

「もう税務署員じゃない」

「まあ、お名前を出すわけにもいきませんからね……今の世の中、どこでだれが聞いてるか判《わか》らねえですからねえ」

にやりと笑って、足柄は横に控えていた舎弟たちと一緒に去っていった。

しばらくの沈黙。

〈ツネマサ〉は床に転がされたままだ。

「どういうことだ？」

〈ツネマサ〉の質問には答えず、

「俺達は、君を買った。値段は三〇〇万」

男は意外なことを言った。

「なんで……また」

「漁港」

ひとこと、男は言った。

「あんた……あの場所にいたのか？」

「興味があるならついてこい。俺たちは正義の味方をやる」

そう男は言った。

「どうする？」

「給料は出ないんだろうな」

「給料じゃない、成功報酬だ。とりあえず、手付金であと七百万支払う用意がある」

「…………」

つまり、一千万円だ。

乗った、と舌が動こうとしたとき、

「考えて答えろ、これは命の値段だ」

冷たく男の声が響いた。

「なんで、俺を誘う？」

「気に入った。特に俺と、俺のボスが」

にっこりと男は笑った。笑うといかにも切れ者の役人めいた顔立ちが、驚く程優しく変わる。

「たった一人でも話と違えば上下にかかわらず刃向かう度胸が気に入った……中東でもそれで同僚をいじめていた上官に逆らったよな？」

「……俺の経歴、どうやって調べた」

海外派遣された自衛隊員の、日報を除いた現地でのトラブルに関する報告書は今では非公開に指定されている。

「で、帰国後自衛隊を除隊、その後ギャンブルにハマって退職金はおろか三〇〇万の借金作って馬と宝くじとパチンコ。つまるところスリルに飢えてる」

「…………」

何も言い返せなかった。

中東の任務は悪夢だったが、同時に命がけのやり甲斐《がい》のある仕事でもあった。

「私達にはドライバーとスナイパーが必要だ、お前はどっちも出来るんだろう？」

「……まあな」

「ひとつ保証するが、この仕事はあいつらのやってたことよりはマシだ。何しろ御国のために、ってやつだからな」

「……御国のために、ですか」

「あるいはお前の借金のために、だ。お前がもし、引き受けてから逃げ出すようなことがあれば私はさっきの足柄さんに君名義で二千万ほど金を借りて穴埋めする。その後の意味は判るだろう」

思わず、身震いがした。

足柄は手足をへし折った柔道の強化選手だった債務者の身体の中で、移植に使える臓器を全て摘出させて売り払った。

その残骸を、〈ツネマサ〉は見せられた。

「もしも興味があるなら来い。それと何か別の名前を考えろ、ちなみに俺は〈ソロバン〉だ」

「じゃあ……〈ツネマサ〉で」

「？」

「自衛隊時代の渾名《あだな》です。同じ隊に同姓同名がいたんで」

「わかった」

「あと……すみませんが縄、解いてもらえますか？」

☆

〈ソロバン〉が〈ツネマサ〉を連れてきて、全員と引き合わせた。

〈トマ〉は戸惑ったが、〈時雨〉は笑顔を浮かべて歓迎し、まさか目の前にいる女性が、自分をスタンガンで昏倒させた人物とは知らない〈ツネマサ〉はその笑顔に少々赤くなった……中東に派遣されたときも現地妻を作らないぐらい「お堅い」男だったのである。

されたこ。

暫《しばら》くすると、香こと〈ケイ〉と〈トマ〉の手で押収した金などが「安全」であると確認された。

紙幣番号は不揃い、追跡マーカーなどもなし。

金の延べ棒は番号を確認したところ、盗難品ではないということが立証され、換金も無事に終わった……恐らく正規の手続きを経て、持ってこられたモノだろう。

このお陰で当初五千万程度の収入に余録がついた。

「とりあえず七千万確保か」

橋本は安堵の溜息をついた。

なにしろ退職金と住んでいる家を担保にしての新規事業である。

「ユーロの換金は私の範囲の外ですから、そちらでお願いします」

〈ケイ〉がＩＣＰＯなどが札《さつ》につける追跡物質などへの用心からはめていた手袋を外しながら付け加えた。

「かまわん。これでとりあえず家を追い出されることもないし、ここの家賃も払える」

「〈ソロバン〉、これまでの諸費用と、今回の儲けの金額の収支表出してくれ」

「じゃあ〈トマ〉君、これ頼む」

ＵＳＢフラッシュドライブを〈ソロバン〉が〈トマ〉に手渡すと、モニタに収益比のデータが出た。

それを指先でクリックし、電卓を画面の中に呼び出して今回の細かい収入を記入する。

すでに昨日までの領収書や出費が項目化され、データになっているのがいかにも〈ソロバン〉の前歴である税務署職員らしい細かさだった。

「で、次回までの一年分の家賃と光熱費、各種装備の維持費用と今回から予測される次回の事件の費用を差し引いて、純利は二千五〇〇万ほどになる」

「うはー」

〈トマ〉が声を上げる。

「一人頭最低でも五〇〇万ですよね、それ」

「〈ツネマサ〉は今回俺達に三〇〇万の借りがあるからそれだけ差っ引いて、契約金ということで二〇〇万。のこりは〈トマ〉言うとおり全員で各五〇〇万」

ボスとして橋本は決めた。

「ただし、今回のお前の初仕事がいつまでかかるか判らんし、その次の仕事もいつになるか判らない。十年後かも知れないし、三日後かも知れない。そこは考えておけ」

「あ、あの……ぼ、ボス」

まだ言い慣れぬ様子で〈ツネマサ〉が手を挙げた。

「おれはその……毎月三十万の振り込みでお願いします」

「ほう?」

「ギャンブル依存症なんで……無駄遣いしないように……」

「毎月三十万でも無駄遣いは出来るぞ?」

にやりと橋本は笑った。

この辺の感覚も含めて、この若い元自衛官が気に入った。

「私はいつも通りの口座で」

「あ、ぼ、僕も一応ケイマンに口座があるんでそっちに……」

〈ケイ〉と〈トマ〉は揃って「タックスヘブン」と呼ばれるケイマン諸島に口座がある。

〈ケイ〉こと香はもとから良家の子女だったためだが、〈トマ〉は前歴によるものだろう。

警視庁のサイバーセキュリティチームに入るときにその辺の口座は全て取り上げられるはずだが、やはりハッカーは侮れないということか。

「ま、とりあえず明日一日は休みだ。無駄遣いするなよ……〈ツネマサ〉、お前は別だ。今回押収した武器の分類と整備を手伝え」

まるで三ヵ月前からいるように、橋本は〈ツネマサ〉をこき使うことにした。

書類だけでは判らないところがこういう作業をさせると見えてくるからだ。

「講師」は、数百人の〈ユニット〉の近況を持っていたタブレットのディスプレイに表示させた。

☆

原宿・明治神宮側《そば》の喫茶店である。

外を行き交う人の群れは夕暮れ時でせわしない。

夕暮れの光にリシャールミルの腕時計が煌《きら》めいた。

オートマチック・ラウンド・エクストラフラット・RM０３３。

リシャールミルにしては珍しい真円のボディに銀色が映えるモデルだ。

対人コリレーション分析アプリの画面では各候補者が一覧表示されていたものを円形のグラフに変換し、進行度合いによって三つの色に分類する。

第一候補に収まっているグラフは三つ。

そのうちひとつに「瓜沢道三郎」の文字があった。

「頼みますよ」

そうして他の候補者に「講師」は電話をかける。

「ええ、ご無沙汰してます。私です」

柔らかい声音で、「講師」は訊《たず》ねた。

「そろそろ、人を殺す決意は出来ましたか？」

☆

〈ケイ〉を除いてメンバーが去った。

がらんとした部屋の応接セットのソファに橋本は横になる。

安堵の溜息が出た。

「経済的危機は脱しましたね、とりあえず」

「だがまあ、ここからが大変だ」

溜息をつく。

「特に〈ソロバン〉は〈ド〉がつく素人だ。出来ればもう一人入れる余裕を作ってあいつを後方に下がらせないとな」

あえて有野とは呼ばず、コードネームで呼んだ。

「随分気にかけるんですね」

「中学時代からの友人で生き残ってるのはあいつだけだ。他はみんないなくなったか、俺を憎んでる」

「どうしてですか？」

「性格が悪くってね」

〈ケイ〉はくすっと笑った。

「自覚なさってたんですか？」

☆

〈トマ〉は山手線で一旦神田まで出て、そこから中央線に乗り換える。

一方、〈時雨〉はそのまま山手線で去るのがいつもの風景だ。

それなのに、今日は〈トマ〉と同じ駅で降りた。

おまけに、ずっと〈トマ〉の側に立っている。

やがて一駅、二駅を過ぎた。

快速なので、そのまま新宿まで止まらない。

「あの、ど、どうしたんですか、め、珍しいですね……」

〈トマ〉はじっとこちらを見つめる〈時雨〉に戸惑っていた。

「絶叫メスイキ女装ＪＫ、ＦｕｃｋＭｅＢＯＹ《ファックミーボーイ》・４０４《ヨンマルヨン》・ＫＡＨＯＲＵ《カホル》君は何を買うんですか？」

そう言って〈時雨〉は〈トマ〉の顔の前にスマホの画面を向け、動画を再生した。

そこには少女のように華奢《きゃしゃ》な男性が、フリフリの衣装を身に纏《まと》い、床に吸盤で固定した張り型を排泄口に受け容れて喘《あえ》いでいる。

股間にそそり立つモノがなければ、そのまま女性と見紛《みまが》う程だ。

「！」

慌ててスマホをひったくろうとする〈トマ〉の手首を逆に捕まえ、〈時雨〉は囁《ささや》く。

「私……前から男の娘《こ》に興味があったんです……ねえ、メスイキってどんな感じですか？」

〈トマ〉はまじまじと〈時雨〉を見た。

そのまま、彼は蛇に睨《にら》まれたカエルのように動けなくなる。

電車は二人を乗せて新宿に到着した。

☆

あれだけ傲岸不遜《ごうがんふそん》な態度を取っていた男だったが、階段から転げ落ちて、おかしな角度で首が曲がった状態で踊り場に転がっている姿は滑稽《こっけい》そのものだった。

その上には首にハンドバッグの肩紐が巻かれ、鬱血《うっけつ》して顔が膨れあがった女の死体。

安っぽい赤絨毯と、ピンクの壁紙に囲まれた凄惨な殺人現場。

事実を認識しながら、それを自分たちが作ったことが、瓜沢には信じられなかった。

隣で高田メイが、荒い息をついている。

女を、持っていたハンドバッグの肩紐で絞殺したのは、彼女である。

死んでいる男は、瓜沢の会社に貸しはがしを行った銀行の、支店長だ。

一流大学出で瓜沢よりも若く、前任者の支店長のやり方をバカにして、二年で業務成績を上げて本店に移動すると豪語し、それまで行わなかった債権の強制取り立てと整理をはじめ、それが瓜沢にとっては、次々と連鎖する不幸のはじまりになった。

恨み骨髄の相手だが、殺すつもりなんてなかった。

だが、殺した。

ふたりも。

☆

ことの発端はメイだった。

ホテルに入ると、メイは自分が今、このラブホテルに勤めているのだ、と瓜沢に打ち明けた。

ラブホテルと繋がっている風俗店の店員なのか、と瓜沢は早とちりして、ショックをうけかけたが、本当に受け付け業務だけで、給料は安いが楽な仕事だと言われた。

「あの銀行の支店長、憶《おぼ》えている？」

「ああ」

二人の間であの支店長、というのは一番大きな貸しはがしをしてくれた銀行の店長に決まっている。

「週に三回、このホテルを使っているわ」

メイも支店長の顔は知っている。

相手の女子行員は、今年大学を出たばかり。

不倫である――支店長には五年前、本店の重役の娘が嫁に来ていた。

恐喝する気か、と瓜沢は驚いたが、金は取らない、とメイは言った。

「苦しめてやりたいの。私たちをあんな目に遭わせた奴を……要求なんかしたらそれであいつは安堵する。警察に駆け込むかもしれない。でも何も要求しなければ妄想するわ」

その妄想でやつをいびり抜いてやりたい、とメイは言った。

「そのうち、勝手に金を用意する、でも私たちは受け取らない、奴は考える、迷う、そのうち疑心暗鬼になりはじめるわ。ああいう奴は人の弱みを握ったらそれを使って利益を生むことしか考えない。そんなことをしない、っていうだけで私たちは奴の優位に立てる」

瓜沢は感心した。自分が日々の生活に追われて腐っている間も、メイは物事をちゃんと考えているらしい。

「金は取らないんだな？」

念を押した。金を受け取れば、どんな形であれ、恐喝罪が成立する。

相手が来たとき、タッチパネルにわざと一部屋だけ空けておく操作はメイがして、そのひと部屋にスマホを隠した。

録画ボタンを押したまま……記録容量はたっぷり六時間分ある。

Ｂｌｕｅｔｏｏｔｈでリンクさせたイヤフォンに音声が聞こえてくる。

ドアが開くまで外で待っていたが、すぐ慌ただしく服を脱ぎ捨てる音がし、酷く男を罵《ののし》り、尻肉を叩く音がした。

「この無能！　何回計算ミスすりゃ気が済むんだ！」

女の罵り声が聞こえ、再び尻肉を叩く音とともに、支店長の「ごめんなさぁい、ママァ！」という声が聞こえて、瓜沢は目を丸くした。

どうやら支店長には被虐《マゾ》の趣味があるらしい。

手足を拘束され、尻をぶたれ、股間を蹴り上げられながら最後は騎乗位で犯されるという流れが延々と瓜沢の耳に流れてくる。

それから一時間半きっかり、激しい性交の音はドアの前に立つ瓜沢の耳に聞こえ、やがて男女のクライマックスを迎える大声が聞こえ、「帰ろうか」と言う言葉から十分。

休憩時間と定められた二時間ぎりぎりにドアが開いた。

「支店長、お久しぶりですね」

瓜沢は自分でも自覚出来る、酷く暴力的な笑みを浮かべた。

驚いて立ち尽くす支店長の顔面を、思いっきり殴ってやりたい欲求を抑え込み、

「失礼」

とひと言言いながら、相手が止める間もなく部屋の中に入り、寝乱れた上に、結びもしてないコンドームが何枚も放置されたベッドの上に立つと、天井近くに設置されたスピーカーの上、見下ろすようにカメラのレンズを向けたスマホを回収した。

「お、おいお前！」

「大声をあげないでくださいよ支店長」

瓜沢は酷薄《こくはく》な笑顔を向けて、摑《つか》みかかろうとする支店長の胸を軽く突き飛ばした。

よろめいた支店長はそのまま壁にぶつかり、呆然《ほうぜん》とベッドの上から下りる瓜沢を見つめた。

冷静になってみれば、体格的にも瓜沢のほうが十センチ高く、肩幅は倍以上、筋肉の量でも比べものにならない。

「……誰だ？」

どうやら支店長は覚えていないらしい。

怒りがさらに頂点をこえ、逆に瓜沢は冷静になった。

声、表情全てに憎悪を込めて、冷ややかな声を出す。

「私ですよ。瓜沢建設の瓜沢です」

「あ……」

ぽかんと支店長の口が開いた。

ようやく思い出したらしい。

この男にとっては自分も、自分が父から受け継いだ会社も全て路傍のゴミみたいなものなのだと改めて認識する。

「ここの部屋に忘れ物をしたんですが、面白いモノが撮れてますよ、きっと」

「脅すつもりか！」

支店長の声は上ずっていた。

「いいえ」

瓜沢は首を振った。

「何も要求はしませんよ、何もね」

「お前！」

襟首を摑み上げようとする支店長だが、しょせんデスクワークの腕力だ。

あっさり瓜沢はその手を解《ほど》いた。

そのまま目を睨《にら》み付ける。

本音を言えば殺したい。その殺意を眼力に込めた。

相手の目に明らかな怯《おび》えが浮かぶほどに。

「それじゃ支店長さん、また今度」

この言葉は、メイとふたりで三十分ぐらいかけて考えた。

時間を指定せず、要求もしない「今度」では単なる挨拶だと言い抜けられる。

背を向けた。

ドアをくぐって歩き出す。

「支店長、逃がしちゃ駄目っ！」

女が叫んだ。

そこで、流れが変わってしまった。

女に泣きつかれた時、男はそれをはね除《の》ける意志の強さを見せつけるときと、言いなりになってしまう時がある。

支店長は後者だった。

瓜沢に後ろから飛びかかった。

二人はもつれ合いながら、つかみ合いの喧嘩になった。

階段に倒れ込みそうになる直前、瓜沢の拳が支店長の顎《あご》に当たった。

支店長が瓜沢から離れ、一人で階段を転げ落ちるうち、手すりに首を嫌な角度で打ち付け、それから階段に倒れ込んだ。

ぐきり、という嫌な音が鳴った。

転がり落ちた身体《からだ》は踊り場で止まったが、首がおかしな角度に曲がり、目から光が急速に失われていった。

悲鳴が上がった。

女がようやく状況を認識して上げた悲鳴は、唐突に途切れた。

見ると、落ちていたハンドバッグの肩紐で、メイが女の首を絞めていた。

どこで憶えたのか、背後から首を絞める際、メイは女の身体を背負い投げの要領で、自分の背中に乗せるようにしていた。

女の足がバタバタと暴れ、ハイヒールが脱げた。

女の顔が真っ赤になり、やがて紫色になり、灰色に変わっていくまで、惚《ほう》けたように瓜沢は見つめた。

やがて失禁がはじまり、女の股間から湯気を立てて黄色い液体が床に滴った。

そこでようやくメイは紐から手を離し、女は階段を転がり落ちた。

☆

「ここ、監視カメラはないです」

メイは息を整えるとそういった。

「手伝ってください、社長」

わざと「社長」に力を込め、メイは瓜沢をそう呼んだ。

「お、おう」

何とか瓜沢は意識を現実につなぎ止め、頷いた。

「ビニールシート持ってきます。死体をくるんで下の221号室に下ろしましょう……昨日、変態プレイをした客のせいで暫く使えない部屋ですから」

そう言ってメイはその場を去り、すぐに大きなブルーシートを持ってきた。

二人がかりで死体をそれぞれシートにくるんだ。

一回に一人ずつということで、瓜沢はまず支店長の死体を運んだ。

痩せた支店長の身体は軽い。

221号室のドアを開けると猛烈な消毒液の匂いがしてきた。

白で統一された部屋に、真っ赤な大理石の花瓶が目立つ。

造花さえ差されていないのが印象的だった。

「なんだこれ……」

顔をしかめる瓜沢に、

「言ったでしょ、変態プレイをした客がいるって……息、なるべくしないようにしてください ね」

同じく顔をしかめながらメイはあっさりと説明した。

そして女の死体も同じくブルーシートにくるんでベッドの下に放り込む。

「フロント、開けてていいのか？」

「もうひとりは味方ですから」

「どういうことだ？」

「御堂さんの飲み会の柳沢さん憶えてますか？」

「ああ」

「あの人にここの仕事、紹介してもらったんです……ちょっと話をしてきます」

メイは身を翻《ひるがえ》して去った。

消毒液の匂いで目がチカチカしてきたので、瓜沢は外へ出た。

エレベーターが上がってくるのが廊下の奥に見えたので、非常階段に戻る。

薄暗い、今どき珍しい、黄色の白熱灯の下で溜息をついた。

煙草が欲しくなったが、もうそんな贅沢は許されない。

「そうだ」

スマホを取り出して、メイの父親の高田に電話をかけた。

『社長、どうなさったんですか？』

もう二ヵ月も連絡を取ってないのに、高田は相変わらず素早く電話を取ってくれた。

そのことが嬉しくて、有り難くて、瓜沢は熱い涙が視界を歪めるのを感じた。

☆

メイはフロントに戻ると、柳沢に全ての事情を説明した。

「気にしなくっていいですよ」

と柳沢はやつれた顔に気弱な笑みを浮かべた。

「俺、黙ってますよ、高田さんも瓜沢さんもいい人だもの、ソイツ、悪いヤツなんでしょう？」

「ありがとう」

とメイは深々と頭を下げた。

「金持ってて、偉そうな顔をしてる奴はみんな死ねばいいんだ」

にやっと笑った。

メイはもう一度頭を下げて外に出る。

後ろ手でフロントのドアを閉めるとスマホを取り出してショートメールを打った。

〈怖いぐらい、あなたの仰る通りになりました〉

すぐに返信があった。

〈当然です、全ては行天院様の御心のままに〉

メッセンジャーの画面を見て、メイは安堵と喜びの笑顔をひっそりと浮かべた。

視界の隅を、奇妙なモノが掠《かす》め、メイの顔色が白く変わった。

それはこの二ヵ月で、すっかり髪の毛が真っ白になった父親の背中だった。

☆

高田はすぐに来てくれた。

いつの間にか髪の毛が真っ白になっていて瓜沢は驚いたが、堂々とした雰囲気は変わらない。

「社長、話は聞きました。死体は何処ですか」

「ここだ」

瓜沢はベッドの下の青い包みふたつを指差した。

ブルーシートの隙間から、ストッキングに包まれた女の爪先と、支店長の靴の爪先が見えた。

「どうしたらいい？」

「車で来ました。積んだ後は私が始末します」

乾いた声で、高田は言った。

「昔の知り合いが群馬の山奥で『オクデラ生コン』っていう生コン屋をやってます。そこで砕いてもらいます」

「大丈夫か、そんなに遠くまで……警察に停められたら」

「その時は私が罪を被《かぶ》ります」

高田の目が、冷えていた。

噂で、高田は元ヤクザで、人を殺して服役して出所したところを瓜沢の父に拾われた、と聞いたことはある。

それは恐らく本当らしいと瓜沢は確信した。

「いいですか社長、あんたがやったんじゃない、あたしがやったんだ」

口調が変わっていた。

遠い昔、まだ瓜沢の父が若く、瓜沢が高校生だった頃の崩れた口調。

「警察は前科《マエ》のあるほうをとる。あんたと娘が付き合ってるのを知ったあたしが怒り狂ってここへ来た、ここへ来てこの銀行屋を見つけた。後は勢いで殺した。それでいい……あたしゃもう二人殺してる」

「父さん、何しに来たの！」

ドアが勢いよく開いてメイが飛びこんできた。

「お前、ここの従業員だったな、ビニールじゃダメだ、安物でもいいから絨毯か、毛布を持ってこい」

静かに高田は命じた。

「すまんな、メイ。父さんは自首する……とにかく新聞報道が始まったら隠れろ。一ヵ月もすればマスコミは忘れる」

背を向けた高田は、ベッドの下からブルーシートに包まれた死体を引きずり出そうとかがみ込んだ。

瓜沢も一瞬遅れて手伝う。

「……お父さんは」

メイの声が震えていた。

「いつもそう」

ごっ、という重い音と同時に、顔に何か熱いモノがかかって、瓜沢は顔を上げた。

呆然と見開かれた、高田の目がこちらを見ている。

高田の背後に、メイがいた。

赤い大理石の花瓶を振りかざしている。

振り下ろした。

また重い音がした。

高田が前のめりに倒れる。

「いつもそう、いつもそう、いつもそう、いつもそう、いつもそう、いつも

そう、いつもそう、いつもそう、いつもそう、いつもそう！」

言って父親の頭をホテルの花瓶で、メイは滅多打ちにする。

「私が熱を出しても、会社が優先！　ヤクザの娘だっていじめられてても会社が優先！　お母さんが死ぬ時も会社が優先！　会社がなくなるときも！　なくなっても！」

花瓶が衝撃に耐えきれず砕け散るまで、高田の頭に振り下ろし続ける。

ようやく、瓜沢は我に返った。

慌ててメイに飛びかかる。

「やめろ、何してるんだ！　父親だろう！」

「なによ、父さんはあんたのほうを可愛がってた！　あんたが息子だった！　今度も勝手に横からしゃしゃり出て、アンタの罪を被る！　もう嫌よ！　イヤ！　計画通りに進まないのはイヤ！」

抱きしめた。

メイの言うとおりだった。高田はいつでも瓜沢の会社を優先してくれた。夜遅くまで残業し、メイが風邪を引いたときも、家に帰らなかったし、それは妻が交通事故で死んだときもそうだった……会社の最初の不渡り手形の処理に追われていたのだ。

咄嗟《とっさ》のこととはいえ、人を殺してしまったメイは、そのために尋常ではない精神状態に落ち込んでいたのだ。

そして哀しいことに高田はそのことに気付かなかった。

不用意なひと言が、メイの張り詰めていたモノを最後に破裂させた……瓜沢はメイを抱きしめながら泣いていた。

実の父親が死ぬ前から、高田は瓜沢にとってもうひとりの父親であった。

その父親代わりの男が、実の娘に撲殺される状況を自分が作った——と思い込んでいた。

「俺のせいだ」

暴れるメイの動きが、ぱたりと停まった。

「俺のせいなんだ」

何もかもが崩壊していく気配。

「い、一体どうしたんですか、これ……その人、誰ですか?」

顔を上げると、いつの間にか柳沢が入り口に立っていた。

動かなくなった高田を指差している。

恐らく、気になって様子を見に来たのだろう。

「柳沢君、手伝ってくれないか?」

メイを抱きしめたまま、瓜沢は頼んだ。

柳沢の他に、頼れる人間をあと一人しか、瓜沢は思いつかなかった。

一度、奇妙なことを言われて以来、遠ざかるようにしていたが、あの時、言った言葉が本当なら、今こそ頼るべきだ。

御堂を。

第六章

☆

栗原は一筋縄ではいかない人間だ。

「お試し期間」は、事件ひとつではすまないことは予想していた。

だからひとつ事件を解決しただけではすまないだろうと橋本は考えていたが、報告を送って一週間後、栗原は意外な注文をして来た。

〈ケイ〉を通じて送られてきたのは四十人近い一般人の名簿だった。

「なんですか、これは」

銀座の裏道にある小さな蕎麦屋で差し向かいになった栗原に、橋本は尋ねた。

「この人たちをね、逮捕か、警察署に任意同行されるようにしてほしいんですよ」

「……犯罪者ですか？」

「あなたたちが押収した資料とこちらの捜査資料を突き合わせたら、新たに〈ハコ〉に入る事件が増えた……というより、誰かが一般人を使った犯罪計画を片っ端からプロデュースしている、という状況が浮かび上がってきたんです」

「ＩＮＣＯ、ですか」

徐から聞いた単語が口に出た。

栗原が首を傾《かし》げるかと思ったが、淡々と冷酒を口元に運びながら頷《うなず》く。

「インコと言いつつ、やっていることは悪の雀の学校の先生、ですがね。まったく困ったもんです」

判《わか》りづらいジョークだった。

「なるほど、そういうわけで我々に、その生徒達が逮捕されるような工作をしろ、と」

「公安や警察が政治結社にも思想団体にも入ってない人たちの事件をでっち上げるわけにはいきませんからね」

橋本はウンザリした顔になった。

どうやら栗原は当面、自分たちを「汚れ仕事専門の外注機関」と考えているらしい。

いや、実際にそうではあるが。

「３Ｄプリントのショットガン、大量の拳銃やアサルトライフルだけでも頭が痛いのに、痛覚を失わせ、アドレナリンを出しっ放しにして無限に動けるようにしてしまう新型の覚醒剤の密輸までこれに関わってるようでねぇ。……ヤクザに流れるだけでも困るのに、使うことに躊躇《ちゅうちょ》しない『無点の人《ノーカウンターズ》』たちに渡ればそれこそ大惨事です」

「『無点の人《ノーカウンターズ》』ですか」

橋本は溜息をついた。

最近クローズアップされている、社会的にも困窮し、満たされない承認欲求を満たすだけに、突如、人生をかけて事件を起こしてしまう犯罪者を社会学者がそう名付けた。

これまでの人生で自分が一切の得点をしていない、あるいは全ての得点を失ったと思い込んでしまった人。

日本だけでなく世界でもこう名付けるしかない人間が増えている。

特にかつて先進諸国と名乗っていた国に。

アメリカにおける銃乱射事件、日本においては個人的な抑圧や貧困に耐えかねて突発的に事件を引き起こす短期大量殺人者《スプリーキラー》にこの傾向が強い。

さらにSNSによって彼らの感情は拡散、あるいは増強されることが加速度的に増えた。

「こういう人たちが、ヤクザの家に殴り込むことは決してないですからね」

栗原は板わさをつまみながらしみじみと言った。

「被害者は大抵、自分たちと同じ一般人、弱者です」

それだけに、政府は本腰を入れづらい。ことが社会問題に根ざしているからだ。

警察も検察庁も、公安も腰が引ける。

日本にとって悪夢のような相互監視社会を生み出すことを、少なくとも国家が推進するわけにはいかないからだ。

「逮捕とはいかないまでも、彼らが犯罪を犯すことを、暫《しばら》く延期せざるを得ない状況を作ってください」

「随分と無理なことを仰《おっしゃ》るんですね。まだ何もしてない彼らを、犯罪者にしろというんですか?」

「大きな罪に問われる前に、未犯の状態で警告を出す、と考えてほしいですね」

「彼らは未犯の犯罪者、とでも?」

「犯罪者予備軍よりは正しい言葉ですね。そこに所属ないし、そういう主義思想、趣味を持っているからという大雑把な理屈ではなく、データに基づいて個人特定されている高確率の存在ですから……未犯罪者とでも呼ぶべきかも知れません」

「言葉遊びをしている場合じゃないでしょう」

厳密には法を犯した証拠のない人間を引っ張って調べるため、些細《ささい》な罪を見つけてあるいは容疑者にわざとキツイ言葉を浴びせて相手が触れたとたんに大げさに転んで公務執行妨害で逮捕する、という俗に「転び公妨」と呼ばれるような行為に橋本は何度も手を染めてきた。

法的にはグレーゾーンということで処置されるが、一般常識に照らし合わせれば黒い。

公安とはそういう組織であり、タチの悪い犯罪者に対しては一般警察もそういう対処をすることを躊躇《ためら》わないものは多い。

だが、やり方をミスすれば、あるいは対象を間違えてしまえば、責任を追及される。

「私は構いません。ですが部下たちの半分は一般人の常識で動いてる……まあ確かに常識外れの人間ではありますが、それでもです」

人は善人と呼ばれることをうれしがるが、悪党であると自認していても、指差されることは嫌がる。

まだ犯罪も犯していない四十数名の市民を難癖をつけて警察の手に引き渡すのは相当のストレスになることは予想出来た。

橋本たち「私設警察」には内務規定はない。法律には最初からはずれている。

つまり彼らの行為を罰することは現行犯逮捕以外ありえない。

汚れ仕事には慣れていく時間が必要で、特訓は要らない。

これはその特訓に等しい無駄な行為だった。

「最近の若い人の間ではこういうのを無理ゲーというそうですね。この前、孫から教えて貰いましたよ」

栗原は平然と言った。

キャリアの人生における結婚と子育ては、絵に描いた昭和三十年代のホームドラマそのものだ。五十三歳で孫がいるのは普通といっていい。

「私は不満です。このままじゃ、ただのヤクザまがいの組織になる」

と抗議するが、

「表の警察では出来ないことをするために、私は私設警察としてあなたたちに投資したのですがね」

栗原の目はじっと橋本を見つめた。

「彼らが計画しているであろう犯罪を犯せばもれなく極刑になる可能性が高い。未犯のうちにその芽を潰しておくのは人情ではありませんか？　自動装填式の散弾銃を使えば一分間に何人の人間が通り魔的被害に遭うか、我々は知っていますよね？」

「…………」

「あなたの気持ちも分かります。ですが、この私設警察は、我々にしか出来ない汚れ仕事である以上、そこはどうか、飲み込んでください。彼らの命もかかっているのです」

そして、栗原はテーブルの上に両手を突いて頭を下げた。

「この通り」

キャリアがノンキャリア……それも失職したものにすることではなかった。

海外で学び、日本でキャリアを重ねてきたものが、こんな泥臭い《ドメスティック》な切り札を出すとは思わず、橋本は動揺し、そして自分が納得してしまったことに気付いた。

してやられた、と反発する感情が胸をよぎるが、同時にかなわないな、とも橋本は思った。

同時に、この私設警察が栗原にとって、己の警察人生をかけた命がけのことでもあることを思い出す。

「……わかりました。頭をあげて下さい」

橋本は壁に掛かった時計の針が一周した後、ようやくそう言った。

一分間、警視監に頭を下げさせるぐらいしか、もはや橋本に出来る意趣返しはなかった。

引き受けるしかない。

薄汚い沼に元からいるのだ、今さら深く潜ることに、異を唱えられる立場ではなかったのだ、元から。

そう考えることにした。

☆

翌日から、橋本たちはこの四十数人に及ぶ犯罪者予備軍……栗原の言う未犯者たちの、隠された秘密を探り出し、あるいは罪をでっち上げて官憲の手に引き渡さねばならない気の重い仕事とも作業ともいえるものを開始した。

本来ならば数ヵ月単位あるいは半年単位で行われなければならないことであるが、橋本は片っ端から全員を、警察関係のトラブルに巻き込むことにした。

早い話が、怪文書、怪しげな郵便物、あるいは警察官に誤解されるような言動を録音したものを所轄署や地域を担当する公安に密告する。

あるいは公安時代の伝手《つて》を辿《たど》って、腕のいいスリに危険物を鞄に放り込ませ、そっと密告する……など。

スマートフォンを持つ相手は楽だった。ＰＣを持っているものも同じである。

平成十一年に「児童買春、児童ポルノに係る行為等の規制及び処罰並びに児童の保護等に関する法律」が施行され、児童ポルノの単純所持が禁止されて以降、怪文書や密告によってこの手の動画やファイルがあると通報するだけで捕まることがあるのは周知の事実である。そこへ特定の政治団体とのメールのやりとりがあるように見せかければ完璧だった。

ただし橋本にも良心はある。

〈トマ〉に命じて、その手の証拠を仕込む時には、おおざっぱなものにした。

明らかに彼らのものではなくいたずらで挿入されたものであるとメールアドレス等から判明するように……警視庁のサイバー犯罪課がチェックすれば一発で判る。

逮捕されても、この証拠があればすぐに釈放されるであろうというものである。

あとは橋本にとってはかつての天敵でもある、人権派弁護士たちに「不当逮捕」の言葉と共にこのことを知らせれば良かった。

〈トマ〉はさすがの腕前だったが、〈時雨〉や〈ツネマサ〉も上手《うま》く公衆電話や例のサークルの連中から押収し、ＳＩＭカードを書き換えて痕跡不明な「飛ばし」状態にしたスマホなどで見事な密告者の演技をしてみせた。

そして大抵のリストにある人間は、逮捕されると面白いほどに、意気地をなくしたように大人しくなり、しばらく家から出なくなった。

日本人の「お上」への畏敬《いけい》と、任意同行という「逮捕」手前の経験は、それだけ一般人には恐ろしい。

楽と言えば楽な仕事ではあるが、それでも時間がかかる。

橋本たちのチームが、リストのうち九割の処理を終えるまでに二ヵ月近くかかった。

小さな、銃撃戦も強制捜査も何もない、地味な仕事の繰り返しである。

イヤミな仕事と言い換えても良い。

だがそれでも最初に受け取った五〇〇万という金の強さは、〈トマ〉や〈時雨〉、〈ツネマサ〉たちを真面目に働かせるには充分だった。

唯一〈ソロバン〉こと有野だけがこの仕事を嫌った。

おそらく、税務署職員の頃のことを思い出したのかもしれない。

実際、税務署職員の中で、立ち入り調査をする者たちは今回のようなでっち上げや証拠の捏造《ねつぞう》などをしているのであろう、と相手から罵倒されることが多々あり、また、中には本当に軽い捏造……実際、脱税をしている相手を揺さぶるために……する税務署職員もいることを彼は知っていたからだ。

そして凄腕《すごうで》の調査員だと呼ばれていたものの、有野はそのやり方を「違法」だと嫌悪していたからである。

結果、橋本に対して有野は少々よそよそしくなった。

悪くない一面もあった。

〈トマ〉、〈時雨〉、〈ツネマサ〉の三人は、この小さくて細かい仕事を通じて、仲間意識と信頼関係を築いていったのである。

これから罪を犯すかもしれないが、現時点では無罪の一般市民を陥れることへの共犯関係というべきか。

特に〈ツネマサ〉は、自分を一撃でのした〈時雨〉に惹かれるものを感じているらしい。ふたりが同じ職場での恋愛関係に発展することを懸念すべきかと橋本は思ったが、そこは気にしないことにした。

それで業務が滞るようであるならば、彼らは仕事の上で命を落とすし、橋本も彼らに対してある程度距離を置いて付き合っているからである。

親しく接するのは有野だけでいい、と橋本は考えていた。

親しまれる上司である必要性はこの仕事にはないのだ。

☆

高田の言っていた生コン会社は先月、廃業になっていた。

中に忍び込むことは容易だったが、とっくに電源を落とされ、通電していなかった。

死体は処理せねばならない。

この手の業者が廃業すれば、土地建物にまず土壌検査などが入る。

ましてそのまま埋めてしまえば死体はいとも簡単に土の色を変え、草花の成長が良すぎる、というくらいの有機肥料となるという。

だから死体をそのまま埋めておく訳にはいかなかった。

途方に暮れかけた瓜沢は、御堂の指示でやってきたくたびれた作業服姿の技師が、あっという間に電源を復活させるのを見て驚いた。

それだけではなく、高田が当初予定していたコンクリートミキサーではなく、事務所の裏に薪ストーブ用のチップミキサーがあると彼らは指摘した。

言われたとおり、裏へ回ると確かにあった。

その使い方も山川《やまかわ》と名乗った男とその助手は教えてくれた。

かくして、高田を含めた三人の遺体は、そこにあった産業廃棄物用（材木用）チップミキサーで粉砕された。

銀行員もその愛人も、高田も真っ赤なチップになって吐き出されていく。

一輪車で十杯分。

それをショベルカーとブルドーザーを使って埋めた。

山川たちはどうやら生コンの機械を動かすつもりらしく、あれこれ点検していた。

生コンの機械は生き物だ。発電所と同じで一度動かさなくなったら再起動させるには大変な手間暇がかかる。

なにをするつもりなのか……と思ったが、こちらが何をしているかについて黙っているのだから、彼らに対して何かくちばしを挟むことはしない、と瓜沢は決めた。

御堂への感謝の念を感じつつ、淡々と、自分の恩人と、憎んでいた相手をバッサリ処分することを瓜沢は不思議に思わなかった。

柳沢はホテルの職場を放棄し、群馬の山奥までついてきて、死体の処理を手伝ってくれた。

メイはあれから茫然《ぼうぜん》自失として役に立たない。

今も車から降りて宿直室にぼうっと座っているだけだ。

食事も便所も自分で行くから、そこまで壊れているわけではない……いやひょっとしたらこっちが思っている以上に壊れているのかもしれなかった。

壊れていても変わらないことがある。

自分が警察に出頭すれば、メイも刑務所に入ることになる、という事実だ。

父親をメイから奪い、メイが父親を殺すはめになったのは自分のせいだという罪悪感はいまだに瓜沢の心を内側から焼いている。

ブルドーザーを停め、エンジンを切ると、ようやくどっと疲労感が押し寄せてきた。

スマホが震えた――御堂からの電話だ。

『どうでしたか？　山川《やまかわ》さんたちは無事に作業を終えましたか？』

「はい、とても親切でした……今全部終わりましたよ」

『そうですか……瓜沢さん、柳沢さんとメイさんもご一緒に会いませんか？　今後のことを話し合いましょう』

そう言われるありがたさを瓜沢は噛《か》みしめていた。

驚く程あっさりと自分があの高田をメイが殺すのを見過ごしてしまったこと、支店長を殺してしまったことへの後悔は、気付かぬうちに胸の中から綺麗に去っている。

☆

その日は生コン会社の埃《ほこり》の積もった宿直室で一泊し、三人は車で埼玉まで戻った。

山川たちはまだ作業を続けている。

彼らはこちらに軽く挨拶はしたが、以後は石のようにこちらを無視した。

その冷淡さは瓜沢には、むしろ彼らの必死さの裏返しに思えた。

停止して暫くたって、洗浄し損ねた中のコンクリが、乾いて固まっているかもしれない機械をどうするつもりなのか、瓜沢は興味を抱かないことにした。

それがせめてもの礼だと思った。

柳沢は免許どころか自動車の運転のしかた自体を知らなかったので、瓜沢が休み休み車を走らせた。

朝霞《あさか》市の小さな喫茶店で御堂は待っていた。

「よくやりましたね」

開口一番、御堂は三人を労《ねぎら》った。

『世間の同情を集め、正しい行為を行い、そして救済される「犯罪計画」を、私はもうこの二年、ずっと考えてきたんですよ』

瓜沢の脳裏に、この前この温厚そのものの人物が口にした言葉が蘇《よみがえ》る。

『私は、本気です……どうですか瓜沢さん。この話に乗りますか？』

そのひと言で一線を引いたはずなのに、こうして頼らざるを得ない状況が来た時、頼ってしまったことを瓜沢は恥じた。

「あなたのその後が心配だったんです。私……息子がいればあなたぐらいの年齢ですから」

瓜沢たちのコーヒーと食事を頼み、御堂は真っ直ぐにこちらを見つめた。

「今のあなたを見て、私も決意しました……もうこのままではいけません。この社会は、このままではいけません」

と自分自身に言い聞かせるように言葉を吐いた。

「私は決めました……あなたたちを英雄にします」

「どういう、意味ですか？」

「説明は後です、食事が済んだら私と一緒に来てくれますか？」

☆

ころあいが来た、と橋本は感じた。

「おい、〈ツネマサ〉」

昼食を食べに有野たちが出ていった後、〈ツネマサ〉と橋本は二人きりになっていた。

「は、はい」

改めて話を切り出した橋本に、〈ツネマサ〉があからさまに緊張するのが分かった。

「あと何人だ？」

案件のどこで「一件」と区切るべきか、だったが、今回のことで決心がついていた。

この警察送りの四十数名の名簿案件が終われば、一区切りと考える。

「〈トマ〉の話じゃあと六人ぐらいだったかと」

「よし、これが終ったらひと仕事終わりで解散だ、いいな？」

「ん？」

「ちょうどいい。チームが解散しても残りの金の分割振り込みは満額までちゃんとしてやるが、お前さんが持って帰ると言うんだったらいつでも全額渡そう」

「チームの解散は俺の、せいですか？」

「いや、最初から予定していたことだが、まずお前に話しておこうと思ってな」

「どうして、ですか？」

「お前がチームの要になるからだ」

ぽん、と橋本は〈ツネマサ〉の肩を叩いた。

「残りの連中にも話をしてやれ」

こういう風に話を持っていけばそれが予定の話でも〈ツネマサ〉は本来の責任感の強さから、気を引き締める。

このまま、荒事になるかどうかは判らないが、事務仕事であっても、気を抜いてもらっては困る。

小狡《こずる》いやり口だが、この仕事は何が死に繋がるか判らない。橋本は割り切っていた。

「必ず物事に終わりはある」

それだけ言って自分の席に戻った。

しばらく〈ツネマサ〉は考えていたが、やがて全員が戻ってきた。

〈ツネマサ〉は今の時間は警視庁にいる〈ケイ〉を除いた全員を応接セットに集め、あと六人を警察の厄介にかけたらチームを一旦解散すると告げた。

元から〈トマ〉も〈時雨〉も有野も前もって仲間にする時点で告げている。

だから〈ツネマサ〉ほどの驚きはない。

少し、〈ツネマサ〉は拍子抜けしたようだったが、〈トマ〉は橋本に向き直った。

「だとしたらチョッと面倒くさいことになるかもしれません」

「どういうことだ?」

「この前の人身売買サークルの時に回収した例の自動装塡式散弾銃とコンクリート装甲のデータなんですが……趣味で、どこかが出力したら警報が鳴るようにガバメントウェアを設定してこの前流したんですけど、今さっき……」

「まさか、出力されたのか? 散弾銃?」

〈ソロバン〉の言葉に、〈トマ〉は首を横に振った。

「いいえ、違いますこれ……例のブルドーザー用の簡易装甲を、コンクリートを使う3Dプリンタで出力するためのデータが動いたんです」

「セメントを使う3Dプリンタがあるのか？　速乾性コンクリートを使っても出力しながら造形は難しいだろうに」

有野の疑問に、橋本は答えた。

「中国がこの手のものに手を出すのは早い。が、最近だとアメリカ軍が兵舎を作ったりしてた……まあ鉄筋の入ってるモノはまだ扱えないんで、国内だと建築法の問題から、複雑なコンクリートの飾り柱とかに使うらしいがな」

「これ自体は不完全で最近パッチが当てられたんです、それの痕跡を探してたら……ほら、ここ。埼玉の山奥にある建設会社で……実は最後に残った六人のうち、一人のデータに関わりがあるんですよ。瓜沢道三郎、って元建設会社の社長さんに」

「どういう結びつきだ？」

「えーとですね、瓜沢道三郎の会社と以前は頻繁に取引があった建設会社ですね。下請けになったり元請けになったりの関係だったようで」

〈トマ〉のPCから転送されたデータをざっと眺めながら有野が補足する。

「付き合い自体は税金の動きからすると三〇年以上ってとこですかね。個人貸借も結構頻繁でしたが……五年前にピッタリ止まってる」

「ああ、多分その頃社長が亡くなったんですよ。しばらくは役員会の合議制で動いてたみたいですね、会社登記のデータが変わってました」

「その会社、詳しく調べろ。あと瓜沢道三郎が何処《どこ》にいるかを割り出せ」

「はい、監視カメラとかチェックします、あとスマホの電話番号がわかるんで居場所もすぐ判るかと思います……あれ？　ここ一週間前に破産申請して倒産してますね」

簡易装甲にもなるコンクリート素材と、セットになっているのが自動装填式ショットガンだけでも剣呑《けんのん》だが、こちらが処理しなければならない対象者が結びついているというのはどうにも不吉な予感がしてならない。

☆

御堂は、かなり使い古したトヨタの、カローラ・フィールダーに乗る前に、金属の箱を取り出した。

中は鉛の板が敷き詰められ、さらに中にはもうひとまわり小さな、金属メッシュの箱があった。

小さな箱にスマホやスマートウォッチの類《たぐ》いがあれば全て入れてほしい、と言われた。

スマホはともかく、スマートウォッチなどという洒落《しゃれ》たモノを持ってるものはいなかったが、御堂なりの気配りと念押しなのだろう。

「必ずお返ししますが、出ている電波が問題なんです」

そう言われて、本気で御堂が犯罪を起こそうとしているのだと改めて認識する。

言われたとおりに瓜沢がスマホを入れ、柳沢も続いた。

メイに関しては瓜沢が代わりに入れてやる。

目の瞬きや呼吸の様子がなければ死体のようだった。

さっき、御堂が渡した缶ジュースを飲む姿も含め、もう魂がこの世にない、という気がする。

（今は考えるな）

瓜沢は頭を振って、ともすれば浮かびそうになる、メイと自分の、不幸な未来の映像を頭から振り払う。

気分を切り替えるために、車から持ってきた紫の栄養剤をプラスティックボトルから三錠ほど手の平に落とし、唾液だけでなんとか飲み込む。

栄養剤でこれまで足りていなかった栄養が補われているのか、これを飲むと、頭がしゃっきりしてくるようになった。

ジンクスを勝手に自分の中で作っているだけかもしれないが。

ふたを閉め、御堂は箱を後部トランクに入れた。

車は瓜沢の見覚えのある場所へ辿り着いた。

「タカオカ建設」と色あせた看板が門に下がっていた。

父親の代から付き合いのあった建設会社だ。

こちらは跡継ぎがいない状態で社長が倒れ、瓜沢の会社が危機に陥る前から青息吐息になっていた。

何とか瓜沢の会社が倒産した後も存続し、建設用３Ｄプリンターを中国から導入して起死回生を図っていたが「それでも倒産は時間の問題」と最後に会った幹部は、すっかり円形脱毛症の大きくなった頭を掻《か》いて、自嘲《じちょう》の笑みを浮かべながら言ったのを覚えている。

見慣れてしまいたくはない、銀行委託の管理会社による「封鎖」のステッカーと黄色と黒の立ち入り禁止ロープが張られている。

管理会社と銀行の責任者の名前を見て、瓜沢は苦笑した。

あの銀行の支店長だった。

百数十キロ彼方の群馬の山奥に、粉砕されて愛人とともに埋められてる。

来る途中、気になってウェブで警察やＳＮＳでの失踪人リスト、警察の行方不明者届……昔は捜索願といった……チェックをしてみたが、まだ支店長の名前は載っていなかった。

あのラブホテルの周辺は、街頭の監視カメラがない。

正確に言えば設置こそしているのだが、数か月も経《た》つと「何故か壊れる」ことになっている——そうでもなければ、いまどき、誰も怖がってラブホテルなど来ない。

警察への行方不明者届の提出は明日ぐらいだろう、と瓜沢は思った。

少し気持ちに余裕が出来た。

もともと、もう財産も守るべき立場も、家族もない。

警察に捕まることを怖《おそ》れるのはそういうものがあった頃の名残に過ぎない。

周囲を見回す。

周囲は畑と田んぼばかりの中にぽっかり立ってる建物と、その周辺にある古びたプレハブの物置。

コンテナと、見覚えのある古い、中型ブルドーザーが三台。

古くて懐かしいコスガという会社のものだが、違和感があった。

三台ともブルドーザーのシンボルでもある土をすくい上げる形式のバケットが、排土用のものではなく、上から見ると三角形の鋭角な、除雪に使うプラウ型のものに変えられており、さらに運転席を上下左右に囲むように鋼板が箱形に溶接されている。

一応細い切れ込みがあるが、前方以外は酷《ひど》く視界が悪くなっている。

そして、運転席の後ろに継ぎ足したように建築現場で流し込み工法に使うような針金と木の型枠が箱型に施されていた。

「瓜沢さん、こっちです」

御堂が手招きした。

トラックのタイヤ痕が、コンクリの打ちっ放しの床にある、屋根のついた資材置き場。

木箱が大量に積まれている。

「なんですか、これ」

「鉄砲ですよ」

ひとつの箱を開けて、御堂は中から小学生が定規でデザインしたような、不格好なものを取り出した。

映画やテレビで見る「ライフル」とは全然違う、四角四面で角こそ丸められているものの、かなり重くて大きくて、機能性を疑うしろものだ。

オマケに、全体を細かい、鋳物職人が忌み嫌う湯皺のようなものが覆っている。

「不格好ですし、重いですが、まあこれも銃です。弾は散弾銃のモノを使います」

「…………」

思わず柳沢と瓜沢は顔を見合わせた。

「試射もすんでますよ。こうして、米軍のライフルみたいに弾倉を入れて、と」

横についている鉄棒そのもののハンドルを引っ張ると、ガシャンと音がした。

「御堂さん、こんなもの使って何するんですか」

瓜沢は自分の舌の付け根が引きつるのを感じた。

「異議申し立てをするんですよ。あなたたちが最も憎むところを破壊して回るんです。殺したい相手を殺すんです……いや、殺さなくてもいい」

御堂は穏やかに続けた。

「この社会に怒りをぶつけるんです、自分たちはこんなに悲惨な目に遭いながらここにいる、と」

静かな目が、瓜沢と柳沢を見た。

「社会に無視させてはならない。これは覚悟の決意表明だ、と。私も無事では済みません。当日はあなたたちと同じ行動を取ります。同時多発です」

「でも……」

「瓜沢さん、あなたは人を殺した。このまま捕まればタダの怨恨事件として処理されて、二〇年以上、あるいは死体遺棄をしたということで、もっと重い刑罰を受ける……でも本当は違うのに。あなたは誇りを取りもどしたい、その純粋な願いだけだったのに」

じっと御堂は瓜沢を見た。

瓜沢がまだ会社の社長であれば、あるいは会社をうしなって二ヵ月も車上生活を続けていなければ、御堂の言うことは間違いであり、詐術だと理解出来たかもしれない。

だが、不思議に御堂の言葉は今の瓜沢の心の奥底に染みこんでいった。

「柳沢さんも逃亡幇助《ほうじょ》の罪になる」

柳沢が「ひっ」と息を呑《の》んだ。

自覚はしていても改めて指摘されると怯えてしまうのは人情だ。

「でも……」

と言いかけた御堂の背後で車のエンジン音が聞こえた。

ドアが開閉する音がして慌ただしく足音が聞こえる。

「あなたたち、ここで何をしてるんですか！　ここ、私有地ですよ！」

真新しいぱりっとした背広を着けた男が二人、険しい顔をしてやってきた。

「チェーンが勝手に解かれてるからおかしいと思ったんだ……何やってるんですか、出てってください！　警察を呼びますよ！」

「おや、ここは人手に渡ったんですか……あなたたちはどなたですか？」

御堂は銃を握った手を背中に廻《まわ》しながら、にこやかに応対した。

「何笑ってんだ！　出ていけよ馬鹿野郎！　ここはうちの銀行のモノなんだ！」

もうひとりの、かなり体格のいい銀行員が怒鳴った。

その言葉に、瓜沢は腹の中に熱いしこりが生まれるのを感じた。

何がうちの銀行のもの、だ。

ここは、ここを作って経営していた人たちのものだ。

お前たちが貸しはがしさえしなければ、親身になってくれれば、今でもここには働いている人がいたはずだ。

夢を見ている連中がいたはずだ。

この資材置き場に、何度か瓜沢は来たことがある。

夕暮れの陽射しの中、そこここで、皆煙草《たばこ》を吹かしたり飲み物を飲んだりしながら談笑していた。

今日と同じで酷く寒い夕暮れ。周りに何もないから、風が吹き込んできて寒いんだ、と誰かが言って笑ってた。

その中には父も、高田もいた。

ここの経営者夫婦も楽しげに語らい、時折、従業員に声をかけて一緒に笑っていた。

お前たちが。

お前たちが、それを全部消して、こんな寂しい廃墟にしやがった。

お前たちが。額に汗して、泥まみれで働くこともないお前たちごときが。

それが喉を駆け上って罵声に変わる寸前、御堂の腕が動いた。

開けた土地だが銃声は天井に跳ね返り、思ったより大きく聞こえた。

最初に声をかけてきた銀行員の胸が弾《はじ》けた。

腐敗した肉まんを、爆竹で吹き飛ばしたような。

人は撃たれると吹っ飛ぶのではなく、僅《わず》かに後ろに下がって、その場にくたりと倒れるのだと、瓜沢は初めて知った。

さらにもう一発。

映画のライフルとは違い、大きなプラスティックの薬莢《やっきょう》は横からではなく、下から出た。

青いプラスティックの空薬莢がコンクリの地面に跳ね返る。

二人目の銀行員の顔面はグズグズの肉の塊になっていた。

血は思ったほど出ない。

柳沢が口を押さえ、屋根の外に出て物陰で嘔吐《おうと》をはじめる。

瓜沢は自分が驚く程、衝撃を受けなかった。

すでに自分の手で人を殺したからかも知れない。

「これで、私も共犯です」

大きな溜息をついて、御堂は銃口を下ろす。

まるで大きな虫を口の中で噛《か》みつぶしたような、苦い声。

「あなたたちと同じ立場に、私もなった」

御堂は背中を向けたままぽつん、と言った。

瓜沢は呆然《ぼうぜん》と、初老の男の背中を見つめた。

この男は、何者なのか……あの気持ちのいいNPO団体の職員と同じ姿形なのに、別の生き物に見えた――御堂の皮を被った、別の生き物に。

「あんた、何者だ?」

声が震えた。

「私はあなたたちの仲間ですよ」

振り返った御堂の顔は、強張《こわば》っていて作り物のように見えた。

瓜沢は安堵した。この男はあの御堂のままだ。

人を殺したショックを押し隠している。

自分たちと同じ場所に降りてきたのだ。彼は。

「さて、昔の映画にこういう言葉があります『一人二人殺せば殺人犯だが、一〇〇万人殺せば英雄だ』……同じことです。瓜沢さん、あなたは大事件を巻き起こすべきです」

御堂は銃を木箱に戻した。

「社会的事件を起こすんです……マスコミも、世界も注目せざるを得ないほどの大事件を」

瓜沢はじっと御堂の顔を見つめた。

年老いているが静謐《せいひつ》な横顔だった。

「そのための手立てはもう整ってます。あとは実行するだけです」

「俺たち三人で、ですか?」

「違います。あと四人、そしてメイさんです……皆さん、出てきてください」

御堂が声をかけると、資材置き場から数人の男女が出てきた。

見覚えのある顔……辰巳、矢島良子、小田島、北本照美だった。

「皆さん、御堂さんの計画に、乗るんですか?」

疑問ではなく、確認の声が自然に瓜沢の口から漏れた。

誰もが無言で頷く。

「でも、メイは……」

「大丈夫よ、社長」

振り向くと、これまでの放心状態から抜け出て、以前よりも生き生きと輝いた顔で、メイが立っていた。

その腕の内側に、小さな注射痕があることを、瓜沢は知らなかった。

「私なら、もう大丈夫」

メイは、手首に巻いた母の形見の腕時計の裏側に、そっと指を滑り込ませ、何かをなぞるようにしながら微笑《ほほえ》んだ。

☆

「うーん」

日が暮れたアジトで、〈トマ〉は腕組みをした。

「ボス、建設会社は先週、銀行の抵当として差し押さえられてますけれど……電気が使われてます。この消費量からすると商業用のエアコンか工場用の大型ヒーターかなあ」

「誰かいるんだな？」

「ええ、それとさっきネットが切断されました……多分、ルーターの電源引っこ抜くか回線を物理で切断したんだと思います」

〈トマ〉は指でハサミを作って切る真似をした。

「倒産前に最後の代金の支払いがあったんで、今月いっぱいはネットは使えるんですけれども……コンクリ用3Dプリンタで作る間だけだったのかな」

「衛星写真とかで覗《のぞ》けないか？」

〈ソロバン〉の言葉に、〈トマ〉は苦笑した。

「アメリカだったらアリなんですけれどもね。日本の衛星は警察や公安じゃなかなか使えないですから、ボクらなんてさらにですよ……」

「近くに監視カメラは？」

「この辺一帯畑ばかりで……まてよ、盗難防止のカメラがないか……ないですねえ。よっぽど平和なんだな」

「近くの農家で15歳以下の子供がいる家庭か、高齢者家庭のパソコンがないか調べてみろ」

橋本が指示する。

「なるほど。ネットリテラシーを教えて貰ってない子供か、お爺ちゃんですか」

にやっと〈トマ〉が笑った。

「あと子育てに追われる夫婦もネットリテラシーやサイバーセキュリティには甘い」

「そういうもんなんですか」

〈ツネマサ〉が首を捻《ひね》った。

「君も、親になったら判るよ」

ほろ苦い笑みで〈ソロバン〉が言う。

三〇分ほどで〈トマ〉はいくつかの家をリストアップした。

「えーとカメラ付きPC五件ありますね。チャット用のカメラにアクセス出来ないか試してみます……っと」

「あ、今の画面、何か外に映ってますよ？」

〈時雨〉は子犬のように首を傾げてその壁のタブレットモニタを眺めていて、次々映し出されるPCカメラからの画像のひとつを指差した。

どうやら机の上に開きっぱなしになったPCらしく、カーテンの開いた窓の向こうに明らかに大きな建物のシルエットが見える。

だがPCのカメラに望遠機能はない。

「えーと地図と、Googleマップの衛星写真からすると、ここの家の西側の窓から見えてるのが例の建設会社だと思います」

「よく見つけた〈時雨〉……〈トマ〉、この家の玄関にカメラあるか？」

「はいはい……と、ありますね、有り難いことに可動式です。ちょっと操作して建物のほうに向けますね」

白黒の粗い画像が画面に映った。

「画像解析とかでこうクリアにできないかね？」

「無茶言わないでくださいよ〈ソロバン〉さん。ドラマと違ってあれって何時間もかかるんですよ？」

「そういうもんか？」

真顔で訊《たず》ねる〈ソロバン〉に橋本は苦笑しながら頷いた。

「人間の顔の画像認証とかは早いが、車のナンバープレート以外の拡大とクリア化とかってのは捜査には余り必要がないってことになってるからな」

「まー、アメリカはわかんないですけれどもねえ、あと中国も」

「ハイテクジャパンって何処行ったんだろうな」

「きっとオークションで転売されたんですよ」

〈トマ〉と〈ソロバン〉がそんな無駄話をしている間に、橋本は考えをまとめた。

「とりあえず、偵察だな……とはいえ埼玉の山奥か。〈ツネマサ〉、〈ソロバン〉と……」

「いや、行かなくていいかもしれませんよ」

〈トマ〉が苦い顔になった。

「また電波です……この前の漁港の倉庫に仕掛けられてたカメラと同じ」

「例の数分に一回録画した映像を送信するタイプのカメラか」

「ええ」

「だとしたら逆だ、ますます見に行く必要がある……ＩＮＣＯが関わってる可能性があるならな……その前にちょっと人と会ってくる」

橋本は腰を上げた。

「それと〈トマ〉、その電波、行き先出来るだけ見といてくれ……どうせダークウェブで見えなくなるだろうが、そこを確認しておく必要がある」

判りきったことであろうと、予断を潰しておく必要があった。

思い込みは捜査と調査の結果を歪める。

前回回収した監視装置を橋本は全て栗原に渡したわけではない。

厳重に鉛で内張りしたケースに二割ほどを保管してある。

ケースごとそれを持って、橋本は外に出た。

時間は確認してある。

今の時間なら勤務時間外のはずだった。

アジトの外に出て、駐車場から車で大宮まで向かいながらハンズフリーで電話をかける。

公安は……特に外事に関わるものは、国内においては一年おきに別の機種に買い換えることが半ば義務づけられている。

神経質なものは半年、二ヵ月にいっぺんというものも珍しくない。

彼らは仲間や「エス」と呼ばれる協力者、情報提供者の住所は暗記する。

あるいは暗号化してメモに取り、決して自分以外の人間に明かさない。

驚くほど古いやり方だが、驚くほど今でも有効な手段だ。

暗記した電話番号をかける。

コール二回で留守電に切り替わったので「俺だ。クリンコフを返したい」とだけ告げて電話を切る。

きっかり三分後、コールバックがあった。

『どうも、〈吹雪〉さん』

中国国家安全部の徐だった。橋本の今の偽名を知っているという以上に、今の「新規事業」について知っていると言わんばかりの口調だったが無視する。

「いきなりで悪いんだが、ちょっと裏口《バックドア》を借りたい」

『……どちらのですか？』

「小型メモリ付きの隠しカメラだ。設定時間が来るとそれまで録画していた画像を圧縮して送信するタイプのやつだ」

橋本は箱を開け、分解されて標本のように白いプラスティックの板に貼り付けられたカメラのハードディスクの番号を読み上げた。

「今回だけ、裏口を使わせてくれ……どうせいつものように二ヵ月後には新しいものに更新するんだろう？」

『相変わらず強引な方だ。そんなものはない、と言ったら？』

「コイツは中国のＯＥＭ商品だ、あんた方がガバウェアを入れてないはずはなかろう？」

二〇〇〇年代初頭、中国企業が買収したとあるＰＣメーカーのハードディスクに、中国政府謹製のデータ収集ソフトが、フォーマットプログラムの更に下に仕込まれていたという事件が発覚した。

中国政府はこの企業の独断であると断言、企業のトップの首を飛ばしたが、追跡調査で、他の企業で中国企業の息のかかったところで生産される全てのハードディスクやカードメモリに同様のソフトが仕込まれていることが判明した。

だが、報道は自然に沈静化した……実はアメリカをはじめとした自由主義陣営の政府も、自国で生産するハードディスクやメモリカードの中に、同様のソフトを仕込んでいたというリークが行われたからである。

政府はあくまでも、個人を特定しないビッグデータの収集のためであり、これはマルウエアやウィルスではない、として「犯罪者以外は怖れることはない」と結論づけた。

犯罪者がパソコンから証拠となる画像や書類を消去したときに復活させるためのもの、あるいは犯罪者と繋がったパソコンのネットワークを調べるときだけ起動させるものだ、と。

この時、政府のソフトウエア、という意味で「ガバメントウエア」という言葉が世に出た。

もちろん、建前である。

『いいでしょう、二年前の件では私もあなたに借りがある』

「これで貸し借り無しだ」

無表情に橋本は答える。

『よろしいでしょう』

「どこへいけばいい？」

『一時間ほど停車する場所はありますか？』

カーナビに近所のファミレスの居場所をサーチさせる。

すぐ近くに三軒あった。

一番近い一軒を選んで場所を告げる。

夕飯時は過ぎているから問題がない……と思ったが、閉店時間まであと二時間だった。

最近はファミレスもよほど儲かる場所にない限りは二十四時間営業をしない。

車を駐車場に入れ、そのまま車の中にいることにした。

やがて、バイク便がやってくる。

橋本は車のパネルの下に作った隠しポケットから、この前の漁港で入手したマカロフを引き抜いた。

相手は分厚い箱を差しだした。

「フブキさんですよね？」

流暢《りゅうちょう》な日本語を喋《しゃべ》るがどう見ても中東人の顔立ちだった。

「ああ。荷物はボンネットの上に置いてくれ」

「はい、じゃサインください」

油断せず、いつでもマカロフを撃てるように左手の上着の袖の中に隠して橋本は窓越しにサインをした。

奇妙な顔をして、だがそそくさとバイク便のライダーは去った。

剣呑なモノを橋本の雰囲気に感じたのかもしれない。

予想よりも大きく、かなり重い箱を開ける。

「我が友よ、忌まわしい組織の外で愛国心を示す立場になったこと、おめでとう」

と、一番最初に目に飛びこんできたのは、箱いっぱいの大きさの赤い紙に、金文字の日本語で書かれたメッセージカード。

やはり橋本の今の状況を洗い出したらしい。

「油断も隙もない野郎だ」

思わず橋本は苦笑しながら呟《つぶや》いた。

そして真っ赤なＵＳＢメモリスティックを挟むようにして二挺の拳銃が納まっていた。

ロングスライド。全て銀色のニッケルメッキが施されているものと、ガンブルーで美しく染められたもの。

陰陽太極を示しているつもりなのかもしれない。

銃口が普通の銃ならスライドの上部についているが、この銃は上下逆で、下の部分から銃口が覗いている。

あらゆる角度から装塡動作が出来るように大胆にカッティングされたスライドには英語でＡＬＩＥＮと彫られていて、フレームのほうには小さくＬｌａｕｇｏＡｒｍｓＣＺＥＣ

HOSLOVAKIAと浅く、レーザー彫刻されている。

チェコスロヴァキア共和国は一九九二年にチェコ共和国とスロバキア共和国に分離してとっくに存在しないので、これはチェコとスロバキア、両方に会社ないし工場があるという程度の意味だろう。

宇宙人のことをエイリアンと呼ぶようになったのはこの三〇年ほどだが、本来のエイリアンの意味は「異邦人」である。

中国の銃器ではなく、わざわざこれを選んだという意図を橋本はすぐに見抜いた。

自分がどういう立場で、何をしようとしているか、知ってる、といいたいのだろう。

「気障《きざ》を通り越して嫌味だな、ここまでくると」

とりあえずアジトに持ち帰る前に分解して調べる必要があった。

〈トマ〉をノートパソコンとともに千葉まで呼び出すことにした。

予想通り、今回もINCOがらみの事件なら今頃、ネットの追跡は行き止まりになっているはずだからだ。

☆

御堂の煙草の紫煙が、八人入った宿直室の中を漂う。

不思議に落ち着く煙草の香りの中、御堂は計画を説明し終えた。

計画を聞いて、瓜沢は数秒迷った。

余りにも途轍《とてつ》もない話だ。

夢物語に近い。

だが、成功すれば巨額の金が手に入るし、失敗してつかまっても、今の瓜沢からすれば借金から逃れることが出来る。

刑務所に入ることになろうが、死刑になろうが、もうどちらでもいいのだと考えれば拒否する理由はなかった。

他の連中はやる、と即答した。

意外なのはメイまでそうだったということだ。

ここへ来るまでまるで死人のように無表情で無気力だった彼女は、生き生きとしていて、別人のようだった。

これまでの会社勤めの時でさえ滅多に見せない笑顔を浮かべたりもしている。

そして、御堂の射殺した二人の銀行員を、小田島と一緒に埋めにいった。

熟考しようとしたが、「それでいい」と頭の片隅で誰かが囁《ささや》いた。

「やりましょう」

口が勝手に動く。

「どうせ、俺達はこの社会じゃ負け犬です。負け犬が何をやれるか、世間の奴らに知らせてやりましょうよ」

言ってから気分がすっきりするのを感じる。

「やりましょう」

そう言うたび、気分が高揚してくる。

やがて、建設会社にはダンプトレーラーがやってきた。

山川たちが運転しているのを見て、瓜沢は驚いた。

「これから、しばらくの間、あなたたちには別の場所で準備して貰います……もう、計画は始まっていると思ってください」

三台のダンプトレーラーはそれぞれに一台ずつ、ブルドーザーを乗せた。

驚いたことに辰巳一朗と矢島良子がかなり手慣れた動きでブルドーザーを操る。

なんとなく腕が疼《うず》いた。

最後に残った木枠をつけたブルドーザーは瓜沢が自ら運転手を買って出た。

横からではなく、上から乗り込む。

中にはひんやりとしたコンクリの冷たさを感じた。

ボンヤリとしたルームライトを点《つ》けて背後を見ると、鉄板で溶接されて出来た箱型の空間がぼんやりと浮かぶ。

どうやら内側は鉄板、外側はコンクリートで固めてあるらしい。

さらに言えばこのブルドーザーはかなり古い。

今のブルドーザーはブレード部分の操作以外は自動車同様のハンドル操作で、各所にセンサー類が仕込まれており、破損しそうになっただけで位置情報を製造会社に送信、即座に修理担当者が派遣されるという今の時代に相応《ふさわ》しいハイテクの塊だが、このブルドーザーはディーゼルの黒い煙を吹き出しながら、前進後退左右の旋回をレバー操作で動かすような代物だ。

コスガＡＳＤ82と浮き彫りにされた小さな金属エンブレムがメーター類のすぐそばにネジ留めされていた。

コスガは建機を様々な会社が国内で作っていた七〇年代から八〇年代にかけて現れたメーカーで、安くて頑丈、ということで国内メーカーの何処のものより安く、何処のものより確かに頑丈だったが、結局バブル景気の始まる寸前に倒産した。

確か倒産後も当時の社長だか設計部長だかが部品を確保し、メンテナンス会社を継続したので、瓜沢が二十歳になるまで、古い中小の建築屋では結構見かけていたから、ここにてあっても不思議ではない。

だが稼働時間計《アワーメーター》を見ると、コスガ特有の、一回転したことを示す赤い星が隅に刻まれているほどなのに、異様なぐらい状態が良かった。

車の走行距離と違い、建築重機は稼働時間が長ければ悪くなるというものではないが、フルメンテナンスをしたとしか思えない——それも、かなり腕のいい整備士が。

瓜沢は、フルメンテすれば通常ならリセットするはずのアワーメーターをそのままにしている辺りに、これを整備した人間の誇りが見える気がする。

エンジン音もギアチェンジのフットペダルの感触も、高校時代に父親に言われて乗ったものより遥《はる》かにいい。新品同様と言えた。

瓜沢も高校生時代に乗った程度だが、すぐにコツは思い出した。

ひんやりとした空気を木枠の裏側越しに感じる。

木枠の中には、すでにコンクリートを流しこんであるらしい。

かなり挙動が重い。木枠とコンクリートのせいだろうが、さらに履帯の上と側面にも鉄板が溶接されているからだろう。

どうやらこれだけは素人仕事らしく、少し右に重心が寄りすぎている。

だがすぐに慣れて、瓜沢はバックでブルドーザーをダンプローダーの荷台に積み込んだ。

荷台には丁寧に幌がかけられた。

「やはりお上手ですね、瓜沢さん」

御堂が微笑んだ。

☆

案の定、ダークウェブのオニオンルーターにぶち当たり、通信の行き先が判らなくなった〈トマ〉が、ボスである橋本に呼び出されて〈ツネマサ〉の車で出ていって数十分後、アジトで有野は表情を曇らせた。

「どこかで見た顔だと思ってはいたんだが……」

ふと気になって瓜沢道三郎のファイルをあけ、その顔写真を見た時に思い出した。

五年前、まだ娘が生まれてばかりの頃、相続税のことで立ち入り調査をした。

立ち入り調査自体はほとんどの場合ただのランダムであることが多いが、その年は新しくなった税務署長の方針で、相続税に重点を置くことになっていた。

瓜沢建設はバブル時代かなり儲けたことになっていたから、その後の不景気を考慮に入れなければ未《いま》だにかなりの額の資産があると、税務署では考えた。

そして立ち入り調査ともなれば、面子《メンツ》がかかる。

一円でも誤差があれば、それを申告漏れとして、取り立てるように出来ているのだ。

だからそれこそ絨毯《じゅうたん》の裏、額縁の中まで調べ上げた。

瓜沢建設の先代は情け深く、昔気質《かたぎ》の気っぷの良さで、それ故に帳簿は穴だらけになっていた。

脱税に発展させるほど二代目は愚かではなく、素直に申告漏れを受け容れ、追徴課税をかなりの額支払ったはずだ。

専務というかなり厳《いか》つい男が、こちらを人殺しの目で睨み付けていたのをはっきり思い出す。

『先代も、二代目も、うちは正直で、善人だ、なんで善人をいじめるんだ』

どこの立ち入り調査でも、追徴課税の宣告をしたときに聞く言葉。

定番の台詞《せりふ》で、入り立ての職員はともかく、すでに当時の有野にとっては聞き流せるもののはずだった。

だがその言葉とともに向けられた目線の厳しさは、今でもはっきり憶《おぼ》えている。

その週、たまたま日本に帰国していた橋本に話をしたら「元筋モノじゃないのか」と言われた。

資料をさらにめくる。

警視庁のモノもあるため、あの時の専務の写真はすぐに見つかった。

有野の記憶している姿より大分老けたが、まだ髪の色は黒かった……確かに橋本が見抜いたとおり、この専務、高田は二十歳で、とある暴力団の代貸で、敵対する暴力団の組員を二人刺し殺して十二年、刑務所に入っている。

高田の髪の毛が瓜沢建設の倒産で真っ白になったことを、有野は知らない。

もうこの世にいないことも。

さらに登記資料、税務調査を調べ、最後に銀行資料を見つける。

暫く数字を追いかけた。

手元にあるメモ帳に数字を書き付け、それでも足りずにスマホの計算機機能や表計算アプリを立ち上げる。

気がつけばもう終電時間を過ぎていたが、有野は気にしなかった。

アプリが答えを出す。

あのとき追徴金がなければまだ、何とか今も瓜沢建設は存在していた、と有野は結論した。

確かに、先代も二代目も、真面目な善人だったらしい。

銀行の貸しはがしにあったとしても、追徴課税がなかったら何とか凌《しの》げ、そこから回復出来たかもしれない。

有野は溜息をついた。

橋本が持ってきたこの資料の中にいる人間は、全員「いずれ犯罪を……それも重大な犯罪を引き起こす人間」だという。

そこへ追い込んだのは自分なのだ。

三年前なら、有野は無感動に、この資料を見ることが出来た。

彼には守るべき家族があり、何よりも愛する妻と娘がいたからだ。

三年前のあの日、妻は無残にも通り魔に殺され、娘は巻き添えを食らって植物状態になった。

娘は、まだ八つだった。

その時に、自分が仮面を被っていたことを有野は自覚した。

娘と家族のために真面目な公務員の仮面を被り、冷血な税務署の立ち入り職員の仮面を被っていた。

それが全て砕け散った。

生命維持装置のための金と、娘をもう一度目覚めさせるための治療を探すための、そしてそれが実行出来る医師の確保のために、有野は全ての仮面をむしり取り、父親の素顔で手を尽くした。

金のため、汚職に手を染めるときも、ウィスキー一杯で決意が出来た。

残されたのは娘だけだったからだ。

だが、冷静さを失った有野に、偽装工作を徹底するだけの頭の冴《さ》えは失われていた。

二年は生死の境を彷徨《さまよ》い、そして幼い肉体は機械の延命にも耐えきれずに失われた。

呆然と病室を出た有野の前に、警視庁の刑事が逮捕状を見せた。

結局、橋本が手を回してくれたらしく、有野が洗いざらい話した中に、大きな手がかりを得たのか、有野は他の巨大な汚職の輪の一つとみなされ、さらに中途半端ながらの偽装工作や隠蔽《いんぺい》工作がうまく連動して、起訴猶予の上、懲戒免職処分となった。

妻が死に、娘が昏睡状態に陥った元凶の事件を担当した刑事が、その時に警視庁の経済犯罪を担当する捜査二課に異動しており、取り調べに当たったというのも大きい。

自分は罰を受けるべきだという思いが、ある。

故に、今の有野は己の仕事の結果が生み出した犯罪を、己の〈罪〉だと認めざるをえなかった。

☆

ダンプトレーラーはとある方角に向かう途中で、SAに入った。

ガラガラの駐車場を大きく迂回して、敷地の端に停めると、運転席から御堂は降りた。

そして使い込んだ革の鞄から一〇通の封筒を取り出して、瓜沢たちに一つ一つ手渡した。

瓜沢たち七人、そして三台のダンプトレーラーの運転をしている山川たち。

「これは……」

「いいですか、これから先、S　A《サービスエリア》ではこういう場所で乗り降りして下さい。そして実行日まで絶対に行き先のビルから出ないこと、出るときは顔をマフラーなどで隠すこと……約束してくれますか？」

いつになく真剣な御堂の言葉に瓜沢は頷いた。

「判りました……でもどうして？」

「監視カメラです。ナンバープレートとNシステムは仕方ないにせよ、あなたたちの顔が特定されるのは危ない」

「警察が、俺達を監視してる、っていうんですか？」

瓜沢の脳裏にホテルで折り重なって動かなくなった男女と、後頭部を滅多打ちにされて突っ伏している高田の姿が明滅した。

　冬の寒さの中、じっとりと冷や汗が流れる。

「全てを疑ってください。顔認識のソフトを日本の警察は導入してる……こっそりですが」

　普段なら「考えすぎだ」とか「陰謀ものの映画とかがお好きなんですね」と冗談めかして受け流す言葉だが、今、御堂の顔を見ていると頷くしかない。

　もう瓜沢は彼の言葉を疑わなかった。

　彼も人を殺したのだから……究極の仲間だ。

「俺たちが金を握って逃げるとは考えないのかい、御堂さん？　博打で全部使っちまうかもしれないぞ？」

　運転席で山川が皮肉に顔を歪めるが、真っ直ぐな笑みを御堂は浮かべた。

「私、あなたたちを信じてますので」

　軽く振り向くと、山川の顔から皮肉の笑みは消えていた。

「それではここで失礼します……私は燃料や他の資材の調達がありますから」

「他の資材？」

「戦車には大砲が必要でしょう？」

「アテがあるんですか？」

瓜沢は軽く驚いた。

「なに、本物じゃありません。小さな花火か何かがそれっぽいモノから飛び出せばそう見えるってだけのことです……空気圧と、爆竹の塊みたいなモノで再現出来ます。それで警察は手出しが出来ない」

「…………」

「あなたたちは自由です。だから束縛はしない。高速から降りてその後、私の指示通りにするもしないもお任せです」

「御堂さん……」

半年前なら素直に正気を疑い、何か裏があると勘ぐるところだがこの半年で、すっかり心身共に疲労の極致におかれた瓜沢はその行為を「漢気《おとこぎ》」だと感じて涙が出そうになった。

「ああ、それから」

と御堂は思い出したように人差し指を立てた。

「瓜沢さん、これからはあなたが隊長です」

「隊長ですか」

「ええ、これは戦車ですから」

御堂は微笑んだ。

「戦車隊には隊長、でしょう?」

言われて、ようやく瓜沢はコンクリートの木枠の意味とバケットを取り去られたブルドーザーが何かに似ていることを思いだした。

子供の頃、思い描いたブルドーザーを戦車にするというアイディアも。

これは戦車なのだ。

全てを破壊する力の象徴、蹂躙《じゅうりん》する力の権化。

今自分たちが運んでいるものは、戦車なのだ。

誰の為でもなく、自分たちのためだけの。

自分たちが全てに対して復讐する力なのだ。

第七章

☆

結局、〈トマ〉が橋本と合流し、徐が与えたバックドアキーを使って、追跡をはじめたころには、すでに瓜沢たちは建築現場から立ち去った後だった。

送信先は結局、相手が隠しカメラを放棄してしまったために不明のままである。

警察のNシステムにハッキングして付近から立ち去る車両の情報を集めさせつつ、橋本は〈ツネマサ〉を伴って夜明け前にアジトを出た。

車を飛ばして現地に向かった橋本が見たものは三台のダンプローダーの轍《わだち》、数台の履帯の痕跡と、三台分のバケットとそのアームの部品だ。

コンクリートを使う3Dプリンタも、中のデータはハードディスクごと引き抜かれていた。

　そして、何よりも橋本たちを驚かせたのは、裏の資材置き場の近くに埋められていた、顔面を撃ち抜かれた二つの死体だった。

　素人仕事らしく、適当に浅い穴を掘って埋めて土を盛ってる程度なので、付近の野良犬や狸《たぬき》が掘り返していた。

「身元の特定が出来ないようにしてるか……」

　二体とも顔面を破壊されているから、歯形による身元照会もできず、左右の手首を切り落とされているので指紋照合もできない。

　近くには手首を切り落とすのに使ったらしい斧《おの》と、真っ黒になって割れた古い七輪が転がっていた。

　中には古新聞や建築端材が突っ込まれて燃やした痕跡、中に人の手らしい骨。

　ここから十メートルほど離れた資材置き場には、コンセントに突っ込まれたままの落ち葉掃除用のブロワーが延長コードつきである。

　七輪の吹き口にブロワーを当てて、ふいご代わりに一気に大量の空気を送り込むことで高温にし、切り落とした手首を焼いたのだろう。

　真っ黒焦げになって割れた七輪はその代償か。

「一人だけは胸を撃たれてるな。12番ゲージか」

〈ツネマサ〉が顔を歪《ゆが》める無惨な死体を見下ろし、ざっと点検して橋本は言った。

日本で一番出回っている散弾だ。

二人とも念の為、靴底をビニールで覆い、ゴムの手袋を塡《は》めてきたが正解だったようだ。

〈トマ〉からの報告で、恐らくこの建築現場を出たダンプローダーが国道を東京方面に上っていく姿が記録されていたと判《わか》った。

彼らは高速道路のNシステム以外に殆《ほとん》ど映っていない。

SAでさえ、カメラの視界の届かない、あるいは設置上の死角の場所に停まる。

ダンプローダーの荷物は幌に覆われていて判らないが、その隙間から履帯が見えることからブルドーザーであることは間違いなさそうだった。

運転席に座っている連中は全員顔をマスクと帽子、さらにフードで隠している。

体型や歩き方から運転席の三人は男、それ以外に男四人、女三人だと判明はしたが、瓜沢道三郎やその周辺の人間がいるかどうかの確認は取れなかった。

建設会社周辺の携帯基地局から通話があったかどうかを調べてみたが、それはなく、インターネットのチャットアプリなどの使用履歴もなかった。

足を延ばしたついでに近所に聞いて回った。

「警備会社のモノですが」

こういうときのために名刺は作っている。

あの会社が潰れたのは一ヵ月前、ところが一週間前からあそこに人が住み着くようになり、ブルドーザーを走りまわらせるようになったという。

敷地内だけで、それも一番近い民家まで数キロ離れているので騒音問題にもならず、ただ「新しい会社が入ったのか」程度に考えていたらしい。

不思議なのは彼らは外出せず、時折車が食料品を運んでいた、という証言があることだ。

「スマホの電波も電話も使ってる様子がないのにどうやったんでしょうねえ」

〈ツネマサ〉が首を捻《ひね》る。

「無線だ」

橋本はあっさり言い切った。

「業務用無線だ。ここの会社の無線機の登録、あと最近あの周辺で無線機の苦情申し立てがないかどうか調べろ。違法電波らしい電波障害の訴えもな」

「あ、はい」

広域無線には無線免許の申請が不可欠で、広域帯に関しては無線会社を通しての支払いがある。そして広域無線は携帯電波と違って無制限に全国に繋《つな》がらない。

簡易業務無線の範囲はいいところ十キロ。

それ以上となれば全国区の使用になり、繋ぐためには近年災害用で脚光を浴びたデジタルMCA無線などの第三者無線に加入せねばならず、それは全て総務省に管理されている。さらに言えば、無線機を買い取りで運用するところは殆どない。

無線会社がレンタルで貸与したほうが安上がりだし、ハードに使う現場では修理費用も馬鹿にならないのである。

だから必ず無線会社に登録があるはずだ。

もしも仮に、無線会社が会社が閉鎖されたときに無線機を持ち去ったのだとしたら、中古で出回っている違法無線を繋ぐしかない。

無線アンテナの種類、電源。どちらも新しく引き直すよりも旧来のモノを利用し続けるのが手っ取り早いから、その効果範囲も知れる。

無線機の型番とアンテナの範囲が判れば、その近辺であの建設会社に住み着いていた連中の協力者が割り出せる——それが、橋本の読みだった。

果たして〈トマ〉はまだその建築会社に無線機が残っていて、回収されていないことを突き止めた。

どうやらあと一週間で機体の性能保証が切れるほどの古い代物なので回収をし忘れたらしい……ひょっとしたら産廃として処分してもらえば楽だ、という考えが担当者にあったのかもしれなかった。

「で、どうだ、元陸自としてはあの周辺の地形でフルスペック出せそうか？」

「そうっすねえ……」

〈ツネマサ〉は地図を見て考え込む。防衛大学を出たわけでも幹部自衛官の教育を受けたわけでもないが、地図が読める兵隊が生き残れることは海外派遣で骨身に染みている。

次が無線の範囲……味方を呼ぶためだ。

「東側は山が連なってますから多分届かないでしょう、西側……建物が結構あるんで、十キロ圏内ってとこですかね」

「えーとその範囲で潰れたり廃業したりした建築会社は……」

「いや、無線で絞れ。建築屋とは限らん」

「あ、はい……えーとトラックの回収修理業者が一軒、タクシー会社が一軒あります」

「トラックのほうだろうな……あれだけ大型のダンプローダー、タクシー屋にはないだろう」

夕方前に回収業者の門前にいくと、すでにこちらも銀行から依頼された債務回収業者が立ち入り禁止のロープと封印テープを貼っているところだった。

どうしたんですか、と訊《たず》ねると、昨日、完全に倒産して抵当に入ったという。

回収修理中のダンプローダーが三台消えていて、恐らく経営者とその家族が持ち逃げしたのではないか、という話だった。

消えた経営者を罵《ののし》る回収業者に適当に話を合わせ、橋本たちは引き上げることにした。

都内で聞き込みに出ていた〈時雨〉と有野から連絡があった。

瓜沢とリストに残った最後の六人の行方が知れないという。

柳沢克也に至ってはラブホテルのフロント係をしていたが職場放棄の形で逃げるようにいなくなったという話が特に引っかかった。

オマケにそこには瓜沢道三郎とゆかりの深い、高田専務の娘、メイが同じ仕事についていて、こちらも職場放棄という形で失踪していた。

ホテルも、その周辺も監視カメラは壊れているか取り付けていない場所だから、何が起こったのかは判らない。

高田専務の行方も知れない。

「金の出入りを調べろ」

東京に戻りながら、橋本はそれだけ指示を出した。

行天院典膳と九多良秋吉は重要人物であり、そういう人物たちにはありがちなことに独自の護衛を雇っている。

かつては用心棒と呼ばれる存在であり、ヤクザまがいも多く、事実ヤクザである場合もあるのだが、さすがにこのご時世、本物のヤクザを雇うということは世間体にも関わるため、それなりに経歴がクリーンかつ、汚れ仕事もいとわないような前職を持つものが採用される。

☆

門河雅彦《もんかわまさひこ》は元陸上自衛隊のレンジャー出身者だ。

過酷な訓練と要求される資質の高さの割に低すぎる給料に、いつしか不満を抱き、海外のPMCに移籍しようとしたところを、九多良秋吉自身にスカウトされた。

陸上自衛隊時代には想像だにしなかった高い給料と、安全な国内での仕事、さらに時折訪れる危険な状態というものが気にいった。

レンジャーの仲間たちは、彼を「金に魂を売った犬」と面罵《めんば》する者もいたが、門河は気にしなかった。面罵する者は殴り倒し、馬乗りになって前歯を全部へし折ってやった。

男は自分の持てる全ての資質を使って欲しい物を摑《つか》むべきである、という考えが過酷な訓練の中彼を支えていたからだ。

一方で、行天院のボディーガードである支倉双太郎《はせくらそうたろう》は、元機動隊員でSITの小隊の隊長にまで上り詰めた存在だが、QGHに入信して退職。

そういう意味では門河からすれば、平穏な日本の中で威張り散らしている弱者にしか見えない。

面と向かってそのようなことを口にした事は無いのだが、物言わずともこの手の男たちは通じ合ってしまう時がある。

支倉は門河の胸の裡を敏感に察知し、主同士の仲の良さと反比例するように、この二人の仲は大変に悪い。

もっとも、門河は気にしていない。

弱い犬に吠えられても意味はない……門河は本物の戦場で、神はこの世に存在しないと確信していた。

雇い主である九多良が行天院の親友であると知った時は己の判断を疑ったが、実際にこの二人の会話をつまみ食いしていると、行天院は九多良以上に神を信じていなかった。

むしろＩＴ業界という現世の権化のような商売に首を突っ込んでいる九多良のほうがよっぽど迷信深いところがあるのが皮肉だった。

だが、この手の仕事に、迷信深いという程度であれば珍しいことではない。

そんな二人に主人たちは、共同作業を命じた。

連装式グレネードランチャーとそれを装備する溶接された砲塔（旋回用の電動モーター内蔵）が必要になったので入手しろ、と。

砲塔の製造は行天院側の支倉が信者の工場で作らせた。

昔、デパートの屋上にあった電動遊具を作っていた工場の職人が信者の中にいて、支倉は設計図を渡して作らせ、中に搭載するグレネードランチャーの調達を門河に命じた。

門河からすれば、すべて「GQH」の信者どもにやらせればいいと思ったが、九多良は「プロが選んだ武器が必要だ、素人が扱うだけに、そこが重要なんだ」と説得された。

自分の目利きを望まれるというのは悪い気分にはならない。自分より立場が上の雇い主が頭を下げるというのも気分が良かった。

九多良は決して悪い雇い主ではなかったが、それでも、だ。

日本は銃刀法で海外の武器の流入をだいぶ止めているが、それが万能ではないことは90年代、中国で大量に廃棄処分された「黒星」「銀ダラ」が山のようになだれ込んできたことで明らかだ。

そのころほどではないが、いまだに税関や公安の目の届かない場所、そして輸入する業者はかつてない規模で国内に根を下ろしている。

暴対法の施行によってヤクザを本格的に諦めてこっちの稼業に精を入れるものも多く、門河はそんな一人に声をかけた。

足柄といい、普段は企業舎弟として金融業に精を出しているが、元から銃が好きで、かなり高額な商品を金次第で調達してくれる。

幸い、金は豊富にあった。だから足柄には最高級のグレネードマシンガンを発注した。ついでに、趣味でH&KのM4クローンのM416も十挺ほど注文した。

足柄はでっぷり太った大兵肥満《だいひょうひまん》というやつで、きっちり三つ揃いのスーツを着こなし、まるで昭和三〇年代の金持ちのようにポマードで髪の毛をきっちり七三に分けていた。

輸入方法はわからないが、やたらと消臭剤の匂いの濃い樹脂製の巨大なケースを開けると、中には注文通りの品物が入っていた。

そばに置かれた別の木箱を開けると、こちらにはベルト弾倉になった榴弾《りゅうだん》がぎっちり詰まっている。

通常なら一発ずつ撃つのが当然の擲弾砲だが、それを連続して発射して目標の制圧を容易にすることを目的としたものが、このMk19自動擲弾銃《グレネードマシンガン》だ。

ベルト弾倉による補給で一分間に三百発は撃てる。

アメリカ軍の門外不出の品だが、抜け道はあるらしく、武器はどれも真新しいガンオイル独特の匂いがした。

機械油ではなく、シリコンオイルでもない。火薬の匂いが少し混じった独特の匂い。

「あと四箱ありますよ、門河さん」

足柄は上機嫌に言った。

「ＨＫはどうした？」

「ちゃんとありますって全部で五箱、うち四箱がこのグレネードマシンガンと三〇〇発の榴弾ベルト、最後の一箱がＨＫですよ」

「確かめさせろ」

「はいはい」

長い付き合いになるが、銃に関してはマニアの足柄より、扱うプロの自分の目で確かめるまではわからない。

グレネードマシンガンを三梃とも点検し、弾薬も確認した後、最後のＨＫ４１６十挺を確認する。

弾薬も適当に数発抜いて耳元で振ってみる。

「どうです？」

「お前に任せて良かったよ」

「そりゃどうも」

「あとは支倉のところのポンコツ職人がサイズ通りに砲塔を仕上げてるかどうかだな」

いささか門河の声に嘲笑《ちょうしょう》が混じる。

「ところでね、門河さん」

足柄がいつになくのんびりした声を出した。

「ひとつ、警告しておくよ」

「なんだ？」

「最近、あんたのボスともう一人のところに儲け話を個人教授してるＩＮＣＯはヤバい奴だと思う……いや、ヤバくないトリ野郎《トリヤロウ》なんていやしねえが」

足柄を含め経済ヤクザがＩＮＣＯをトリ野郎と呼ぶのは知っていたが、実際に口にするのを門河は初めて聞いた。

「この前、偶然あんたのボスがいるマンションから出てくるのを見たよ」

それは本当に偶然だったのか、それとも意図して待ち伏せしていたのか。

一瞬、門河は考えたが、足柄は構わず続けた。

「ありゃ、素顔じゃねえ。皮一枚被《かぶ》った化け物だ」

単純に変装をしているという意味じゃない、と足柄は付け加えた。

「ああいうのを俺はチンピラ時分に、抗争の時に何度か見た」

苦い顔だった。

「煽《あお》り屋の面《ツラ》だ……何人もいたよ。トップ屋の面ァさげてる時もあればデカの時もあった。女の時はバーのママだったり女子高生だったりしたよ……人を殺し合わせるのが何よりも楽しいって怪物だ。あんたら、なるべく早くこの件から足抜いたほうがいい。何なら足の一本も折れ。跡が残らない程度に折ることのできる格闘家なら知ってる」

「なんで警告してくれる」

「この年と立場になるとな。同業他社の友人はもうダチじゃねえ。あんたみたいな距離のある人間のダチのほうが貴重になるのさ、ましてＨＫのＭ４１６を欲しがるような通人の友人なんてなぁ、な」

門河は苦笑いした。ガンマニアの情けがこういう物騒な警告になることも世の中にはあるらしい。

「で、お前さんはどうするつもりだ」

「おれは明日から当分出張だ。ニューヨークとモスクワ、キエフ辺りを回ってくる、その間は若いのに任せる」

「そいつにはいい災難だな」

「そのために若いのを飼うんだよ。俺たちは」

足柄はそういって口元だけで笑った。

☆

案の定、金の動きを調べると、二名の死体があった建設会社と、ダンプローダー三台が消えた会社の社長や幹部の家族の口座に動きがあった。

建設会社の幹部の娘と妻の口座に三〇〇万近い金額が振り込まれ、同じ日に、ダンプローダーの回収修理の会社社長の孫ふたりの口座にも同額の振込があり、五日以内に引き出されている。

「うまいもんだ。毎回の引き出し額で上限一杯、引き出す支店を変えれば一瞬目立っても気付かれない。金融屋も家族までは追わない約束だ。闇金には口座を押さえる権限がない、金が入ったと気付いた頃には夜逃げ高飛び何でもアリだ……三〇〇万も払えば夜逃げ屋が雇える。新しい戸籍、身分証、何でもござれ、だ」

有野が呆《あき》れたような顔で感心する。

アジトのモニタには振り込まれた金額と口座内の現金の移動が露骨に現れていた。

「警察と税務署以外、誰も気にしない」

「家族がいない場合はどうするんでしょうね？」

〈ツネマサ〉の疑問に橋本が答える。

「世の中には宅配という便利なもんがあるからな。政治家も使う手だが、お中元セットを買って、中身を抜いて札を入れるんだ」

「……金ってある所にはあるもんですねえ」

「さみしがり屋だから同じ所ばかりグルグル回ってるらしいな」

「だとしたら奇跡でも起きたんですかね、振り込み人は全部瓜沢道三郎になってますよ」

〈トマ〉の指摘通り、振り込み人は全て「ウリサワ・ミチサブロウ」になっていた。

「どうさかさまに振ったって、瓜沢がそんな金、持ってるとは思えないんですけれどもね」

　首をひねっていると、瓜沢の関係者にその家族から行方不明者届が出た、という監視プログラムからの報告が入った。

　瓜沢の会社のメインバンクだったところの支店長だ。

　彼に代替わりしてからいわゆる「貸しはがし」がはじまり、瓜沢建設は倒産への坂を転がり落ちている。

支店長は三日前から行方不明になり、昨日、生活費を含めて全財産が口座から移されたと騒ぎになって家族がとうとう届け出たのだ。

所轄署は、同時期に愛人関係にあった女子店員も行方不明になっていることから、単純な駆け落ちではないか、と考えているようだが、二人が消えた周辺に、柳沢と高田メイの勤めていたラブホテルがあると知って橋本は顔を強張《こわば》らせた。

支店長が口座から移動させた金額は四千万。

「瓜沢さんってそんなテクニックは持ってないと思うんですけれどもね」

「対象者にさん付けはよせ」

橋本は〈トマ〉に釘を刺した。対象者を人間として扱ってはいけない。人間として扱えば思い入れが生まれる、判断を誤る。

「普通に考えれば、その銀行の支店長を襲って預金全額を吐き出させた瓜沢……が、何らかの犯罪を実行するための資金にした、ってことなんだろうが」

〈トマ〉につられてさん付けしようとした〈ソロバン〉が言葉を改める。

「飛躍があるだろ、瓜沢に金がないのはすぐ判るはずじゃないか」

「善人が開き直って犯罪に手を染める、よくある話だ」

「でも四千万も儲けて、そいつを元手になにをする気だ?」

「もっと大きな犯罪だろうよ……少なくとも瓜沢の上にいる誰かはそう考えてる」

ダンプローダーとブルドーザー、散弾銃で殺された死体。

「重機を使った銀行強盗ですかね？」

〈時雨〉が首を捻った。

「でも戦車で逃げるより車で逃げたほうが楽だし……」

と、急に〈トマ〉が「あ！」と声を上げた。

「ちょっと待ってくださいよ……」

キーボードを叩いて、画面に瓜沢を含めた七人の資料を広げる。

「えーと、ここと、ここにご注目を」

資料の幾つかの箇所にアンダーラインを引いて表示する。

「今回の未犯罪者たちの中でもこの八人、全員破産宣告を願い出てます」

「破産宣告？」

「オマケに、五人とも同じＮＰＯと関わってます……瓜沢は中小企業相談会、他は生活相談会、生活習慣セラピー、就職相談とバラバラですが、同じＮＰＯの主催するものです」

橋本は改めてデータを眺めた。

柳沢克也《やなぎさわかつや》。

矢島良子《やじまりょうこ》。

辰巳一朗《たつみいちろう》。

小田島正章《おだじままさあき》。

北本照美《きたもとてるみ》。

運転免許、パスポート、あるいはマイナンバーカードの顔写真。

「僕、北本照美、知ってるんですよねえ……地下アイドルで、〈テルミー〉って名前で〈ポルクロット〉ってユニットのセンターだったんですけれど、ある日順位選挙の前にレイプ動画が流れて消えちゃった子なんですよ」

「おい、あの〈テルミー〉なのか」

〈ツネマサ〉が驚きの声を上げる。

「ああ、そのお話、聞いたことがありますわ」

〈時雨〉も頷く。

「黙れ」

橋本は〈トマ〉の失言に内心舌打ちしていた。

この二ヵ月、未犯罪者たちを警察に突き出し続ける作業は、どうやら彼らの心に相当なストレスを与えたらしい。

〈トマ〉のひと言という些細《ささい》なきっかけで三人は残った対象者を単なる数字と見なすことが出来ず、とうとう人間と認識してしまった。

有野まで溜息をついている。

弱ったことになった。

追い詰める手を緩めるわけにはいかない。

特に、彼らは他の連中と違って、実際に物騒な武器を手に入れている。

少なくとも散弾銃とブルドーザーという武器を。

「こいつらは危険だ」

橋本は全員を黙らせるだけの大声を張り上げた。

「全員、最近マスコミが持てはやす『2P』ってやつだ……〈トマ〉、解説してやれ」

「あ、は、はい」

「えっと『2P』つまり『無点の人（ポイントレス・ピープル）』の略です……アメリカでは『ノーカウンターズ』、『ポイントレス・ピープル』はイギリスとかEUの呼び方で……意味は、人生における得点が出来なかった人たち。もう何も感じないし、失《な》くす物もない。だから社会や他人に牙を剝いてもいいと思ってる人たち……最近だと無差別殺人とか、ネットストーカー、特定個人の罪を騒ぎ立てて、本名や素顔特定をしてウェブで個人情報をばらして炎上させる人たちに多い傾向があります」

「つまり、どんなに可哀想な過去があっても、彼らには武器がある、少なくとも散弾銃で二人殺した。そしてブルドーザーをつかって何か企《たくら》んでる。これまでの連中と違って、犯罪者にすでになってしまったか、あるいはなる直前、さなぎのようなもんだ。放っておけば羽化して犯罪をまき散らす」

「おい、いくら何でもそれは言いすぎ……」

有野が声を上げるのを、

「俺達はそれを防ぐ商売をしてるんだ」

橋本は強い言葉で押しつぶす。

「現行法では法律を犯した確証があがる前に、絶対に捕らえられない悪党、という意味では、この前漁港で人身売買をしようとした連中と変わらないんだ。忘れるな」

全員に沈黙が降りた。

「でも、この人たち社会の被害者ですよ？」

「被害者だから加害者になってもいいという理屈は成り立たない」

橋本は斬って棄てた。

気まずい沈黙がおちるが、それを破ったのは橋本のスマホだった。

『私です』

〈ケイ〉からのものだった。

『音声をスピーカーに切り替えてください』

「わかった、〈ケイ〉、話せ」

応接セットのテーブルの上に置いて、スマホをスピーカーに切り替える。

『まず、ウリサワミチサブロウの名前で建設会社に入金した人物ですが、国内ではなくケイマン諸島からのもので特定出来ませんでした』

「よくニュースで聞きますけれど、そんなに簡単にケイマン諸島というところは銀行口座が作れるんですの？」

〈時雨〉がおっとりとした口調で訊ねる。

「実を言うとそう簡単じゃない。普通の銀行なら一円からでも口座は開けるが、あそこじゃ最低限最初にいれる金は一億必要だ」

「あら……大金を使う犯罪って初期投資も大変ですのね」

「彼の口座に五〇〇万ものそんな大金はないですよ……ボク、調べてみましたが、景気が良かった父親の代の記録でも一億円以上の現金が彼の会社に存在したことはありません」

「それは間違いない。一度……彼の会社に行ったからね」

辛《つら》そうに有野が告白した。

「え？」

〈トマ〉や〈ツネマサ〉だけでなく、橋本も驚いた。

「前の職場の立ち入り調査で入った……追徴課税とその後の貸しはがしで倒産までずっと青息吐息のはずだ……彼の代になってからはずっとな」

「つまり、誰かが彼になりすましてるってことで？」

〈ツネマサ〉が首を捻った。

『それと、ブルドーザーの車種が判明しました』

香こと〈ケイ〉はテキパキ話を進める。

『かなり古いものでコスガという今は亡《な》いメーカーが、八〇年代初頭に作ったものです。商品名はコスガＡＳＤ82。今の製品と違ってＩＣチップによる判断機能やＧＰＳもなく、位置特定は不可能ですが、もう一つ特徴があって、本来イスラエルに輸出される予定だった品物なんです——それも軍用として——当時問題になって、それで会社が最終的に潰れました』

「軍隊でもブルドーザーは普通に使うんでしょ、それがなんで問題に？」

〈トマ〉の疑問を、〈ツネマサ〉が答えた。

「イスラエルで軍用ってことは、装甲して危険地帯を動かすってことだ。あそこの軍用ブルドーザーは基本的にあちこち装甲板で覆ってる」

『実際には装甲が着けられる余裕があちこちにあるだけで、国内で装甲はしないんだけど、色々業界で敵を作った上に、社長が国外でイスラエルだけじゃなく、各国の反社会勢力にも売ろうとした、ってのがダメだったみたい——その後も一部の社員たちがメンテナンス会社を立ち上げただけじゃなく、海外工場が独立して作り続けてたんで、五年前まではまだ国内でも使ってる会社もあったようです』

「戦場で使えるほど頑丈過ぎるブルドーザーか。犯罪に使うには大きすぎる」

『しかも送ってもらった画像を分析したところブルドーザーには通常のバケットではなく鋭角な除雪用のものが装着されてて、運転席の形状も変わって後部に延長されてます。それに無限軌道《キャタピラ》の側面に鉄板が何枚か溶接されてるようです』

「で、車は何処《どこ》に消えた」

『高速を朝霞のあたりで降りて、市内を北上して以後は行方不明です。Nシステムにも現在引っかかってませんが』

「戦車……」

〈トマ〉の言葉に、「ええ」と〈ケイ〉の声が同意した。

『これで砲塔があれば戦車です、少なくとも装甲車にはなります』

「わかった、警視庁へのリークは出来そうか？」

『やってはみますが、本気にはとらないでしょうね。身元不明な二名の殺人事件に関してはすでに知らせてあるので捜査本部《チョウバ》が立つでしょうが、車が県を越えてますから……』

「わかった、余り無理はしないでいい。以上だ」

橋本が電話を切ると、〈トマ〉が恐ろしく苦いモノを飲み込んだ顔をしていた。

「まずいですよ、これ……多分、あの三台は〈キルドーザー〉です、ええ！」

〈トマ〉が悲鳴のような声をあげた。

「なんだそれ？」

首を捻る〈ツネマサ〉へ、〈トマ〉は興奮と絶望の入り交じった早口で説明する。

「二〇〇四年にアメリカで同じことが起こったことがあります……それなら全部説明がつきます。つまりですね……」

☆

〈トマ〉の語ったことを要約すると、「キルドーザー事件」とは、二〇〇四年六月四日、アメリカ合衆国のコロラド州のグランビーという小さな街で発生した、ブルドーザーを用いた大規模な建築物破壊事件を差す。

仕事を失い、父が死に、婚約者に去られた自動車修理士が、溶接した鋼板とコンクリートで装甲したブルドーザーで数時間に及びグランビーの町内を縦横無尽に暴れ回り、警察はその装備で対応することが出来ず——何しろこの装甲ブルドーザーは抜け目なく、外界の視界をビデオカメラ六台で得ていたため、のぞき穴から銃弾を撃ち込むという手段さえとれなかったのだ——結局ブルドーザーが故障して立ち往生し、犯人がブルドーザーの中で拳銃自殺するまで何もできなかった。

この事件は一部始終が実況中継され、破壊される車両、粉砕される工場の壁や家屋という映像のインパクトもあり、単純明快で派手な名前を事件につけたがるアメリカのマスコミによって、シオドア・スタージョンというSF作家が書いた小説から名付けられた。が、名前に反して一切の殺人は行われず、怪我人すら出なかったが、数時間に及ぶ暴走行為で進路上にあった車両はもとより、町の工場、役場などは完膚なきまでに破壊され、被害総額は七〇〇万ドルに及んだ。

その前に発生したノースハリウッド銀行強盗事件や、コロンバイン高校乱射事件と並んで、アメリカの司法関係者と銃規制反対派に衝撃を与えた事件だ。

アメリカは当時ガンコントロール《銃規制》に向けて動きつつあったが、この事件によって警察の重武装化と、市民個人が武装すべきだという声が高まり、アメリカの銃規制は行き詰まりを見せた。

☆

「犯人のマービン・ヒーメイヤーは元々自動車修理工で、隣にコンクリート工場が建設されると自分の工場の看板が見えなくなる、ということで反対運動をしたら、市のお偉いさんと懇意にしていたコンクリート工場が彼の運動も商売も、裏から手を回して潰してしまって、さらに長く病気だった父親が死に、婚約者も去って、この事件を起こしたんです」

〈トマ〉は時折脱線しては橋本に言葉で小突かれつつ、長々とした説明をそう締めくくった。

「つまり『無点の人』になったというわけか」

〈ツネマサ〉は頷いた。

これまでの人生で積み重ねたモノを全て失い、そしてもう積み上げることが出来なくなった人間。

同時に短期連続殺人犯《スプリーキラー》に多く見られる特徴でもある。

家族の喪失、仕事上のストレス、社会的地位の危機。

「そのマービンと違って、日本の連中は人を殺す……いや、すでに殺してる」

橋本は静かに言った。

感情移入している部下全員を何とか引き締めないと、全員殺されて終わることになる。

「……助けられないか？」

不意に有野が言った。

助けられないか、というのは瓜沢たちのことだ。

「無理だ。人を殴ったり怪我をさせたり、あるいは故意ではない殺人を犯したというのなら何とか引き戻せるが、故意に殺人を犯して、能動的に隠してしまった人間が、裁かれずに大規模犯罪に手を染める場合、こっちは生きるか死ぬかの話になる」

「あの死体は三発撃たれてた。全員で撃ったワケじゃない」

「そうだ、能動的に殺した奴らが交じっているのが問題だ………そういう奴は仲間も殺す。お前たちと奴らの命、どっちを優先すべきだ？　しかも相手は戦車並みの武器を手に入れてるんだぞ？」

「金主を潰せば、実行は出来なくなるんじゃないか？」

「おい、相手はテロリストだぞ」

「だけどさ、金がなければテロリストだって動けないだろう？　ブルドーザーが何処に消えたのかも判らないんだ、金を追いかけて金主を抑えれば彼らの居場所も判るし、事件が起きる前に阻止出来るかもしれない」

何を甘いことを、と橋本は言いかけ、現状、検問動員も県警や警視庁の刑事たちを動かすことも出来ない自分たちに出来ることはそれぐらいだと思い直した。

「しかし、この中に武器を国外から密輸する算段が出来る奴がいるようには、素人の俺からも見えないッスけど、警察はさすがに気付くんじゃないですか？」

「言い訳は成り立つみたいですよ」

別に開いたノートＰＣを見ながら〈トマ〉が言う……このＰＣは各種の警戒用マルウェアを管理するものだ。

瓜沢たちの名前や携帯、住所などの入力に反応するように今はセッティングしてあった。

「三時間前に、鉄輪組系列のダミー会社にウリサワさんじゃなくて、タカダ・メイ名義で振り込みがありました。一千五〇〇万」

「瓜沢、だ〈トマ〉」

橋本は釘を刺す。

「あ、はい……」

「しかし、瓜沢じゃなくて高田メイの名義とはね……」

「で、どこの銀行からだ？　またケイマンか？」

「いえ、こちらは国内からです」

そう言って、〈トマ〉はとある地銀の支店の名前をあげた。

橋本には聞き覚えのある銀行名であり、支店名でもあった。

「監視カメラの記録はあるか？」

「はい……」

と〈トマ〉は暫《しばら》くキーボードを叩いていたが首を捻った。

「振り込みをした時間、監視カメラの記録映像が抹消されてます……なんでだ？」

「付近の監視カメラ映像を探せ、コンビニと駐車場、あと外部ＡＴＭの警備カメラだ。時間は振り込み時間の前後一時間」

「は、はい」

〈トマ〉が暫くキーボードを叩き、やがていくつかの画像がメインモニタに映し出された。

「倍速表示にします」

東京郊外にある支店の裏口に、黒塗りのＳＵＶが停車し、銀行の中から高級そうな背広を着けた五十代の男がもみ手をせんばかりの態度で飛びだしてきた。

「誰です？」

「支店長だ」

橋本は答えた。国テロの職員として赴いた東欧某国が半年でクーデターで消滅し、一時帰国して国内業務に回されたとき、一度直接会ったことがある。

その時は「警察のもの」としての挨拶程度だったが。

ネクタイピンがその時と変わっていないことが粗い画像からも確認できた。

アルファベットのQとGとHを組み合わせ、洒落《しゃれ》たアクセサリーに見える、もう一つの〈身分証〉。

SUVの中から、オドオドした二〇歳ぐらいのでっぷり太った女と、厳《いか》つい男が現れる。

「高田メイ……じゃないですよね？」

やがて厳つい男と支店長が二言三言会話をした後、女と支店長だけが銀行内に入っていった。

それ以外、この三人が映っている画像は、少なくとも外からはない。

やがて二十分ほどして、厳つい男が支店長の見送りで再び車に乗り込み去って行く。

支店長はぺこぺこと去って行く車にまで頭を下げていた。

「なんです、あれ？」

地銀の支店長の名前を橋本は言い、彼名義の携帯電話の通話記録を引き出せと命じた。

「多分、今の車が来る前、二時間以内に電話が外部から入ってるはずだ、その番号を調べろ。支倉という名前が出てくるはずだ」

そして、言われるままにキーボードを操っていた〈トマ〉が意外な顔をして橋本を見た。

「なんで判ったんです、ボス？」

「支倉双太郎、クエスト・オブ・ゴッド・アワー、〈ＱＧＨ〉の教祖様直属の護衛だよ」

溜息交じりに橋本は答えた。

「確か『この世界は神様が与えた試練の時間』って考えの宗教結社だったな」

有野が付け加える。

「国税庁もなんどか目をつけてるがその度に逃げられてた」

「……まあ信者があちこちに食い込んでるからな。こいつも元はＳＩＴの小隊長だ……で、あそこの地銀の支店長は熱心なＱＧＨの信者でな。あの支店が奴らのメインバンクになってる……およそ一〇〇億ぐらいが預けられてるって話だ。だから本店は支店長を切れない、配置や転勤が行われた時点で全額引き上げちまうからな」

「だから映像記録が……」

「たぶん、電話を受けたときに時間指定で監視カメラを停めてたんだろう。支店長命令じゃ逆らえない……で、支店長室で書類を作って、右から左へ送金してしまえば一般客からも見えない」

「しかし、なんでケイマンじゃなくて地銀を？」

「相手がヤクザだからだろう。確実だし、バレても騙されたですむ。振り込み人の名義は偶然同じモノが重なった……以前、東京地検特捜部が奴らを麻薬取引で挙げようと手を伸ばしたときもそれで切り抜けやがった」

「そんなこと出来るんですの？」

驚く〈時雨〉の横で有野が頷いた。

「ああ、それ憶《おぼ》えてるよ。確か新しいアロマの輸入のつもりだったが騙された、で押し通したんだっけ」

「それで通るんッスか？」

〈ツネマサ〉が憤《いきどお》るのを見て、橋本は苦笑する。

「あそこの信者は司法関係者と政治屋にも根を下ろしてるからな。通常は手が出せない」

「女のほうは調べなくていいんですか？」

「あれはさっき言ったような言い訳をするときに使う〈飛ばし〉のための信者だ。護衛が中に入らなかったのはサインしてハンコをついたのは教祖様でも幹部でもないと証明して、捜査の手が伸びてきたら全てを背負って自殺させるためだ……その代わり本人には神の点数が加算されて必ず天国に行った上によりよい存在に転生するし、親族縁者がいれば大いに教団内での立場が上がる。まあ殉教者だからな」

「……俺にはさっぱり判らんよ」

「俺もッス」

「宗教ってのは大なり小なりそんなもんだ。コイツらの場合教祖が生きてるもんだから、その都合で実際に人が死ぬ」

「ああ、そういえば拘置所の教誨師《きょうかいし》の中にもＱＧＨの人がいましたわ」

さらりと〈時雨〉が言う。

「よく判らないのですけれど、神様の点数で死刑になっても無事に天国に行けるとか、そのためにはお金が必要とか色々生臭いお話ばかり聞きました」

懐かしそうに言う元死刑囚に呆《あき》れつつも、橋本は頷いた。

「とはいえ、教祖様の行天院だけじゃこんなデカい話、思いつくとは思えない……〈トマ〉、行天院の外出記録を探れ、ネット履歴もな……どうせ公安がマークしてるから行確記録があるはずだ、そうだな、三ヵ月ほど遡《さかのぼ》って記録を取れ、瓜沢道三郎の会社が倒産するあたりからでいい」

公安が行う、特定対象者の尾行や通信傍受、監視を含む行動確認記録を略して行確《こうかく》と呼ぶ。

教団の関係者、特に教祖の行天院典膳は常にその対象のはずだ。

「なんで外出記録なんだ？　教祖様ってのは動かないもんだろ？」

有野の言葉に、橋本は、

「ああいう連中は自分のお膝元じゃ本当に大事な話はしない。やるなら安全の確保された外か、独自の通信手段だ……で、物事には遠隔じゃなくて面を突き合わせないと出来ないことがある。大金だの大計画だのはそれだ」

「つまり共犯者がいる、ってことか……で、見つけたらどうする？」

「そいつごと締め上げる……その前にかなりの荒事になるから覚悟しておけよ。お願いしても、すんなり教祖様のところまで通してもらえるとは思えないし、緊急に会って話を聞かないことにはあのキルドーザーがことを起こしてからになる」

言って、橋本は部屋を出た。

栗原に連絡をして、公安の行確活動を一時的に中止してもらうか、手出し無用を徹底してもらう必要があった。

文句を言われるかもしれないが、それなりの成果は上げる。

何しろ未だに栗原から正式な契約の話はないし、追加の入金もない。

出来ないと言うのであれば、待ち受ける荒事のスケールを大きくするしかない。火事を消すには時にダイナマイトの爆風が役に立つこともある。国テロ時代、国外における非合法活動の幾つかを橋本はそうやって「なかったこと」にしてきた。

今回はそれを国内で、自国民に行うだけだ。割り切ったはずだが、溜息が出た。

☆

ダンプトレーラーは越辺川のとある所でブルドーザーを降ろした。瓜沢が言われるままにブルドーザーを操って川辺に下りていくと、低床の河川用フェリーが鋼板で出来たタラップを接岸させて待っていた。

使い込まれた低床フェリーの乗員たちはみな疲れ切った顔で、無口だ。だがブルドーザーを見たとき、僅《わず》かに表情を緩めた。

三台の改造ブルドーザーを載せると、その上をまたビニールシートで覆い、フェリーは離岸し、そのまま川を下った。

いつしか夜になり、真夜中には西新井橋のあたりで再び接岸した。

ブルドーザーで河川敷を上ると、ダンプローダーが待っていて、また移動する。荒川区を下り、豊島区の端にある、解体されたビル跡地の中へダンプローダーは入っていった。

まとめて数軒を更地状態にしたらしく、豊島の端とはいえ驚くほど広い。

真ん中の一軒は幅の広い三階建てのビルで、二階までの床を落とし、そこにブルドーザーを並べて格納出来るようになっていて、その周辺には円を描いた盛り土がされていた。

巧妙な高さで、周辺のビルからのライフル狙撃を避ける目的があるが、瓜沢たちには判らない。

そこへブルドーザーを降ろすと、ダンプローダーは去り、別のトラックがやってきた。

鋼板と溶接のための器具と、コンクリートの塊とミキサーと袋を荷台に積み込んだ彼らはトラックに取り付けられたクレーンを使って運転席の後ろを箱型に延長し、前に突き出ているエンジングリルの周辺を鋼板で覆い、足回りを防護するための鋼板を溶接した。

「中に入ってみてくれ」

溶接工に言われて、一同の中で一番大きな体格の瓜沢が今や前も鉄板で完全に覆われたブルドーザー唯一の出入り口である上部ハッチ……と言っても蝶番《ちょうつがい》と取っ手のついた鉄板、という程度のモノだが……に念のため作業用の分厚い革手袋を塡《は》めて開け閉めし、潜りこむ。

三台分やったが、どれも少し窮屈なだけでちゃんとハッチは開き、内側に作られた回転式の閂《かんぬき》も開閉出来た。

後ろの空間はどうなっているのかと見てみれば、上体を起こした状態で寝そべるようなシートが鉄板に溶接で装着されている。

さらに中空になったコンクリートの塊を装着して間を埋めていくように木枠を作り、早期硬化用の混和剤を混ぜた生コンクリートを流しこむ。

「予定通り三日後には、大丈夫です」

瓜沢に、作業員はそう告げて去って行った。

彼らを乗せたトラックのテールランプが闇の中に消えてから、ようやく瓜沢は三日後が「実行日」なのだと再認識した。

現場事務所のプレハブの中にはストーブと食料がある。

トイレと簡易シャワーは三つずつ、のみならず、着替えも下着、肌着、上着などの新品の冬物の一日分がラップで包まれて番号を振られ、四日分あった。

サイズは全員のものを測ったようにぴったりだ。

最後の「4」の番号が書かれた包みのみ、迷彩服だったが、もう瓜沢は怯《ひる》まない。

そこで全員雑魚寝し、翌朝、メイや柳沢たちが朝食を作る談笑の声で目が覚めた。

「はい、栄養剤」

いつも貰っている栄養剤のサプリをメイから差し出される。

これまでのことがなかったかのように晴れやかな笑顔に瓜沢は一瞬違和感を感じながらも、安寧のほうが勝り、水と一緒にその紫の錠剤を飲む。

朝からやってきたのは、ブルドーザーにテレビカメラを装着する技師たちだった。

コンクリートや鉄板の片隅に小型のカメラを装着し、前後左右の様子が見られるようにしている。小型の液晶モニタは前にふたつ、左右、そして上を見たところに三つずつ。当然ながら前を見るふたつのモニタが面積的に大きい。左右の真横を見るモニタには「右」「左」の文字が隅に書かれている。見上げる位置にあるモニタが後ろを見るものだ。

これは全員が中に入って様子を確かめた。

試しにブルドーザーのエンジンをかけた。多少の慣れは必要だったが、三台とも無事に動かせた。

午後には鋼板を溶接して出来た砲塔がやってきた。

あのシートで砲塔をどうやって回転させるのかと思えば、砲塔の内部に電動モーターが仕込まれていて、それを半身を起こして寝そべったままゲーム機のコントローラーで動かすらしいと知って瓜沢は驚いた。

ただし、大砲……と瓜沢は聞かされていたグレネードマシンガン……は手動で装塡しなければならず、そこは角刈りの厳つい男がやり方を教えてくれた。

「ただ真後ろには向きません。前に進むだけだと伺ってるんで」

この砲塔を作った七十を超えていると思われる熟練工はそう言って無表情に瓜沢を見た。

「その代わり後ろのほうの鉄板は二倍の厚みがあります」

元は遊園地で遊具などを作る会社にいたという。少子高齢化の世の中とテレビゲームの台頭で先細りになった産業の人間がゲームコントローラーで動くものを作る胸中は瓜沢には理解出来ない。

だが、この老人も何かを瓜沢たちに見ていた。

彼らが帰った後、瓜沢たちは食事をし、現場に残されていた二十缶ほどのペンキで、自分たちの車両を塗ることにした。

久々に嗅ぐシンナーの匂い。刷毛を取ってコンクリートの灰色と、鋼板の黒でマダラになった車両を、思い思いの色に塗っていく。

バケットはそのままにした。

小田島は赤く、矢島良子は水色でそれぞれの車両を塗り、瓜沢は余った紫紺のペンキで塗ることにした。塗りながら、ふと考える。

事務所から鉛筆を取ってきて、車体の横、コンクリートの装甲に文字を書き、そこを塗り残すようにした。

「瓜沢建設」と文字は読める。

塗り終わってから皮肉に顔を歪めた。

現場の門を開けて御堂の車がやってきた。

「やあ、如何《いかが》ですか？」

ハッチバックのトランクを開けると使い古したクーラーボックスに山ほどの氷とビールがあって、さらに日本酒の瓶もあった。

瓜沢たちは歓声を上げる。

「討ち入り前の一杯、ってのはどうです？」

コンクリートの硬化時間を考えると、明後日の明け方まで時間がある。

一日、酒盛りで潰すのも手だろうと瓜沢は思った。

☆

最初の電話で栗原は出ず、メッセンジャーアプリで〈夕方に〉と返事が来た。

恐らく会議中にかけてしまったのだろう。

午後五時かっきりに橋本の電話が鳴った。

寒い廊下に出て電話を受ける。

『どうしましたか？』

橋本はざっと状況を説明しQGHに対する公安の行確を一時解除して引き上げさせてほしいと頼んだ。

『まあ、難しくはないでしょう』

栗原によると相変わらず公安は行確を行っているらしいが、QGHと懇意にしている議員や閣僚の横やりで時折中断させられるらしい。

『今回もそのセンで命じましょう』

「ありがとうございます……それと、もうひとつ、こっちは警視庁《ホンチョウ》の二課《ソウニ》に話《ナシ》を通さないといけないかもしれませんが」

と橋本は〈トマ〉の探り当てた情報をもう一つ明かした。

「行天院の行く先に重なってる奴が一人います。九多良秋吉ってIT長者、知ってますか？」

『ええ。二課だけじゃなくて組織犯罪対策部《ソタイ》からも目をつけられてますよ、例の仮想通貨を使ったマネーロンダリングの絡みでね……国税庁からも連係捜査の話が来てます』

「中学校時代からのご学友だそうで。行天院の行き先に必ず奴もいる。同じ部屋ってワケじゃありませんが、高級マンション、高級ホテル、どちらも見とがめられずに行き来出来る。同性愛者じゃなければ同じ犯罪を計画して話し合いしてるんじゃないですかね」

『ふむ。サイバー犯罪課で調べてみますか？』

「いえ、ウチので調べてみましたが、正体不明のメッセンジャーソフトが入っている、というところまでは突き止めましたけれど、そこから先は無理でした。相手のスマホでも入手できりゃ別なんですが、その時間がありません」

『時間がない？　根拠は？』

「先ほどの報告もそうですが、二ヵ月前に行天院のパソコンからダークウェブへのアクセスの痕跡がありました。それ以後は誰かが知恵をつけたのか痕跡は消えてますが、それでもアクセス先不明なネット接続が何度も認められてます——ところで、ＩＮＣＯという存在の話、憶えておられますか？」

『彼らがそうだと？』

「かなりの確率で、関わりがあることだけは事実だと思います」

今はどちらでも構わない。

とにかく、戦車か装甲車レベルの武装と凶悪さを兼ねた武器が三つも都内に野放しになっている。自動装塡式の散弾銃も何挺あるか判らない。弾薬に至ってはますますだ。

高速道路に乗った最初のダンプローダーはそれ以後Nシステムに引っかかっていない。

恐らく偽装ナンバープレートを幾種類も用意しているのだろう。

偽装ナンバープレートを幾つも用意するような真似が瓜沢のような素人に出来るはずはない。

彼らはただの駒で、後ろにいるのがこの二人だとしたら判りやすい。

だが同時に判りやす過ぎる、とも橋本は考えていた。

そこで鍵になるのはMSSの徐だ。

MSSがINCO確保に現れたというのであれば、行天院たちの更に後ろにダークウェブの大物INCOがいる……そう考えれば納得がいく。

『この前の漁港の事件ではMSSが出てきたと言ってましたね、君』

「ええ、彼らはINCOを追いかけてました……ですが現在は装甲されて武装したブルドーザーが三台も野放しという事態を重視すべきです。彼らは派手な犯罪をダークウェブで実況中継して広告費で稼ぐそうです。ついでに犯罪計画の成否でも儲けるそうで」

『……蛇の胴体の行方を知るために頭を潰す、というのは聞いたことがありませんが』

「我々は通常の司法関係者ではないですから、因果関係より危険度優先で。何しろ私設警察ですから。それにこの場合頭のほうが瓜沢たちで、新興宗教とＩＴ長者のほうが胴体ですよ」

『返り討ちに遭ったらどうします？』

「その時に考えますが、そちらに迷惑はかけません」

『骨はキチンと拾いますよ？』

「その言い方は勘弁してください。私たちは公務員じゃない。私設警察ってのは法律上はただの自警団、ゴロツキです……ただ、ことが終わったら逮捕じゃ困ります」

『判りました。ただ、中途半端はやめてくださいね。ルールはひとつ、です』

執務室で栗原が口にした言葉が橋本の脳裏に蘇《よみがえ》る――「目撃者はなし」

『これはもう、司法関係者《こっち》では扱えない案件ですしねえ』

「では、好きにしていいですか？」

『聞かなかったことにしますよ。この電話も存在してないということで』

橋本の問いかけに、栗原ははっきりと答えなかった。

「ありがとうございます」

『これで私も君も、最低な人間ですねえ』

電話を切る。

橋本は、アジトの中に戻って、〈トマ〉たちに声をかけた。

「今夜、間違いなく行天院たちは動く。我々は彼らを潰してでも、あの瓜沢たちとキルドーザーの行方と計画を知らねばならない」

「荒事の前に荒事ですか」

「今の所彼らの行方を知るのは奴らだけだ」

橋本は一同を見回して、言い切った。

「さて、これから先は私のやりたいようにやる。本当の主犯格の連中は野放しだ。通常の警察や公安と現行法では逮捕も難しいし、逮捕しても裁判まで行かないだろう」

有野が悲しげな目でこちらを見るが、まっすぐ見返す。

ここで引くことは出来なかった。

「だが我々は、司法の側の人間ではあっても公僕ではない。薄汚れた人殺しだ。だからもう一、二滴血飛沫《ちしぶき》が増えても気にしない……お前たちには手足になってもらう」

有野が横顔に隠しがたい侮蔑と怒りを示しつつ、橋本から視線をそらした。

橋本は満足した。――これなら仕事が終わればもう二度と有野は自分に近づかないだろう。貰った報酬で、まっとうな世界に戻るに違いない。

「この仕事が終われば我々は一度解散だ。諸君らの報酬分、最後の仕事と思って欲しい」

御堂が帰った後も酒盛りは続いたが、瓜沢は久々のアルコールで気持ちが昂《たか》ぶるのを感じた。

☆

御堂を見送る名目でメイの手を引いて外に出ると、彼の車のテールランプが角を曲がり、工事現場の扉を閉めて、そのままメイを抱き寄せた。

メイはフロント係の服装のままだった。

「あ……だめ……お風呂……入ってない……」

恥ずかしがるメイに構わず、黒いタイトスカートをめくりあげ、フィリピン人の母親譲りのきゅっと持ち上がった尻肉を包む赤い下着をずらし、膝まで引き下げると背後から硬くたぎったものを突き入れた。

すでにメイは濡れそぼっていた。凡庸な顔立ちに似合わず、秘毛は濃い。それがはっきり雫《しずく》に濡れているのが夜目に判るほどに。

肉棹が入り口をくぐり抜けた瞬間、瓜沢は呻《うめ》いた。

これまで何度も身体《からだ》を重ねてきたが、これほどの快楽は初めてだった。

細胞一つ一つが沸き立つようにメイの肉襞の一つ一つを認識し、抽送しながらまるで中学生のように声を上げつつ射精しそうになった。

奥歯を嚙《か》みしめ、激しく腰を打ち付けると、それまで必死に口元を押さえていたメイが獣の声を上げげた。

豊島区とは言え、端っこのほうで人通りは少なく、車の音に声もかき消されない。誰かに聞かれるかもしれない、見られるかもしれないということが却って興奮をかき立てていた。

どうせ明日にも死ぬかもしれないのだ、見せつけてやればいい。見て騒ぐ奴がいれば殺せばいい。

自然にそんな異常な思考を瓜沢は受け容れていた。

自分たちは社会に復讐するのだ。自由な獣なのだから。

メイは腰を揺すりこちらに押しつけるようにしてくる。

向こうもかつてないほどに感じているらしい。

体温も上がっているらしく、尻から湯気が立ちそうだった。

やがて、いつもより早く、しかし長く、大量に射精した。

射精したのに萎《な》えない。久々のことだった。

セックス自体が久々だからかもしれない。

射精すると、少しは理性が戻ってきた。

もう少し奥のほうで続きを、と思っていたら、風に乗って事務所から嬌声が聞こえて来た。

女のあえぎ声、男の獣の声。

疑問に思って肉棒をメイから引き抜いて、瓜沢はズボンの中にまだ硬く屹立《きつりつ》するものをしまい込んだ。

メイが名残《なごり》惜しそうに抱きついてくる……これも初めての事だった。

やはり明後日には確実に死ぬということが、本能をかき立てている。

そう思ったとき、瓜沢は理解した。

下着をあげようとするメイの手を止め、片足を引き抜かせ、下着を残った足に引っかけたまま歩かせた。

近づいてくるに従って肉を打ち付けるパンパンという音と、女の甘えた鼻声と男の怒号のような声が混じる。

ドアを開けると、北本照美がむっちりした尻を小田島に抱えられて激しく突かれていた。

その口に柳沢が細いが長いペニスを突っ込んでいる。

「ああテルミーにフェラされてるう！」

柳沢が少年のように叫ぶ。

その横で、辰巳と矢島良子が正常位でキスしながら絡み合っていた。

剃り跡も生々しい良子の秘所に、辰巳の太いものがめり込んで、激しく動いているのが見えた。

やがて、良子の身体に思いっきり腰を打ち付けて辰巳が痙攣《けいれん》する。

そして、仰向《あおむ》けにひっくり返った。

良子の膣からペニスが抜けて驚くほど大量のザーメンが事務所の畳に溢《あふ》れる。

それでもペニスは萎えていない。

「あん、もっとぉ」

良子は鼻にかかった声でそう言って、辰巳の上にのしかかった。

三十五歳にしては引き締まった身体と、相応に張りを失い重力に従って垂れた乳房が揺れる。

「ああん……かたぁい……本物って暖かくって硬くって、さいこぉ……」

そう言って豪快に動き始める。

「ほ、本物の女、凄《すご》すぎるぅ……」

辰巳が悲鳴を上げた……どうやら童貞だったらしい。

小田島が鳴き声のような声を上げて身体を反らせ、北本照美が柳沢のペニスをくわえたままくぐもった声をあげた。

それが刺激になったらしく柳沢の身体が震え、照美がむせて口から白い粘液を噴き出した。

「ちょうらい……テルミーの、テルミーの悪いところに、硬いの、硬いのちょうだぁい」

鼻水のようにザーメンを垂らしながら、蕩《とろ》けた顔で照美が言い、柳沢は硬さの残ったままのペニスを振り立てて、ぐったりとした小田島を押しのけて照美の中に突き入れた。

「ちくしょう、テルミーなのに、俺、課金したのに！　あんなにアンタのＣＤ買って頑張ったのにエロ動画撮られただけで引退しやがって、引退しやがって！」

「そうなのぉ、わたし、レイプされたとき感じたのぉ！　セックス大好きなダメアイドルになっちゃったのぉ！」

どこまで本当かは判らない。

だが、瓜沢はその濃厚な他人のセックスの匂いと音に包まれながら、今まで自分を包んでいた殻がバラバラになって落ちていくのを感じた。

これまで自分を縛ってきた高校野球の経験、社長としての苦労、その後の転落ばかりではない。

これまで自分を縛ってきた道徳心や良心やそういうものが全て不要なものになったと感じた。

今日、御堂が持ってきた飲み物全てに小さな穴を埋めた跡があること、飲んだ時、かつての宴会で飲んだ強アルコール飲料と同じ薬臭さを感じたことなどは全て忘れ去られている。

心が解放された。

「メイ、やらせろ」

素直に言った。

「はい……」

貞淑な妻のように、メイは頷き、その場に上半身を伏せ、尻を高く上げる。

濡れそぼった秘所からさっき射精した精液がしたたり落ちるのを指ですくい、瓜沢はこれまで興味すら持たなかった箇所にそれを塗り込んだ。

「あっ……そ、そこは……院様の……」

メイが小声で抵抗したことがむしろ興奮を駆り立てた。

かつてないほどに硬く、大きく屹立し、充血の余り亀頭が輝くほど勃起した男根を、メイの肛門へと突き立てた。

ぬぶりと、肉の槍は驚くほど抵抗なくめり込み、メイは嬌声をあげた。

「お前……こんなところを……自分で開発したのか」

「はい……そう、そうですぅ」

「親父を殺しただけじゃなくて、ここまで淫乱だったのか！　お前は！」

思いっきりメイの尻肉を叩いた。

のけぞって悲鳴を上げるメイだが、その声に甘いものが混じっているのを瓜沢は聞き逃さなかった。

「変態め！」

そう繰り返しながら削岩機のように激しく腰を使った。

使いながら射精したが、ペニスは一向に萎えなかった。

やがて、メイの前にも後ろにもたっぷり射精し、彼女が気絶すると、柳沢を押しのけて北沢照美を犯し、矢島良子を犯した。

残された男たちもそれぞれに好き勝手に女の上にのしかかり、あるいはのしかかられてまぐわい続けた。

蛇のようにまぐわい続けながら男も女も願望を口にした。

あのブルドーザーを改造した装甲車両で、何をしたいか。

柳沢克也は親が死んだとき、年金を失うのが怖くて庭に埋めて、それがバレたために書類送検された上に、不正受給で税務署から追徴課税を背負わされた。

辰巳一朗は心を病んだところへ老いた両親の介護で貯金を使い果たし、さらに両親の仕事の借金まで背負って生活保護を受ける羽目になった。

その時いやみたらしく窓口職員から責められた。

だから、二人は区役所の襲撃だった。

市役所職員でありながらネトウヨ活動家だった小田島正章は、自分の書き込みを「特定」した有名なネットライターによってクビにされた。

だから、そのライターを新宿にある事務所ごと粉砕したいと願っている。数日前、ここへ来る前に別れた妻と子供は「事件後迷惑をかけないために」刺殺し、家に火をかけてきたという。

北本照美は地下アイドルを目指して上京、ＡＶ出演を強要され、レイプされる現場を実況配信されたことを忘れられない。自分の動画を流したプロデューサーが証拠不充分で不起訴、釈放されたと知って、新宿にあるアイドルとして活動していたクラブを潰したいと叫んだ。

砲撃して粉々に吹き飛ばし、死体をキャタピラで轢きつぶすのだと。

矢島良子は老老介護に疲れ果てていたが、一週間前に吹っ切れて逃げた親を殺してしまい、自分の家の床下に埋めたと告白した。

全てが呪わしいと彼女は叫んだ。

殺してやる、全部殺してやる、壊してやると。

メイも叫んだ。父親が元ヤクザであること、自分が常に後回しにされていたこと。そして誰も助けてくれないこと、親のことで馬鹿にされた全ての怒りを世界にぶつけてやると。

ここにいる七人はだれもが、世界に自分の絶望を叩きつけたいという意志で統一されていた。

そして半分以上が殺人に手を染めていた。

瓜沢は全てが愛《いと》おしかった。この連中のために全てを壊し、全てを殺すのだと再認識した。

自分がこれまで飲まされてきた栄養剤が、実は向精神薬型の合成麻薬であることや、これまでの数ヵ月時間をかけて色々なことを「教育」されてきたのだとは思いもしない。

薬物の副作用が自分の道徳心や正義心を摩滅させていることも。

それこそが、いつのまにか己の望む存在となっていた。

己の思うまま、欲するままに殺し、奪い取る存在。

真面目に頑張っても誰も認めず、そして再挑戦のチャンスはない。

特別な才能のない三十半ばの男が転落して、這《は》い上がるチャンスなどない。

なら、壊してしまえばいいのだ。

どうせもう何もないのなら、奪ってもいいはずだ。

奪われまくったのだから。

☆

実行を明日に控え、浮き足だった九多良と行天院は、これまで同じ場所を使わないという法則を初めて曲げた……というより、ダークウェブに繋がっている痕跡を隠しつつ、大容量サーバーと回線が安定して使用出来る場所は都内でもさほどない。

鎌倉に最近九多良が買ったマンションを使うことにした。

ＩＮＣＯは対象となる事件が開始されると現場から去る。

彼らが介入したと、ユーザーたちから見られるのを嫌うのだ。

賭けの相場は大揺れだった。

「犯行計画」からはじまり、「実行者選別」まで来ることはあっても「犯行予定開始」まできたことはこれまで国内の犯罪賭博では珍しく、予想被害総額一千万以上、一億クラスのものは初めてだ。

だから、九多良たちは二人揃《そろ》って浮かれていた。

「おい、片付けろ」

九多良が手を振ると、支倉が目配せをし、背後のビニールシートの上で悶死している全裸の中年男と少年少女の死体をシートごと包んで運び出す。

中年男は最近、九多良の経営に損害を出したアプリゲーム会社の社長であり、少年と少女はその息子と娘だ。

「クォンタム」の効果をどう「講師」が操っているのか見てみたい、と九多良が頼んで数日前、「再就職先を世話するのでパーティに親子共々来い」と誘い出し、個別に監禁した。

娘はその前に行天院と九多良が前後を犯して後は九多良の知り合いのIT長者と国会議員に預け、息子は少年趣味のある芸能プロダクションの社長のもとに送り込んで犯させた。

その様子を動画配信で見せつつ、父親に「クォンタム」を投与し、一週間ほど暗示をかけ続け、理性を壊し、書き換えた上で二時間ほど前、親子を引き合わせた。

解き放たれた父親は娘を犯し、それを止めようとした息子も犯した上で二人とも首を絞め、頸骨《けいこつ》を握り砕いて殺した。

それが彼ら二人の救いになると、本気で父親は思い込まされていた。

娘の喉を握り砕いてその膣内に射精すると同時に、心臓か脳血管が切れたらしく、父親はそのまま死んでしまった。

「もう少し面白くなるはずだったんだがなあ……ジジイは困るわ」

少々興ざめという顔で行天院が口をとがらせた。

振りまかれた消臭剤の湿気が毛足の長い絨毯に染み込んでいくのに、二人は顔をしかめた。

「まあ、いい。なんとなくあれをあの先生がどう使ってるか判った。いい薬じゃないか。十二時間過ぎたら、血中物質が睡眠薬と見分けつかなくなるんだろう?」

九多良は気にしていない。これから起きることを考えれば小さなアクシデントだ。

「まあ、そのうちバレるだろうけどな。それまでは安全な薬さ。高い金出して買ってるだけあるだろ?」

「まあな」

浮かれていないのは、支倉と門河を筆頭とした護衛の人間たちである。

海岸線を見下ろす位置にあるこのマンションへ続くのは一本道だけで、敵が来た場合、逃げ場が山を越える方法しかない上に、崖なので家に立てこもることも危険だ。

だが山奥であるということは多少荒っぽいことをしてもその後の処理で「なかったこと」に出来ることでもある。

マンションの住民は全て富豪クラスの人物たちであり、入居率は高いが部屋にいることは少ない。

門河の主である九多良の話では今夜、住民がいるのは二十四戸のうち三戸のみだという。

恐らく警備装置などにアクセスして調べているのだろうから、信頼出来る。

故に支倉の部下も、門河の部下もそれぞれに武器や装備は持ってきている。

支倉たちはＡＫ74で武装し三十人、門河の部下たちはこの前グレネードマシンガンと共に輸入したＨＫのＭ４１６を装備し、防弾ベストを着込んでいる。

支倉たちはＱＧＨの信者らしくシンプルな詰め襟の上着に暗視装置、防弾ベストはその上からだ。

「この非常時に、随分と間抜けな格好だな、おい」

門河は支倉には聞こえないように呟《つぶや》いた。

行天院側、九多良側、合わせて六十人の警護は、それぞれ十人ずつがマンションのエントランスロビーと、主たちのいる部屋の中と外、エレベーター、非常口さらに主たちの側に配置され、さらに周辺をドローンで警戒している。

完璧な警護ではある。

反目し合っているふたりは主の命令により門河がエントランスロビーに、支倉が主のいる部屋周辺の警護と分けられているが、無線は共通の周波数に合わせてある。

☆

「勿体《もったい》ないな……」

しみじみと〈ツネマサ〉は呟《つぶや》いた。

タキシードの襟首がどうも気になって何度も弄ってしまいたくなるが、そんな仕草をするのが躊躇《ためら》われる。

いつまでも座っていたいシートというものは、自衛隊員としては最も縁遠いものだ。

今彼が運転している車は、そういう意味では世界で最も贅沢な感触をドライバーに味わわせることを目的としている車の一台だ。

アウディ・R8・V10。今や数少ない、スーパースポーツカーと呼ばれる代物。

高いGでもドライバーをしっかり固定し、同時に柔らかく受け止めてくれる。サイドサポートの張り出したシートは、サーキットの限界走行でもドライバーを正しい姿勢に保つ機能と、疲労感を感じさせない心地よさを両立させている。

こんなシートに座るのは生まれて初めてのことだった。

何よりもパワーとスピードを操っているという心地よさがある。

5・2リットルのV10エンジンは、アウディの市販モデルとしては史上最強となる六一〇PSという出力を誇り、最高時速三三〇キロを誇る。

一台二五〇〇万円を超える、走る芸術品だ。

改良を終えて納品されたばかり、まっさらの新車。

持ち主は一時間前、この車を停めたホテルのレストランでカード詐欺の疑いをかけられて捕まっている。

種を明かせば、〈トマ〉が用意した粗雑な偽造カードと、持ち主のカップルが持っていたカードを、橋本が昔の伝手《つて》で雇った初老のスリがすり替えた。

「これを潰さにゃならんとは」

「仕方ありませんわ」

助手席で目を閉じながら〈時雨〉が言った。

「物は全て、人がよりよく生きて、生き延びるための道具ですもの」

そう言って、釣り竿ケースに入れたモノを細い手でぽんと叩く。

「これも、銃も、全て」

「そうだな……〈時雨〉さん、その通りだ」

「えーと……」

少し頰を赤らめて〈時雨〉が言った。

「仲間ですから、〈時雨〉と呼び捨てしていただけませんか?」

「判った。俺も〈ツネマサ〉でいい」

「わかりました〈ツネマサ〉」

ちらりと横を見た〈ツネマサ〉の目に、艶然と微笑《ほほえ》む〈時雨〉の、眩《まぶ》しい笑顔が映った。

「！」

思わずハンドルを離しそうになったが、ドイツの誇るスポーツカーはその程度では細い山道を揺らぎもしない。

☆

門河はヘッドライトに緊張した。

だがエンジン音には覚えがあった。

確か上の階の住人だ。ＦＸ取引と仮想通貨で連続して荒稼ぎした三十代の元大学職員だったはずである。

ここに入居して一年で、アウディやらアストンマーチンやらを購入し、乗りこなすならともかく、まるで軽自動車のような自動駐車機能などの余計な機能を追加して、それを出会い系サイトで引っかけた女たちに披露しては驚かれるのを喜んでいるような薄っぺらい男だ。

金と時間の使い方を知らないのだろう。

部下に命じてナンバーを確認させるが、間違いなく住人のモノだと確認が取れた。

ハイビームにしたままのヘッドライトがエントランスロビーを照らし、門河は顔をしかめた。

男はエンジンを切らないまま、さっさと戻ってくるつもりらしい――そう思った瞬間、車はエントランスロビーの手前で止まらず、そのままガラスを突き破って飛びこんできた。

なすすべもなく、二人の部下がなぎ倒された。

そのままエントランスロビーに置かれたソファーをはじき飛ばし、タイヤの跡を大理石の床に刻みつつ、半回転しながら更に二人を轢《ひ》き殺す。

門河はその時、運転席と助手席の男と女の顔に安っぽいプラスティックのマスクが装着されていることに気付いた。

「撃て」

と門河の口が声を発する前に、アウディのドアを開けて飛びだした女の右腕が伸びやかに跳ね上がる。

上半身は豪奢《ごうしゃ》なドレスを着用していたが、スカートから伸びる長い脚はコンバットブーツと革のパンツに包まれていた。

門河の首が滑らかな切断面を見せて宙を舞う。

それまでの間に、運転席の男はフロントグラス越しにストックを折りたたんだAKS74Uを撃ちまくって三人の頭を撃ち抜き、門河の首を斬り飛ばした女は、そのまま大理石の床を滑って、釣り竿ケースの中から引き抜いた真っ黒い刀身の日本刀でさらに二人の腕を斬り飛ばした。

けたたましい破壊音に、何事が起こったのかと近づく他の警備員たちをアウディから遅れて上ってきたSUVの中から突きだされたAK74の銃弾が撃ち抜く。

☆

銃声は完全防音されたマンションの中には聞こえてこなかったが、共同周波数に設定されたヘッドギアの無線から聞こえてきた。

「典膳様を確保！」

部下に命じる。

「門河、門河！」

普段からこちらを「実戦経験のない小僧」とバカにしているような男だが、戦力には違いない。叫ぶが返事はない。

決断せねばならなかった。

「門河は戦死した、これより全ての指揮を自分、支倉が執《と》る、門河の部下は忸怩《じくじ》たるモノがあるであろうが、自分にしたがってほしい」

SIT時代以来、久々に一人称が「自分」に切り替わっていた。

背中がカッと熱くなる。

初の実戦で、自分は指揮官なのだ。

ヘッドセットの向こうで生き残った門河の部下たちがヒソヒソ話し合う声が聞こえる。

『西側警護、は……反論はありません、我々はあなたの下《もと》について任務を続行します』

『東側警護、反論、ありません』

生き残った門河の部下たちがそう報告していく。

「よかろう、諸君たちを歓迎する」

満足して支倉は頷いた。ここからは自分だけが指揮官だ。

「エレベーターと階段の安全を確保！」

命じてAKの安全装置を解除する。

エレベーターが昇り始めた。

「総員、構え！　到着次第、二秒発砲！」

叫びながら部屋の中に入り、狼狽《うろた》えて顔色が真っ青になった主たちと対峙《たいじ》する。

「ここで待機してください、エレベーターの安全が確認出来たら階段で屋上へ……ヘリを呼びます」

QGHの信者が経営している航空会社がこの近辺にあって、電話一本で文字通り飛んでくるようになっている。

携帯電話を取り出すが、さっきまでフルで立っていたアンテナ表示が一本も見えない。

「典膳様、九多良様、おふたりの携帯はいかがですか？」

「誰だ、誰が襲ってきたんだ？」

「判りません。人数すら不明ですが門河が死んだのは間違いないようです」

「そんな……あいつは元自衛官だぞ！」

「死ぬ時は死にます」

相手が教祖の典膳ではないので自然に言葉が鋭くなった。

「き、きききみ！　ここをくぐり抜けたら、一億神点やろう！　げげげ、現金もつけよう、ぼ、ボーナスだ」

典膳は胸を張りながら、上ずった声をあげる。

「ありがとうございます」

恭しく支倉は教祖へ頭を下げた。

「典膳様、いざとなりましたら御神力をお貸しくださぃ」

本気だった。

支倉は三年前、この男の背中にオーラの光を確かに見た。

SITに増設された小隊の新隊長として、いつ来るか判らぬ実戦に怯えていた彼はその光に全てを見いだした。

それまで彼を悩ませていた原因不明の激しい偏頭痛も動悸《どうき》も消し去ってくれた。

今の妻も、彼が引き合わせてくれた。

「偉大なるあなた様のお力で敵をなぎ払っていただくことになるかも知れません」

その瞬間、典膳が「ひぃ」とも「くう」ともとれる奇妙な声を上げたが、すでに妄信のフィルターのかかっている支倉の耳には聞こえない。

「わ、私は今、月のパワーが落ちているのだ、だから今夜は方角をかえ、金のち、ちからを得ようとしておる、君らが頼りだ」

「そうなのですか、典膳様」

「そそうだ、だから最近女性の信者から女のもつチャクラパワーを得るために頑張っておる」

このところ、「講師」の要請で女性信者や新規入信者と性行為にふけっていたことを言い訳に転換しただけだが、支倉は素直に信じた。

爆発音が響き、豪奢だが頑丈なドアが内側に向かって変形した。

火災報知器が鳴り響くが、すぐに停まった。

「誰かがハッキングしてるんだ……」

九多良が呆然《ぼうぜん》と呟いた。

「ネットだ、秋吉！　ネットでヘリを呼べ！　それと増援だ、増援！」

「わ、わかった！」

九多良がキーボードの前に走るが、それよりも先に全ての電源が落ちた。

「ひ！」

非常用電源にさえ切り替わらない。

「しまった」

ＡＫに装着した光学機器は室内戦を想定したモノだが完全な暗闇にこのマンションが落ちるとは思ってもいなかった。

ひゅん、という風切り音がした。

肉を切り裂き、何かが深く刺さる音がして、部下たちの苦鳴が聞こえ、ＡＫの発砲音と銃火の閃光《せんこう》が廊下から見えた。

支倉は銃を構える。

かたん、という音がひしゃげたドアの裏側から響いた。

沈黙が落ちる。

「な、何が起こってるんだ……」

呆然と呟く行天院に「お静かに」と警告してドアに近づく。

何かの破片を爪先が踏んで床と擦れて音を立てた。

一度、昔聞いた音。

（違う、あれは自分が立てた音だ）

ドアを破砕するための指向性爆薬のユニット。

訓練の時うっかりドアに軽く音を立て、教官に死ぬほど怒られた記憶。

「しまった」

支倉の言葉はその爆発音にかき消された。

その瞬間、ドアが爆発し、支倉は破片でずたずたになって吹き飛んだ。

残った支倉の部下たちが我に返り、慌てて引き金を引く前に、彼らと同じAK74のけたたましくて重い銃声と、風を切る音が重なって、彼らは床に倒れ、動かなくなった。

AKに取り付けられたフラッシュライトが点灯し、部下たちの血にまみれた行天院と九多良を照らす。

さらにふたり現れた。

ひとりは女で、上半身はドレスに下半身は革のパンツにゴツいブーツという奇妙な出で立ちで見たこともない大きさのアーチェリーを構え、その隣には背広姿にAKS74Uを構えた男。その間を割って入ってきた残りふたりは真っ黒の戦闘服にノーマルサイズのAK74。

最初の男女は一〇〇円ショップでハロウィンに売ってるような、白いプラスティックの仮面を被《かぶ》り、残りの男たちはスキーの目出し帽のようなもので顔を覆っている。

「お、お前らは誰だ？」

「お前らまさかウチの教団の被害者か？　金なら出す！」

「魅力的だが、いらんよ」

最後に入ってきた男が呆れたように言った。

「瓜沢道三郎と奴と一緒に消えた装甲ブルドーザーは何処にある？」

「や、やっぱりお前もＩＮＣＯか！　それとも別のＩＮＣＯの〈受講生〉なのか！　俺達のゲームを台無しにする賭けをしてるんだろう！」

すっかり怯えた行天院と違い、九多良はわめいた。

「自分がやらかすことを、他人もやると信じて疑わないか」

男はそう言って手にしたＡＫ74を少し下に向けて撃った。

九多良の悲鳴が上がる。

☆

橋本はいささか呆れながらＡＫの引き金を引いて、九多良の足の甲を撃った。

足を押さえてのたうち回る九多良の鼻先にもう一発撃ち込む。

このマンションのセキュリティと警察への通報は離れた場所にいる〈トマ〉が全て抑えている。

とはいえ、ここの警備会社は優秀だからいいところ三十分が限界だと警告されていた。

あと五分もない。

だから急ぐことにした。

「言え、奴は何処だ。居場所の管理ぐらいはしてるんだろう？」

「知らない！」

死んでも言うか、という目つきで九多良はこちらを睨《にら》んだ。

裸一貫から三十歳になるまで巨万の富を築いただけあって度胸が据わっているらしい。

橋本からすれば面倒くさい話だ。

「そっちはどうだ？」

ＡＫの銃口をでっぷりと太った行天院に向けると、真っ青になって答えようとしたが九多良がその口を塞《ふさ》ぐ。

「喋ったほうを生かす」

「嘘だ！　喋ったら殺すつもりだろう！」

叫んだ九多良の手を、行天院が噛んだ。

九多良の小指の肉を噛み千切り、吐き出しながら叫ぶ。

「豊島区だ！　豊島区から新宿を襲う……」

言った行天院の鼻先を九多良の拳が殴りつけた。

ぎう、という表現しか出来ない声があがり、絨毯に白いものが転がる……行天院の歯だ。

「馬鹿野郎、馬鹿野郎、馬鹿野郎！」

細い身体からは信じられない力で、九多良は拳を行天院の顔面に振るい続けた。

「なんで喋るんだ、お前じゃなくて、俺が、俺が、俺が生き残るんだ！」

やがて、行天院の丸まっちい手が危険な痙攣《けいれん》を示し、だらりと垂れ下がって殴られるに任せて揺れるだけになった。

「おい」

橋本はおぞましいものを見せられた嫌悪感を飲み込みながら言った。

「もうそいつ、死んでるぞ」

その瞬間弾《はじ》かれたように九多良は行天院の身体から離れ、橋本たちを伏し拝んだ。

「頼む、殺さないでくれ！　こいつは新興宗教の教祖だ、悪人だ、信者を騙《だま》して金を巻き上げて、美人の信者なら犯すんだ、そうして金を蓄えてきた。お、俺は違う、俺はまっとうな商売人だ、そ、そりゃ世間の常識からはずれた商売もしたが、法律は犯してない！」

「まあ、そうだな」

「お、俺は優秀で有能だ、殺さないでくれ、世の中の役に立つ！」

そう言って、九多良は床に隠されていた突起を引っ張った。

四十センチ四方の隠し物入れが現れる。

中には札束と金塊が詰まっていた。そしてUSBフラッシュドライブ。

「これ、やるから！」

「ありがとうよ……おい、回収」

「え……」

〈ツネマサ〉と〈時雨〉はもちろん、〈ソロバン〉こと有野まで不平の声を上げたが、

「下さるというモノを拒否出来る立場じゃない」

「豊島区から新宿を襲う、ってのは本当のことか？」

「ああ、ああ本当だ。だが、奴らのいる場所のじゅ、住所は言わない……で、電話をくれ、あんた方がこの建物から出たら、電話をかけろ。俺が確認して確かにいなくなったら、教えてやる」

「ふむ」

心底どうでも良くなってきた。

色々いぎたない人間は見てきたつもりだが、この男は中でも格別だった。

中学時代からの親友を殴り殺して、命乞いをする。

この男は法律に違反した証拠が見つからないだけのことで立派な犯罪者だ。

これまでの商売で商売敵を追い詰めたり、自分の欲しい権利を持っている人間を、間接

的に殺したり破滅させたりしていることは有名だ。

マスコミに対して、金をばらまき、SNSのイメージ戦略のための「ネットトロール」と呼ばれるタチの悪い「拡散屋」を雇っているので国内の批判も封殺されているが。

必要な情報は得た。あの大所帯なら、後は〈トマ〉に調べさせれば事足りる。

優先すべきは、瓜沢とキルドーザーのほうだ。

「退去する、行け」

橋本は一緒に来た〈ツネマサ〉たちに退去するようにハンドサインを出した。

生き残りの反撃を警戒しつつ、〈ツネマサ〉と〈時雨〉が出て、橋本は有野にも手を振って先に行かせた。

「あんたら……何者なんだ？」

どうやら死地を逃れたらしいと誤解したらしく、些《いささ》か弛緩《しかん》した顔で九多良が訊ねた。

「何に見える？」

「……こ」

殺し屋と答えかけ、九多良は「CIAかFBIだろう？」と答えた。

「ちがう、俺達は『件《くだん》』の使いだ」

なんとなく、橋本はそう言った——まさか警察の嘱託とは言えない。

無意識のうちに、幼い頃にソヴィエトで握りしめていたお気に入りのカードのことを思い出し、口が動いたらしい。

「なんだ、そりゃ」

沈黙が落ち、次の瞬間、久多良は橋本の殺意が、まだ去っていないことを理解して、必死の形相で死んだボディーガードのＡＫ74を奪おうとした。

躊躇せず、橋本は自分のＡＫ74の引き金を引いた。

ＡＫ特有の甲高い銃声が轟《とどろ》く中、九多良は銃把に手をかけたまま、首から上を周囲にぶちまけ、行天院の上に重なって倒れた。

『ボス、嫌な報告があります』

〈トマ〉からの通信が入る。

『その部屋にもこの前と同じ隠しカメラがあります。これまでのものと同じ製品で、同じＩＰアドレスへ繋がってます……わざと判りやすいようにしてます、今回は』

やはり裏に、別のＩＮＣＯがいる。

橋本は戦闘服の胸ポケットにある無線機のスイッチを全員通達に切り替えた。

「全員に報告、監視カメラが見つかった、この前と同じ奴だ。全員、俺がいいと言うまでマスクを取るな、手袋もだ」

幸い、全員から「了解」という返事が返ってきた。

先ほど久多良が口にした「別の受講生なのか」という問いかけを思い出す。

ＩＮＣＯは増殖しようとしているのかも知れない。

「俺達の会話は聞いたか」

部屋を出ながら橋本は〈トマ〉に訊ねた。

九多良の死体のことはもう橋本の頭から消えている。

まだ事件は終わっていない。

『はい、今フル動員で豊島区の街頭カメラチェックしてます』

「あれだけのモノだ、大きな工事現場じゃないと隠せない。まして豊島区だ、周辺を鉄板の塀で覆うような……ビル工事の現場だ、まとめて最近、ビルの解体工事をした現場を探せ」

『了解です、ボス……それと、そろそろ警備会社のほうを抑えられません』

〈トマ〉の報告と同時に電気が復旧し、暗闇が去った灯《あか》りの中、サイレンが鳴り始めた。

「撤収！」

叫んで橋本は階段を駆け下りる。

☆

橋本たちはSUVに乗り込んで大急ぎで山を下りた。

麓についていて高速に乗る頃、対向車線を上っていく警察と警備会社の車が見えた。

「とりあえず、もうマスク取っていいですか」

ハンドルを握る〈ツネマサ〉がウンザリしたように言う。

「ああ、構わん」

橋本がUSBメモリを〈トマ〉から渡された装置でコピーしているとスマホが鳴った。

非通知だが、直感が誰かを教えている。

『やあどうも』

MSSの徐だった。

「何の用だ、INCOならいなかったぞ。九多良と行天院の二人はただの生徒だった、知ってたんだろう?」

『さて、どうでしょう』

「INCOの情報をよこせ」

『今回関わってるのは恐らくアジア系、それ以外何も判りません』

「こいつらも操り人形か」

『捜査資料、いただけないですかね？　床下に隠してあったUSBのデータだけでも結構ですが』

どうやらロシア情報局に負けず、MSSの腕も長いらしい。

「いいだろう、その代わり欲しいものがある」

『？』

「そちらの国の対物狙撃銃用の弾丸が欲しい。12・7×10・8㎜の奴だ。多ければ多いほどいい」

『いつまでに必要ですか？』

「一時間以内に」

『そうですね、日本のヤクザに伝手があります。二時間で十二発ひと箱なら、確実になんとかなるでしょう』

徐の声に交渉の余地はない、という響きがあった。ロシアと中国の対物狙撃銃の弾丸自体がかなりのレアものである以上、無茶は言えなかった。

「どこで引き渡してくれる？」

腕時計を見る。

午前三時だった。

「〈ツネマサ〉、俺を横須賀のこの場所で降ろしたら、真っ直ぐ豊島区に向かえ」

橋本はスマホにとある住所を入力して〈ツネマサ〉に見せた。

国テロ時代何度か会合に利用した横須賀市内のドライブインレストランだ。

店自体は十二時に閉まるが、駐車場は開放されており、何度か国テロ時代にＣＩＡや海軍捜査局《NCIS》との接触や資料、人の引き渡しに使っていた。

とにかく早く対抗手段が必要だった。

あのソヴィエト時代のマニュアルによって戦車を作った場合、コンクリートが「人が歩けるほどに固まれば」いつでも使えるとあった。

混合剤を入れた場合、この冬場でも三日あれば固まる。

時間がないと直感が告げていた。

「豊島区で、瓜沢たちを発見したらどうします？」

〈時雨〉が訊ねた。

「何しろ相手は戦車……まあ実際には装甲車だろうがそれでもかなり厄介だ。豊島区なんて都心にどうやって運び入れたかはしらんが、どっちにせよ、中の様子を見て、考える。下手に手出しをするな。総動員じゃないと死ぬぞ」

いよいよ事件は追い込みになっていた。

どうあのキルドーザーを始末し、瓜沢たちを処理するか。

元国テロらしい冷徹さで橋本は思考する。

終わりは見えてきている。だが梯子《はしご》は最後の三段目が一番危ない。

石橋を叩いて渡らないことも時には必要な世界だ。

故に橋本は横須賀に辿《たど》り着くまで黙り込む。

だがその余り、背後の席で有野がマスクも取らずに考え込んでいることに、気づかなかった。

第八章

☆

橋本からの電話を、栗原は統括審議官補佐補佐室で受けた。

報告は充分に驚異的な話であり、橋本の「対処」の案はそれ以上に過激な話であったが、栗原は気にしなかった。

こういう事件を想定して、自分の警察官僚生命をかけて組織を作ったのだ。

「警視庁に情報を提供します。二時間待ちなさい」

警視庁の上層部に上と下から、栗原からと判るものと、判らないものと、ふたつの流れで情報を提供し、検討して『答えが出ない』という結論が出るまでそれぐらいだろう、と考える。

『猶予はほぼありませんよ？　計画じゃ夜明けと共に彼らははじめます』

橋本の声に血の熱さから生じる苛立《いらだ》ちが混じった。

公安の人間になるには冷徹さと同じぐらい、正気でいるためにも血の熱さが必要だ。

だが、橋本は公安の仕事に向かない種類の血の熱さがあった。

「警視庁の上にも恩を売らねばなりません……あるいは機会をね」

なだめるように栗原は穏やかに言った。

橋本がこの案件を綺麗に片付けることは間違いない、という確信と信頼がある。

公安に向かない血の熱さだが、こういう非合法、越法活動においては有用だ。

『つくづく最低ですな、あんた』

橋本は毒づいて、栗原は微笑《ほほえ》む。この場合は褒め言葉だ。国家の安全に寄与するためには手を汚す覚悟がなければならず、そのためには罵《ののし》られるのはむしろ本望。

「ですがあなたたちは法的な面倒ごとに関わる必要はありません。二時間待って私から電話がなかったら後はあなたたちの判断で」

『……わかりました』

「念を押しますが、中途半端はいけませんよ」

電話を切りながら腕に巻いたオメガのデビル・コーアクシャルを見る。

二〇年以上の愛用品の時刻表示と、壁に掛かった電波時計の時間を見比べる。

午前三時二〇分。

☆

豊島区のどこなのか、橋本の予想通り〈ソロバン《有野》〉たちが到着する前に〈トマ〉が場所を特定していた。

地名が池袋に近い場所だ。閑静な住宅街が広がるところで、スーパーなどの施設も多い。〈ソロバン〉は、〈時雨〉にアジトに九多良から奪った金塊と現金を預けに行くついでに〈トマ〉を迎えに行かせ、自分たちはビルの工事現場を見下ろせる場所を探した。

武器を含めた装備類は、今はダッフルバッグに納めて、普段着に着替えている。〈トマ〉から、そこから四十メートルほど離れた、新築完成目前のウィークリーマンションの非常階段から屋上に上がれると知らされて、その通り屋上に上がる。

四階建てのマンションからは確かに高い金属の板塀に囲まれた工事現場とその真ん中にぽつんと残された幅の広い建物、隣にあるプレハブの事務所などが、Cの字型に囲むようにして盛り上げられた土砂によって遮蔽されていた。

念のために持って来たライフルを構え、スコープを覗《のぞ》き込んだ〈ツネマサ〉は周辺にもっといい狙撃ポイントがないか探してみたが、この辺は住宅街があるばかりで、半径数百メートルに二階以上の高さの建物がなく、ここ以外の狙撃ポイントはないと理解した。

その旨をメッセンジャーで橋本に送るが、橋本の既読表示はつかない。

時間は午前五時。

獣同士のような激しいセックスが繰り広げられていたプレハブの中は、ふたりが到着する頃には、静かになっていた。

「しかし、上手《うま》いとこ見つけましたよね、彼ら……いや奴ら」

〈ツネマサ〉は頭を振って瓜沢たちを標的として認識しようとしていた。

「ああ、新宿へ運び込むのは無理としても、文京区や豊島区はそこから目と鼻の先、オマケに静寂な住宅街に警察の警備も万全……ともなれば、まさかと誰もが思う」

「しかし、なんで九多良たち、新宿を選んだんですかね」

「派手だからだろうよ。東京と言えば今や秋葉原が大写しになるが、それでも大都会のイメージは新宿に集中してる。世界的にも絵になる。普通の大人たち、ビジネスマンが行き来していて、そこが戦場になったら見物になる」

〈トマ〉がキルドーザーの説明をした時にその動画も見ている。大型ブルドーザーが一台であれだけ暴れ回れるのだ。

中型ブルドーザーにスケールダウンはしているものの、それでも装甲と武装……〈トマ〉は襲撃の帰り道に車内で橋本がコピーしたUSBフラッシュドライブから、九多良の個人サーバーにアクセスして、今回のキルドーザーには「砲塔」が存在し、そこにグレネードマシンガンを使用した大砲が装備されることを摑《つか》んでいた。

キルドーザーにグレネードマシンガン、どれも日本の警察の装備で対処出来る事案を、遥《はる》かに超える相手だ。

本家キルドーザーの犯人と違い、殺人を厭《いと》う部分もない。

解き放たれたらそれでお終《しま》いだった。

「なあ、〈ツネマサ〉」

「なんすか〈ソロさん〉」

有野はいつの間にか〈ツネマサ〉たちから〈ソロさん〉と呼ばれるようになっていた。〈ソロバン〉さんでは言いにくいからだろう。

「俺に、三十分だけ、時間をくれないかな」

「ボスが言ってたでしょう、無駄だって」

「ああ、わかってる。だが、ボスが戻ってくるまで時間が掛かる、その間に彼らが動き出したらどうする？」

「危険ですよ、遠距離から狙ったほうがいい」

「さっきから舌打ちばかりしてたじゃないか……実は狙えないんだろう？」

〈ソロさん〉が銃にさほど詳しくはないと〈ツネマサ〉は理解しているがそれでも銃を扱える以上、自分の行為の意味は理解しているのだろう。

「俺も考えてみたが、この辺は建物が低すぎる。ここだって狙えないとなれば、中に入るほうがいい」

「でも……」

「彼らは、俺たちだったかもしれない、そう思えてならないんだよ」

〈トマ〉が解析したあの七人に関するデータによれば、精神開放形ドラッグと度重なるストレスに対する暗示をくり返したことで、彼らには殺人への禁忌がなくなっている。

特に矢島良子の家からは長く寝たきり状態だった両親の、小田島正章の元妻の実家では妻と子に加え義理の両親まで含めた五人の遺体が転がっていたという。

さらに昨日、瓜沢の会社に貸しはがしを行った銀行の支店長の社員バッジが、瓜沢と懇意にしていた生コン会社の裏から見つかった。

「ダメですよ、〈ソロさん〉」

〈ツネマサ〉は頭を振った。

「彼らは操られていたとはいえ、自ら『殺人』っていう一線を越えたんす。任務や仕事としてではなく、『生きるため』の殺人という一線は……越えてしまった人間は裁かれるか、罪を償う意志がない限り、戻れないんです」

それを〈ツネマサ〉は派遣先の中東で何度も見ていた。

生活のために親を殺す、子供を、あるいは隣人を殺した人間は、驚くほどあらゆる禁忌のブレーキから解放される。

とある交差点の真ん中で、老人が倒れて交通渋滞が起こったとき、介抱するどころかその頭に銃弾を撃ち込んでさっさと退かせるようなことを平然とし、隣の子供がウルサイからと棒で殴って意識不明の重体にしてしまう。

殺人犯や犯罪者の逮捕と拘束、裁判、刑罰というものは、そこを越えてしまった人間をなんとか「治療」するための一環だと、〈ツネマサ〉はそこで理解した。

犯罪の中でも「生きるための殺人」は特に戻れなくなる。

「危険ッス」

「でもだ、俺はそれでも……彼らを信じたい」

「それって、つまり自分が瓜沢のことに関わったからっすか」

〈ソロバン〉は自分が税務署職員であったこと、その時に瓜沢の立ち入り調査に関わり、大量の追徴課税を課したことが彼の転落の原因のひとつであることを、〈ツネマサ〉には話している。

ボスである橋本と違い、〈ソロバン〉は調整役として、そこまで深く〈ツネマサ〉たちと親交を深めていた。

特に〈ツネマサ〉はふとしたことで〈時雨〉への思いのことを〈ソロさん〉に打ち明け、すべてをぶちまけていた。

清らかな気持ちで〈時雨〉に惹かれつつも、このところ毎週、手っ取り早く捕まえられる出会い系サイトの女を抱きまくってしまうほど、性欲を持てあましていることも。

出会い系サイトの女を抱きながら、〈時雨〉にもっと嫌らしいことをしてしまいたい己がいて、射精と同時に全てを呪いたくなるような思いに駆られることも。

黙って〈ソロさん〉は聞いてくれ、その後も態度を変えなかったし、〈ツネマサ〉の相談をひとり胸の内にしまい込んでくれた。

『下半身の話ってのは人それぞれだ、威張ることじゃないが恥じることもない』

話を終えた後、ぽつんと呟《つぶや》いた言葉が〈ツネマサ〉にとっては救いだった。

さらにこのことを〈ソロさん〉は橋本に黙っていた。

だから、〈ツネマサ〉には〈ソロさん〉に恩がある。

その身を守るのは自分の義務だと思っている。

だが、〈ソロさん〉が危険を望んだとき、どうすればいいのか。

「瓜沢が転落したのは、〈ソロさん〉だけのせいじゃないッスよ」

「だが、ここであっさり彼らを始末してしまったら、俺もまた一線を越えてしまう気がするんだよ。後悔を抱《かか》えたまま生きるのは辛《つら》いんだ……あのとき、ああしておけば良かった、こうしてやれば別の道が、っていう思いは、ひとつだけでも辛い」

そして〈ソロさん〉が妻を通り魔に殺され、巻き添えを食った娘が二年後に死んだことも〈ツネマサ〉は聞いている。

「これは、時間稼ぎで、偵察任務だと思ってくれないか」

「…………」

〈ツネマサ〉と〈ソロバン〉のスマホに着信のバイブレーションが起こった。

橋本からのモノで〈遅れた、今から向かう〉というものだった。

「横須賀を今から出れば到着は早くても一時間半後だ。もう夜が明ける。計画じゃ夜明けと共に行動開始だ」

「なら……抹殺のほうが安全です」

「頼む」

〈ソロバン〉は深々と頭を下げた。

「自分も行きます」

「ダメだ、これは俺の問題だ。危険だから万が一のことがあればお前に迷惑がかかる」

「ボスに許可を」

「あいつは殺せと命じるだろう。だからだ」

〈ツネマサ〉は躊躇《ためら》った。

今日は九多良のマンションでの銃撃戦もあった。人を仕事とは言え殺しすぎたと思う。

そこが心の隙間になっていた。

〈ツネマサ〉はじっと〈ソロさん〉の下がったままの頭を見つめた。

☆

アジトの応接セットの上で〈時雨〉は長い髪を振り乱し、男のように吼えながら〈トマ〉の上で激しく腰を上下させていた。

避妊具などの装着はない。来てすぐに〈トマ〉を押し倒した。

やがて、女のように〈トマ〉は呻《うめ》いて、二回目の射精を〈時雨〉の中に放った。

射精の感触に〈時雨〉はのけぞり、深い絶頂に背筋を震わせる。

「も、もういいですか……仕事、戻らないと……」

「そうですわね……ええ」

頬を上気させた〈時雨〉は、〈トマ〉の唇を長い間自分のそれで塞いで、くちゅくちゅとねぶるようにして味わうと、その細い身体《からだ》から離れた。

「とっても美味《おい》しゅうございましたわ……あと、その格好も言いつけ通りで嬉しいです」

「ああ、は、はい」

〈時雨〉が〈トマ〉の秘密を知って以来、常につけることを命じている女物のフリルの下着の上下はすっかり乱れていた。

〈時雨〉が悪戯《いたずら》っぽく、薄い胸板に幾つも自分が点《つ》けた歯形を撫《な》でると、〈トマ〉は甘い声を出しそうになったが、それでも必死になって服を元に戻した。

まだ立派に勃起しているペニスを戻すのを横目に見ながら、〈時雨〉は獄中でも鍛錬を怠らなかった見事な裸体に、細い紐のような白のTバックショーツと、半面無骨なスポーツブラを纏《まと》い、アジトに置いてある革のジャンプスーツに着替えた。

中国国家安全部の徐文劾《シェウェンカイ》が送ってよこしたラウゴ・エイリアン自動拳銃は、〈時雨〉の装備として譲られていて、それを彼女は腰に巻いたベルトの後ろに装着した二挺用のホルスターに差している。

二挺のグリップがそれぞれ左右を向くようにして装着されるホルスターの上から防弾べ

ストも兼ねているMA－1系のデザインをしたジャンパーを羽織る。

戻ってきて〈トマ〉が立ち上がるのをそのまま応接セットに押し倒して騎乗位で彼のペニスを納めて激しく腰を使ったのに疲労の色はない。

「戦いが終わると身体が火照《ほて》るなんて、あんまり意識してませんでしたけれど……」

ちょっと恥ずかしげに〈時雨〉は微笑んだ。

「セックスって気持ちいいですわね。処女のまま、死ななくてよかったです」

最初顔を合わせたときはユリのような清楚さの目立つイメージだったが、今の〈トマ〉には女豹《めひょう》そのものに見える。

「そろそろ〈ツネマサ〉さんもお誘いしようと思うんですけれど、どう思います?」

あっけらかんという〈時雨〉へ〈トマ〉はモゴモゴと口を動かすだけで誤魔化した。

嫉妬の感情が〈トマ〉に亡いと言えば嘘になる。

以前よりも〈時雨〉は美しくなっていた。

特に〈トマ〉を犯すようにして処女を散らしてからは、ウエストが絞られ、反対にひとまわり以上、胸が大きくなったのは間違いない。

スポーツブラを着用するのは機能性ばかりではなく、急に大きくなった乳房に対応する下着が見つからないからだ。

あまり見つめていると何とか萎《な》えはじめたペニスがまた勃起するので視線を引き剝がし、〈トマ〉は三十分の中断を挟みながら、事態が殆《ほとん》ど動いていないことに安堵《あんど》した。

ボスである橋本からの連絡は時間が遅れると言うだけのことだ。

「とりあえず、ボスに言われたライフルがどれか判りますか？」

先ほどまで激しいセックスで獣のような声を上げていたとは思えない清楚な笑顔で〈時雨〉が訊《たず》ねる。

「多分奥のほうにある『対物』のシールが貼られたガンケースの中身だと思います」

「ああ、あの一番大きなやつですのね」

不意にPCから繋がれていたメッセンジャーアプリから通話のコールが起こる。

「あ、はいこ、こちら〈トマ〉」

〈ツネマサ〉にセックスの現場に踏み込まれたように思って、〈トマ〉の口から引きつった声が上がる。

『こちら〈ツネマサ〉』

〈ツネマサ〉の声がPCのスピーカーを通じて重く響く。

『〈ソロさん〉が、偵察に出る。時間がない、内情を探るため、だ。俺はバックアップに回る』

「それって……」

いいんですか？　と〈トマ〉が首を傾《かし》げる前に、マイクに向かって、

「ダメです！」

いきなり〈時雨〉が怒鳴った。

「〈ソロさん〉は説得しに行ったんでしょう！」

ぎくりとした気配が回線越しにさえわかるほどの沈黙の気配。

「なんで止めなかったんですか、〈ツネマサ〉！」

これまで〈ツネマサ〉さんだった〈時雨〉が初めて呼び捨てにするのを〈トマ〉は聞いた。

「あの人たちはもう獣です！　獣相手に説得は意味がないんですよ！」

『偵察だ、偵察なんだ！』

「いい加減にしなさい！　私がそっちに到着するまでに、〈ソロさん〉を連れ戻してください！　相手が戦車に乗り込む事態になっても構いませんから！　いいですね！」

言うと、〈時雨〉は「対物」のステッカーが貼られた大きなガンケースを片手に、風のようにアジトを後にした。

一瞬、〈トマ〉は惚《ほう》けていたが、すぐに我に返る。

今自分に出来ることは、と考え、電話をかけた。

「ボス！　至急電話と指示をください！〈ソロさん〉が、〈ソロバン〉さんが敵地に侵入！　偵察っていってますけど違うみたいです！」

声が裏返った。

メッセンジャーアプリでもメッセージを送る。誤字だらけになったが、構ってる暇はない。

☆

徐は現場に現れず、使いの者がやってきた。

「約束通り十二発入っています」

そう言って牛乳パックをふたつ繋げたような大きさの箱を渡した。

帰り道はレンタカーサービスアプリを使って、無人駐車場から大型ワゴンである日産のNV350キャラバンを借りた。

平日の早朝とはいえ、異様なほど道路は空《す》いている。

横須賀を出て、川崎まで一切赤信号に引っかからない。

キャラバンの車体のデカさもあって、渋滞に巻きこまれたくはなかったから有り難いと思いつつ、己の幸運を祝うより、むしろ不吉な予感が膨れあがる中、ふとＭＳＳに接触するときのマナーとしてスマホの電源を切ったままだと気付いた。

赤信号。

車を停めて電話の電源を入れる。

〈トマ〉からのメッセージが次々と表示された。

「まずい」

橋本は赤信号にもかかわらずアクセルを踏み込んだ。

タイヤを鳴らしながら、橋本の操るキャラバンは都道３３１号を北上する。

おそらく、有野は死ぬ。

その事実だけがべったりと橋本の背中に貼り付いていた。

甘かった。

有野が抱えている傷は、今回のような仕事では癒える程度のものではない。

癒やすためのやる気は出したかもしれないが、それが暴走する危険性を考慮するべきだった。

自分が救いの手を伸ばされたように、誰かを救いたい。

有野の心のありようを読み違えた。

結局、仲間たちがセミプロの集団だという事実を忘れていた。

首都高3号線に入り、ひたすらに車は急ぐ。

☆

瓜沢は濃厚な男女の交わりの匂いの中で目が覚めた。

頭の中はスッキリとさえ、全てのものがクリアに見える。

夜の闇は去りつつあり、夜明けの光がうっすらと窓の外を白く染めはじめている。

腕時計を見る。埃《ほこり》にまみれ傷だらけになったGショック。ラバー部分も幾つか剝がれかけているそれが指し示す時間は、午前五時半。

「さあ、はじめよう！」

自分でも驚く程明るい声が出た。

全員がその声に跳ね起きた。

皆表情が輝いている。全員男女の体液にまみれ、酷《ひど》い匂いだったがそれすら「ひとりではない」という証明だった。

もうここにいるものたちは何もかもを知り尽くした仲間だった。

本当の意味での、魂の仲間たち。

「まずは、このセックスの匂いを落とさないとなあ」

野球部時代でさえ、自分はこんなに明るい声を出したことはなかった。

やるべきことが判っていて、終わりが見えると人はこれほどまでに幸せな気分になるモノなのかと瓜沢は感動すら憶《おぼ》えていた。

やれる、俺達はやれる。

「道三郎さん……」

随分と久しぶりに、メイが自分の姓でも、社長でもなく、名前を呼んだ。

「愛してます。本当に」

「ああ、俺もだ。奇跡が起きてこの計画が終わった後、生き延びてたら結婚しよう」

そう囁《ささや》いて唇を重ねた。

精液の匂いがするが気にならない。魂で結ばれた仲間のなら自分のものと同じだ。

全員が裸のまま次々とシャワーに入っていく。

「出しっ放しにしろよ、いちいち止めるのも面倒だ」

「はいはい」

誰の声も明るい。

薬物の過剰投与が脳の限界を超え、高揚感と多幸感、そして乱交の記憶が連帯感を持たせているという事実は、もはや瓜沢には関係ない。

死が怖くなくなっていた。

と、警報装置が赤く点滅した。ブザーが鳴る。

瓜沢は躊躇《ちゅうちょ》なく、数日前は不気味に見えて仕方がなかった3Dプリンタで作られた自動装填型ショットガンを手にした。

教えられたとおり初弾を装填する。

パンツを穿《は》き、ズボンだけを纏った姿で瓜沢は事務所の外に出た。

冷え冷えとした空気が、愛欲にまみれて何もかも鬱《うつ》なものを体外に排出してしまった身体に心地よい。

誰か殺すには最適な朝に思えた。

どうせこれから何十人、何百人も殺すのだ。

☆

朝の六時。新鮮な空気と陽ざしの中、有野は鉄柵を乗り越えた。

二週間の訓練とその後の実戦や自己鍛錬、サプリ類の摂取のお陰か、まるで高校生時分……とはいかないまでも、三〇代のころの体力と筋力は取りもどしている。

乗り越えて、地面に下りる。

朝の暗さがまだ残る中、C字型の盛り土の周囲をぐるりと回りながら事務所と、恐らくキルドーザー三台が納まった車庫代わりのビルまで近づいていく。

有野の姿はMA－1型のジャンパーにネルシャツ、ジーンズという目立たない姿だ。足下だけはコンバットブーツのままだが、これは仕方がなかった。

「あの……おはようございます！」

声を上げた。

すると盛り土のカーブする向こう側から、筋骨逞《たくま》しい三〇代半ばの男が、不格好なライフルともショットガンともつかないものを持ってやってきた。

「あんた、誰だ」

にこやかとも言える笑顔を浮かべて男は訊ねた……瓜沢道三郎。

一〇年前の記憶が有野にフラッシュバックする。

「あの、わた、私、あなたたちに忠告しようと思いまして」

口の中がからからに乾く。

「じ、自己紹介します、私、有野といいます、今はあなたたちと同じ無職です」

何で自分はこんなことをしているのだろう、という思いが一瞬よぎる。

決まってる。

自分が救われたように、彼らも救われるべきだと思ったからだ。

彼ら以外の三十数名のリストのメンバーは全員何らかの形で警察に逮捕された。

中には今回犯罪に手を染めずとも次回染める者も出るかもしれない。

誰もが皆、「無点の人」だった。

彼らにこれ以上マイナスの得点をさせたくはなかった。

自首しろという気はなかった。ただ、あのキルドーザー三台を置いて逃げて欲しかった。

橋本たちは逃げるものは追わない。

警察も凶器準備集合罪で追うかもしれないが、いずれ彼らが自分で揃《そろ》えたものではないという証拠が橋本から渡れば、それ以上の追跡はなくなるだろう。

それぞれに犯した殺人の罪は問われるかもしれないが、問答無用で射殺される可能性はない。

「その、あなたたちが、えーと……武器をもってここで何かを起こそうということは警察がもう知っているんです」

「ほう、そうなんですか」

とにかく、今すぐここから逃げてほしかった。

「あなたたち七人が何をしたのかも、私は知ってます。でも……」

「俺たち七人？」

「ええ、あなたは瓜沢建設のもと社長さん、中には専務の高田さんの娘さんや、NGOでよくあってる柳沢さん、矢島さん、小田島さん、北本さんに、辰巳さんがいらっしゃる」

「よく調べられましたねえ」

瓜沢はまるで嬉しそうに何度も頷《うなず》いた。

「皆さんが何をしたか、もう警察は気付いてます……密告もあった、あなたたちは罠に塡《は》められてるんです」

口の中が乾く。

自分が恐ろしい間違いに対峙《たいじ》しているという気がした。

「あなたたちは、逃げてください、今すぐ」

「そうですか、そうですか」

輝く目で、いちいち頷きながら瓜沢は有野の話を聞いていた。

おかしい。

こんなに目が輝いている人間がいるだろうか。

「そうですね、あなたの仰《おっしゃ》る通りです」

なぜそんな風に見える……瞳孔が開ききっているからだ、と気付いた瞬間。

「でも、やめませんよ」

瓜沢の声から体温が抜けた。

有野は思いっきり肩を何かで突き飛ばされるような衝撃を受けた。

銃声が鼓膜を震わせて、きいんとした音が聴覚を奪った。

☆

うざいな、こいつ。

なにものだ？　なんだえらそうに。

思考の呂律《ろれつ》が回らないのをボンヤリと瓜沢は理解していた。

計画を邪魔するつもりか。

難しいことが思考出来ない。

なんだ、邪魔者だ。

「そうですね、あなたの仰る通りです」

思い出す、銀行の支店長の態度。

「でも、やめませんよ」

言いざま、瓜沢は映画で見た主人公のように腰だめで有野と名乗った男を撃った。

頭を狙ったつもりだが相手の左肩を吹き飛ばす。

やっぱり映画は映画だ、ちゃんと狙わなくては。

銃床を肩につけ、再び引き金を絞るが、相手は身を翻して盛り土の向こうに隠れた。

「どうしたんですか、瓜沢さん！」

柳沢が駆けてきた。シャワーを浴びたばかりらしく、髪が濡れていてTシャツが貼り付いている。

片手には事務所から持ち出してきた長い平鉄梃《バール》が握られていた。

まだ新しく、赤く塗られたペンキが光っているのが目に眩《まぶ》しい。

「邪魔者だ、殺さないと」

「俺やります、瓜沢さんはみんなを戦車に乗せてくださいよ！」

「判った」

一心同体の仲間の言葉を自分の思考として、瓜沢は受け容《い》れた。

銃を持ったまま駆け戻り、事務所のドアを開ける。

「みんな、出るぞ！　着替えてブルに乗れ！」

すでにシャワーをメイが最後に使っていた。

瓜沢も使いたかったが仕方がない。

それに、全員の体液が入り混じった身体で派手な破壊を行うのもそれはそれで一興かもしれないと異様なほど前向きになっている頭が結論づけた。

「はい、栄養剤、全部飲んで」

メイが瓶ごと渡す栄養剤を、瓜沢は全て口の中に流しこんだ。

他の連中もそうしているのが見えたからだ。

異様だとは思わなかった。

自分と同じメーカーの栄養剤を何故、全員が持っているのか。

そして今、何故メイの言うとおりに全部飲んでしまうのか。

疑問に思うことは何もなかった。

六人の男女は、全てを水で飲み下すと、テキパキと服を着替え、一糸乱れぬ動きで思い思いのパーソナルカラーで塗られたブルドーザーを改造した戦車に乗り込んだ。

エンジンを一斉にかける。

☆

散弾は三発、肩に食い込んでいたが、問題なのは首に一発埋まったらしいということだ。

咄嗟《とっさ》に盛り土に伏せたものの、激痛に喘《あえ》ぎながらそれでも有野は立ち上がって逃げようとした。

左手が痺《しび》れて動かない。

右手は使えるというのにそれだけでバランスを崩して走りにくい。

死ぬかもしれない。

「〈ソロさん〉！」

入り口の塀を乗り越えて、〈ツネマサ〉が降り立った。

中の閂《かんぬき》を外し、引っ張って扉を開けると、こちらを目ざして走ってくる。

「この野郎！」

足首を後ろから鉄棒でぶん殴られる衝撃。

有野は、地面に倒れながら身体を捻《ひね》った。

そのまま転がらないと死ぬ、と本能が告げていた。

身体が仰向《あおむ》けになって、柳沢と目が合う。

「死ねえええ！」

瓜沢たちの仲間で唯一、殺人を犯していなかった男は、叫びながら思いっきりバールを有野の頭に振り下ろし、それは見事に有野の頭蓋骨を砕いた。

☆

駆け寄る〈ツネマサ〉は、有野の脳漿《のうしょう》が飛び散る瞬間を見た。

余りのことに、思考が停止する。

これまで、何度も戦火をくぐった。

同僚が被弾したり、現地の協力者が死ぬのも見てきた。

そのときでさえ身体は動いた。

有野の頭が砕かれたとき、動くことが出来なかった。

柳沢の動きは人のものではなかった。

早回しの動画のようにひと息の間に十回以上、有野の頭にバールを振り下ろした。

有野は右腕をあげて抵抗しようとしたがその腕が割り箸よりも呆気《あっけ》なくへし折れるのも見た。

「〈ソロさん〉！」

〈ツネマサ〉は叫びながらストックを畳んだＡＫＳ74Ｕを腰だめでぶっ放した。
柳沢はセミオートの数発を胸に受けて、仰向けに倒れる。
〈ツネマサ〉は走った。
走って、走って、走った。
ホンの十メートル程度なのに、無限に遠く思えた。
有野の元に滑り込むようにして膝を突く。
「〈ソロさん〉！」
名前を呼ぶが、明らかに有野は助からないと判った。
ほんの一瞬の間だったのに、顔が変形している。
額が割れて脳漿が飛びだし、頬骨が何ヵ所も陥没骨折して片目が潰れている。
恐ろしい力で十数回もバールを振り下ろされ続けた結果だった。
防御しようとした右腕もへし折れ、ジャケットのあちこちから骨が飛びだしている。
口の中は果肉が弾《はじ》けたトマトのようになっていて、前歯が全て折れていた。
「いてエエエ！」
いきなり柳沢は立ち上がると、そのまま駆け出した。
被弾しているはずだが、まるで関係がない。

〈ツネマサ〉がAKS74Uを撃つ再び余裕を与えないほどの素早さで、盛り土の向こう側に消える。

「〈ソロさん〉!」

声をかけたが、有野は弱々しく唇を歪《ゆが》め、笑みを浮かべた。

SUVがフェンダーをひしゃげさせながら門の開いた門をぶち破り、なかから〈時雨〉が転がり出る。

「〈ソロさん〉!」

〈時雨〉が叫びながら駆け寄る。

「すま……ン」

有野の声がよわよわしく漏れた。

「あま……かった……」

「言い訳は後で聞きます、とにかく病院へ!」

〈時雨〉は冷静に見えたがやはり動転しているようだった。

抱き起こそうとして頭を振って〈ツネマサ〉を見る。

このまま動かせば有野は即死すると理解していた。

「どうすればいいいんですか?」

「いい……んだ」

有野は言った。

「命令……無視……」

命令を無視した自分が悪い、と言いたかったのか。

呼吸が急に浅く、速くなった。

「〈ソロさん〉！　〈ソロさん〉しっかり！」

〈時雨〉が叫ぶ。

「お父さん！　ダメです！　死なないで！」

〈時雨〉はいつの間にか、〈ソロさん〉に数年前、駅で面白半分に撲殺された真面目な父親の影を重ねているらしかった。

「ゆ……み……、まい……か」

蚊の鳴く声で、娘と妻の名を呼ぶと、呼吸が途切れ、次に大きく息を吸い、そのまま有野は呼吸を止めた。

「お父さん！」

叫んだ〈時雨〉の横から〈ツネマサ〉は有野の首筋に手を当てた。

もう脈はない。

「〈時雨〉、いくぞ」

「そんな！」

「〈ソロさん〉の遺体は連れていく」

そう言うと、〈ツネマサ〉は〈ソロさん〉の死体を背中に担いだ。

AKS74Uを構えたまま、後退《あとずさ》る。

〈時雨〉もエイリアンを構えたままそれに続いた。

二人とも泣いていたが、声は上げない。

ブルドーザーのエンジンが次々に起動する音が響くなか、何とか塀の外へ出た。

〈時雨〉が乗り付けたSUVの後部座席に〈ツネマサ〉が有野の遺体を乗せ、ドアを閉める間もなく、〈時雨〉は車を急発進させた。

金属の塀の彼方《かなた》に履帯が土を嚙《か》む独特の音が聞こえ始めた。

通りの反対側から、サイレンを鳴らしてパトカーが急行していくのが、〈時雨〉たちの車のバックミラー越しに見えた。

恐らく発砲音を付近の住民が通報、近くをパトロールしていた車両が飛んできたということだろう。

こちらが戻って、警告する余裕はなかった。

門の前に停車したパトカーが吹き飛び、爆発する轟音《ごうおん》が夜明け前の街を揺るがした。

☆

その爆発音を橋本は数百メートル離れた場所で聞いた。

それまで予感に過ぎなかった有野の死を、確信したのはその時だ。

けたたましい音を立てキャラバンは横転しそうになりつつ停車した。

鼻の奥に熱いものを感じ、二秒だけ息を止める。

それからスマホを取り出し〈トマ〉を呼び出す。

「今から三時間、何が何でも周辺の携帯基地局、監視カメラの映像を妨害しろ、シャットダウンさせても構わない」

『え、あ、はい！　あの、〈ソロさん〉は……』

「命令を実行しろ！」

いつになく鋭い声が出た。

〈トマ〉の性格は理解している、ここで有野が死んだと知ったら、ショックで何もできなくなるだろう。

『は、はいっ！』

それから時計を見る。栗原との約束の時間までまだ五分あったが、仕方ない。電話をかけた。

「予定が早まったようです……今、爆発がありました」

『そうですか。なるべく早くカタを付けてください。あれが人目に触れたらお終いですよ』

「判っています」

呟くように言って、橋本は電話を切り、〈時雨〉を呼び出す。

『ボス、〈ソロさん〉が……』

ダッシュボードに固定してスピーカーモードにしているらしく、外の音が聞こえる。救急車とパトカーのサイレン音はここで聞こえ始めたものとほぼ同じだ。

「知ってる。あいつは死んだ。今どこだ？」

〈時雨〉は現場から二百メートルほど離れたスーパーの駐車場前にいると告げた。

地図はここに来る前に頭の中に入れてある。

「そこにいろ、合流したら十分以内にカタを付ける……〈ツネマサ〉は生きてるか？」

『……無事です』

「ライフルは？」

『ここに』

「よし、戻れ」

電話を切ると、橋本はステアリングを握り直した。

感情が冷え切っていた。

二年前、ロシア人を殺した時と同じ様に。

香の電話番号をコールする。

「俺だ、今豊島区にいる。戦車が動き出した、下手に動かないように所轄に連絡しろ……伝手《つて》の選別は任せる」

『……判りました』

早朝にたたき起こされたにもかかわらず、香は冷静だった。

『先輩はこれからどうなされるんですか？』

「俺は始末をつけにゃならん」

『有野、いえ〈ソロバン〉さんは？』

いつの間にか、橋本と同じ懸念を香は抱いていたらしい。

「死んだ」

言って、橋本は電話を切った。

☆

〈トマ〉に探させると、五〇〇メートル離れた場所に、瓜沢たちのいる現場を見下ろすことのできる高層立体駐車場があると判った。

セキュリティを遠隔操作で無効にさせると、橋本はそこの最上階に車を停めた。

すでに〈時雨〉たちのＳＵＶも来ていて、二人は車から降りていた。

「ボス……」

〈ツネマサ〉が駆け寄り、頭を下げようとするのを、橋本は右フックで殴った。

思いっきりの打撃に、〈ツネマサ〉が地面に倒れ込み、〈時雨〉が抱き上げる。

「どうしますか？」

〈時雨〉の声が硬い。そうしなければ泣きそうな顔をしていた。

「立て、〈ツネマサ〉。死んだものは戻らん」

橋本がそう言うと、〈ツネマサ〉は驚いたように顔を上げた。

「俺達はやるべきことをやる。死者を悲しんだり責任を追及するのはその後だ」

徐から受け取った紙箱の中身を開ける。約束のとおり、きっかり十二発入っていた。

うち、三発が曳光弾だ。

押収したときに見つけた予備の弾丸は三発だから、合計十五発。

橋本はハッチバックのトランクを開け、キャラバンを駐車場の外壁ギリギリまで寄せると、〈時雨〉が持ってきたガンケースから、この前の漁港で押収したロシア製の対物狙撃銃、OSV－96を取りだし、銃身下に備えられた二脚を展開して外壁に据えた。

この中で狙撃手としての仕事をした経験は、橋本しかいない。

「〈ツネマサ〉、観測手をしろ。〈時雨〉、予備弾倉がないから、弾倉が空になったらお前が装填してくれ……全員で〈ソロバン〉の仇《かたき》を討つ」

言って、橋本はガンケースの中に入っていた双眼鏡を〈ツネマサ〉に放り投げ、〈時雨〉に弾薬箱と外した弾倉を手渡した。

「はい」という声がふたつ重なる。

サイレンの音が集まってくる。市内巡回中だったパトカーが総動員されたのだろう。

彼らが包囲網を完成させ、対策本部を設置する前に全て終わらせる必要があった。

☆

最初のパトカーが見え、瓜沢が命じるよりも先にメイはグレネードを発射していた。

これまで、街中で見かける度、悪いことをしていなくてもギクリとなった白と黒の車両が、紙のように引き裂かれ吹き飛ぶのを見るのは爽快だった。

「やったわ！」「そうだな！」

ふたりは快哉《かいさい》を叫ぶ。

だがその昂揚感も、上半身を血まみれにした柳沢を見て吹っ飛んだ。

「おい、柳沢さん！」

慌ててハッチを開けて降りる。

〈ツネマサ〉が引き金を引く暇もなくあっという間に盛り土の向こう側に消えた柳沢だったが、瓜沢の戦車の前に来る頃には仰向けにひっくり返っていた。

「柳沢さん！」

「おかしいんだ、おかしいんだよ瓜沢さん」

ぱくぱくと金魚のように口を開け閉めする合間に、柳沢は虚《うつ》ろな声を出した。

「おれ、奴を殺したんだ、滅多打ちにしたんだ、まるで加速装置がついてるみたいでさ、凄《すご》かったんだ……でも撃たれて、そんなに痛くなくて、奴らの隙を見て逃げたんだけど、奴らが追ってきたら殺すつもりでさ……待ってたんだけどそのうちだんだん身体が冷たくなってきてさ……ふらふらしてきたんだよぅ」

「柳沢さん、しっかりして！」

それだけではない、全員が戦車から降りて駆け寄っていた。

口々に柳沢の名前を呼ぶ。

「ああ、いいなあ、嬉しいなあ……俺、こんなにみんなから心配されてるんだ、いいなあ、いいなあ……ああ、でもみんなの顔が見えないよ……みえ……」

ぱくぱくと開いていた口が開いたままになった。

「柳沢さん」という声がしてあちこちから六人分の手が伸びて柳沢を揺さぶる。

「……死んじゃった」

北本照美がぽつんと言って、わっと泣き出した。

それが合図のように全員声を上げて泣いた。瓜沢も泣いて、地面を拳で叩く。

全員の感情の抑制が効かず、まるで子供のようだった。

「ちくしょう、ちくしょう、ちくしょう！」

「殺してやる、殺してやる、みんな殺してやる！」

「そうよ、柳沢さんの仇を！　仇を！」

メイが叫ぶ。

「私たちの戦車で！」

メイも叫んだ。

「そうだ、皆殺しだ！」

今度は全員が顔を上げた。

拳を振り上げる。

「皆殺しだ、俺たちの戦車で！」

「俺たちの戦車で！」

「私たちの戦車で！」

瓜沢たちは全員でひとつの生き物として行動すべく、再び戦車に乗り込む。

最後にハッチを閉めるとき、メイは柳沢の遺体を見下ろして呟いた。

「ありがとう、あなたのお陰で完全にもう一億神点……奇跡が起こるわ」

そう言って、メイは手首に巻いた女物の腕時計の裏に指を差し込んだ。

時計の裏蓋に「ＱＧＨ」の文字が刻まれているのを指先でなぞる。

彼女の父でさえ知らなかった秘密の文字。高校時代に連れ戻されたとき、この文字を刻んだモノは全て棄《す》てられたが、その文字を母の遺品に自ら刻んだ。

今、自分の胎内には瓜沢も知らないが、行天院の子供が宿っている。

この計画は成功し、彼女は生き延び、そして行天院典膳の子……神の子を産むのだ。

再びエンジンが轟音を上げはじめる。

今度こそ塀の向こう側に出て、この世界を全て破壊するのだ。

塀の向こう側にパトランプの回転を示す光の明滅が見える。

ゆっくりと三台の戦車は走り出した。

入り口ではなく、新宿に近い南側の塀を目指して。

裏を掻《か》くつもりではなく、それが彼らの目標への最短コースだったから。

どうして御堂は来ないのか、自分たちに昨日の段階で全て任せてしまったのか、という疑問は瓜沢たちの誰の脳にも浮かばない。

柳沢の死に対する怒りと共に、一丸となった幸福感と万能感があった。

そしてこれまでの辛い記憶。

履帯が土を踏み固めながら意外な速さで瓜沢の車両が塀へと到達する。

『きゃあ！　腕があっ！』

矢島良子の意味不明な悲鳴が響き、その背後でツルハシがコンクリートを砕くときのような音が響いた。

すぐ後に爆発音が起こり、衝撃波が瓜沢とメイが乗った車両を背後から襲う。

一瞬、瓜沢の車体が前につんのめるように浮いた。

「なんだ！」

バックモニタを見上げる。

一番後ろを走っていた矢島良子の車両が吹き飛んでいた。

真ん中を走っていた辰巳の車両は無事だ。

また、コンクリートにツルハシが穴を穿《うが》つ時のような音がスピーカーから聞こえた。

『なんなの！　穴が……！』

無線から、辰巳の車両に乗っていた北本照美の声が響くが、それもすぐ次の爆発にかき消された。

瓜沢の車両は、今度こそ後ろからの衝撃波と熱風に持ち上げられ、前へと一回転した。

シートベルトのない車両である。

メイの悲鳴が聞こえ、モニタ類の配線のいくつかが千切れ、電源が火花を散らし、瓜沢は何度も頭を車内にぶつけて気を失いそうになった。

瓜沢の車両は空き地の周囲を囲った鉄板の壁を突き破りかけて、仰向けに停まった。

「なんだ？　何が……」

一斉に血の気が引く。

さっきまでの多幸感が去り、全てが輝いていた視界は一気に真っ暗になった。

モニタの電源も含め全ての灯りが消えたのだ。

る。

「メイ、無事か！」

瓜沢は声を上げた。額が切れたらしく、ぬるりとした鉄錆《てつさび》臭いものが顔に流れて目に入る。

「道三郎……さん」

メイの声が聞こえた。

「腕……折れたみたい」

「なんだと！」

後ろを向こうとした瞬間「こん」という音がして、今や天井となったブルドーザーの床に、トイレットペーパーの芯ほどの大きさの穴が開いて、朝陽が差し込んだ。

危険だ、ここから出なくては。

そう思った瓜沢の鼓膜をもう一回「こん」という音が震わせるより早く、12・7㎜×10・00㎜の巨大な弾丸が頭をぶち抜いた。

「道三郎さん、どうしたの？　ねえ……ねえ……」

メイの声が響くが、瓜沢の首から下はそのまま、今は床になった天井、数枚のモニタの残骸の中に横たわる。

外からの攻撃を想定して、ある程度コンクリートと鉄板で覆われていたガソリンタンクは爆風でひっくり返ったことで逆流し、車内にガソリンが揮発する。

「ねえ、助けて、道三郎さん、腕が……腕が……ああ、ガソリン臭いわ、早くここから出ないと」

薄闇の中で、メイは助けを求めて蠢《うごめ》く。

そこへもう一発、今度は曳光弾が撃ち込まれたことで、気化して充満したガソリンは、爆発的な燃焼を引き起こした。

最初は青白い、次に黄金の炎と爆風が、メイも含めた車内の全てを粉々に切り裂き、十トン近い車体を先ほど彼らが吹き飛ばしたパトカー同様、紙細工のようにばらばらに引き裂いた。

☆

「三両目、着弾、大破……生存者出てきません。総員死亡と思われ……ます」

双眼鏡を覗《のぞ》き込んだ〈ツネマサ〉が状況を報告した。

爆発炎上を続けるブルドーザー改造戦車から立ち上る、三本の黒い煙が、ビル建設の敷地から上空に向かって上がる。

キャラバンの後部シートに寝そべっていた橋本は立ち上がると、まだ銃身の熱いOSV

－96を無造作にガンケースに収めた。

五発装塡できる弾倉を二回再装塡し、十五発、全弾を使って、装甲車に毛が生えた程度のブルドーザー戦車を何とか沈め、中の容疑者を始末できたのは僥倖《ぎょうこう》と言えた。

達成感はない。虚脱感もない。

「撤収だ、アジトで会おう」

「はい」

〈時雨〉が頷き、〈ツネマサ〉は深々と頭を下げた。

三人はそれぞれ、車を操って立体駐車場を駆け下りる。

道路に出た。

五百メートル彼方への対物ライフルの狙撃があったことなど知らぬ一般人たちが、路上に出ていた。

皆、太い煙の柱を立ち上らせている、瓜沢たちの存在した方角へスマホのカメラを向けていたが、すぐにSNSへ送信出来ないと知って顔を見合わせた。

道路に出た橋本はそんな人々の群れに一瞥《いちべつ》をくれることなく、ただ静かに、目立たないようにキャラバンを走らせ、現場を去った。

☆

「はい、こちらは一名死亡、ということになります」

香は、栗原に報告していた――橋本の精神状態を考えれば今日報告するかどうか判らないためだ。

『マスコミへの対応はどうなりますか？』

栗原の質問は橋本の組織の一員としてのみではなく、今の香の役職である広報としてどうするか、という対応への質問でもあった。

「警視庁へは『不審者の通報に向かった警官たちとホームレスとなって工場に住み着いた瓜沢道三郎以下六名が、不用意にガスの配管を弄って爆発、死亡』という線がよいかと思います」

『それはいい……』

栗原が電話の向こうで満足げに頷く気配があった。

『動画のほうはＳＮＳの投稿遮断のついでに【チヨダ】に抑えてもらおうと思います。幸い、リアルタイムで動画を撮っていた人はいないようですからね』

リアルタイムの動画を撮る人間がいなければ、それが拡散されなければ、全ては急速に忘れられる。

「あとは、よく似た建物のガス爆発の映像を、複数のフェイクとして時間差でアップロードしてしまえば、あっという間にネタとして事件は消費されると思います」

香の提案に、栗原はまたしても満足げに頷いたようだった。

『そうそう、昼過ぎに発表されるＩＴ長者の九多良秋吉と新興宗教ＱＧＨの教祖、行天院典膳が同じ場所、同じ部屋で銃撃されて死亡した事件のほうが、マスコミは気に入るでしょうね』

「地検とはどこまでお話が？」

『彼らの悪行を洗いざらい、というところですかね。まあ、今年後半の重大ニュースにはランクインしてくれるんじゃないですか』

ノンビリと栗原は答え、電話は終了した。

スマホを握ったまま、暫《しばら》く香は呆然《ほうぜん》と自室の天井を見上げていたが、

「休暇申請、しなくちゃね」

と呟いた。

これから、後始末の時間が始まるのだ。

終　章

☆

新宿の末廣亭近くにそのNPO団体はあった。

受け付けで〈ツネマサ〉と〈時雨〉はニセの名刺を取りだし、御堂正直という初老の職員に会いたい、と告げたが、受け付けは残念そうに首を横に振った。

表向きふたりとも信用調査会社の職員ということになっている。

「じつは御堂さんはとある旧家の主のかたでして、ご家族が心配して探されているんです」

と告げると「ああやっぱりそういう素性のかたでしたか」と受け付けはあっさり納得した。

「御堂さんなら今朝、退職なさいました……正確には昨日の段階で退職です。どうも担当していた人たちが集団自殺したことが原因みたいで……」

受け付け嬢はそう言って悲しげに目を伏せた。

「どんなかたでしたか？」

〈時雨〉が訊《たず》ねると、

「ええ、いつも明るくて、古い鞄に使い古しの腕時計が自慢っていう質素な人で、ここの職員はみんな大好きでした」

受け付け嬢は真顔でそう答えた。

「ここの代表のかたに話を伺いたいのですが……」

「それでしたら奥のほうに……あら？　今朝は来てらっしゃらないみたいですね」

〈ツネマサ〉と〈時雨〉は顔を見合わせた。

あれからの捜査で、ここのＮＰＯ団体の代表はただのお飾りで、御堂正直の名義口座から全ての活動資金が出ていたと判明している。

恐らく御堂が消えたことで、団体の代表も役目を終えて消えたのだろう。

金ずくで雇われていたから利に敏《さと》く、逃げたのか、それとも始末されたのかは判らない。

「何か、残されてませんか？」

「鞄ひとつで出歩いてましたし、辞めるときも電話だけだったので、荷物は全部あそこに」

「書類関係はともかく、私物はご家族に持ち帰りたいので引き取ってもよろしいでしょうか？」

受け付け嬢は暫《しばら》く職員の一人と話をし、事務長と名乗る人物が「ノートパソコンとプリンタはウチで引き取りますが、それ以外はいいですよ」と頷《うなず》いて「お好きにどうぞ」と机まで案内してくれる。

〈ツネマサ〉と〈時雨〉は御堂の机に来るとゴム手袋を塡《は》めた。

驚く程何もない机だった。

引き出しの中には僅《わず》かな筆記用具とクリップだけで、書類は昨日配布されたと思《おぼ》しいＮＰＯ内の飲み会の回状が一枚あるだけ。

筆記用具は封の切られていない安いボールペンが十二本一袋と、出勤簿に押すための自動販売機で作れる三文判。

「さすがはＩＮＣＯ、何も残してないか」

〈ツネマサ〉が感心したように呟《つぶや》いた。

御堂正直こそがこの事件そのもののマッチメイカーたる「ＩＮＣＯ」であり、九多良と行天院相手の「講師」だった。

〈ツネマサ〉が立っている陰で〈時雨〉は御堂のノートPCを開き、起動させると、USBポートに通信装置を突っ込んだ。

LEDが小さく明滅し、PC内のデータを、裏の駐車場に止めたSUVの中で控えている〈トマ〉のPCに吸い出す。

結局、三文判だけを回収して〈時雨〉と〈ツネマサ〉はINCOの表向きの職場を辞した。

「何か見つかったか、〈トマ〉」

エレベーターで下に降り、ロビーを歩きながら〈ツネマサ〉はBluetoothのイヤホンで、繋《つな》がったままの〈トマ〉に話しかける。

『彼の机のPCのデータにあったのはボスの予想通りですよ』

〈トマ〉は脱力した声で言った。

『ロシア情報局《FSB》の資料と、人工的に「短期連続傷害殺人犯《スプリーキラー》」を生み出し、安価な使い捨て破壊工作員を作るためのマニュアル』

「やっぱりか」

『あと、プリンタへの出力指示の表示があったんでプリンタのほうもハッキングしました……なんか、嫌なモノがありましたよ』

「なんだ？」

『二〇〇〇件以上の住基カードの番号の印刷記録です』

「なんだそりゃ」

『今回瓜沢たちは、住基カードから判明する情報を使って集められたのだと思われます。彼はNPOにいて人助けをするふりをしながら自分の駒になる連中を集めてました。それがボクらが警察に送り込んだ三十人にも及ぶあのリストです……でも、それは一部だけじゃないかと』

「おいまさか……」

〈ツネマサ〉と〈時雨〉の足が止まり、二人は愕然《がくぜん》と顔を見合わせた。

「それもまた、リストだっていうのか？　今回みたいな『無点の人』の」

『そう考えればわざわざ印刷した理由がつきます』

悪意が悪意を連鎖させている。

見えないモノが見える。

御堂のさらに上に誰かいるのかもしれない。

黙ったまま二人はNPOの入っているビルを出た。

SUVの中で待っていた〈トマ〉が片手を挙げて後部座席に移る。

駐車場から〈ツネマサ〉の運転で車を出し、道路に出ると橋本からの着信があった。

「ボス、何処《どこ》にいるんです？　ここに全員いますよ」

スピーカーに切り替えて〈ツネマサ〉。

〈時雨〉も〈トマ〉も、〈ツネマサ〉に喋《しゃべ》ることを阿吽《あうん》の呼吸で任せて黙る。

『墓参りだ。〈ソロバン〉のな』

静かな声で橋本は言った。今日は彼が死んでから四十九日だった。

『報告は〈トマ〉からメッセージでうけた。ご苦労』

「はい……」

橋本はあの時〈ツネマサ〉を殴っただけで、一切有野の死について彼を責めなかった。

それが、〈ツネマサ〉には辛《つら》い。

だが、死ぬ奴は死ぬ、生き延びるものは生き延びる。それは戦場の真実だ。

あれから、〈トマ〉がディープウェブで嫌なモノを見つけている。

あの事件の動画が一部残っていて――一般人のスマホ、携帯からの動画はすべて公安が検閲して削除しているから、おそらく御堂が撮影したものだろう――それを使ったキルドーザーの装備そのものの受注広告としてディープウェブに表示され続けている。

そしてその動画広告は最後に「ご協力に感謝」の文字が出、ロシア製の対物狙撃銃の中古市場相場が表示されるのだ。

恐らく、橋本たちへの目配せだろう。

『とにかく、もう一区切りだ。死者のことは暫く忘れろ。アジトも暫く閉鎖だ』

橋本の声に〈ツネマサ〉は現実に引き戻された。

『全員、ゆっくり休め』

「そんな、ボス！」

「ボス！」

〈時雨〉と〈トマ〉がたまりかねて叫ぶが、橋本は通話を切った。

「〈ツネマサ〉、アジトへ参りましょう！」

〈時雨〉が提案するまでもなく、〈ツネマサ〉はハンドルを切った。

三〇分後。

御徒町《おかちまち》のアジトは上の擬装用はそのままだが、階下のほうは綺麗さっぱり家具も含めて消えていた。

ただ、〈トマ〉が組んだPCだけは宅配業者に預けたらしく、三人がアジトのドアの前で呆然《ぼうぜん》としていると電話が鳴って、いつ〈トマ〉のアパートに運べばいいかを聞いてきた。

三人は僅かな望みを抱《いだ》いて、教えられた葛飾区にある有野の墓に向かったが、そこにはすでに花が供えられて、線香がたなびいているだけだった。

〈ケイ〉こと香も連絡が取れなくなっていた。

警視庁の広報課に〈トマ〉が電話をかけたが、長期休暇だという。

☆

東京、銀座、昼間。

かつての賑《にぎ》わいほどではないにせよ、日曜日の昼の銀座は華やかな高級品を纏《まと》った人々が闊歩《かっぽ》する。

「お疲れ様でした。こちらの約束を果たしましょう」

カフェテラスで待ち合わせた元上司、栗原は開口一番に告げた。

休日だというのに三つ揃《ぞろ》いのスーツ姿というのはいかにもこの育ちのよさげな男らしい。

「前回の口約束通り、君に毎月二〇〇万、ボーナスとして年二回三〇〇万円、ではどうです？」

その提案に、向かいに座ってコーヒーカップを手にした橋本は苦笑交じりに首を振る。

「毎月の捨て扶持《ぶち》は最低でも税抜き三〇〇万、ボーナスは三千二〇〇万は頂きたいですな。年間予算一億以下じゃとてもとても」

「気がつきましたか、ははは」

笑いながら栗原は紅茶を一口含む。

「あと前回の漁港の人身売買のとき同様、薬と人間以外の『副収入』は自由にやらせてください。それ以上そちらに期待するのは黙認ともみ消しだけで結構。人材を傭《やと》いたければ今回の様に全部自分でやりくりしますし、武器弾薬……いや使用する道具類も自分で調達しますんで。あそれと、今回のことに関して先に政府から五〇〇〇万ほど頂けますか、契約金ってことで」

「まあ。それぐらいは余録ということで目を瞑《つぶ》りましょう」

栗原は笑った。

ひらひらと白いモノが灰色の空から落ちて来て、栗原のティーカップの中に落ちた。

「そろそろお開きにしましょう……今日の雪は積もるとか、言ってましたね」

橋本は立ち上がって空を見上げた。

「ところで、君たちへの書類には何と記載しますかね？　これまで口頭では私設警察と呼んでいましたが、それはさすがに……ねえ」

大真面目な顔で栗原が言った。

「キイハンターとか〈優しい鷲〉とかどうですか？　〈ワイルド7〉というほど無法者じ

やないし、人数も七人以下……そうだ、ブラックチェンバーとかどうです？」

「いくら何でも古すぎますよ」

上司のセンスのズレと、皮肉の強さに橋本は苦笑した。

「それに私たちが求めるものは自由でもないし、願うものは平和でもない。この国の大多数にとっての平穏で、お金ですから……そうですね『KUDAN《クダン》』とかでいいんじゃないですか？」

ローマ字での表記をさらに橋本が口にすると、

「なんですか、それは……九段下にでも……」

と栗原は眉をひそめ、少し考えてから破顔した。

「ああ、妖怪ですね。人頭牛体、予言をしたらすぐに死ぬという」

「ぴったりじゃないですか、私たちには……では契約書類はこちらから郵送しますので比村警部補を通じてお戻しください」

皮肉な笑みを浮かべ、橋本は立ち上がるとレシートをさりげなく栗原に滑らせ、雪に足を停める人の目立つ雑踏の中へ、するりと消えた。

この作品は徳間文庫のために書下されました。
なお本作品はフィクションであり実在の個人・団体などとは一切関係がありません。

徳間文庫

警察庁《けいさつちょう》私設《しせつ》特務《とくむ》部隊《ぶたい》KUDAN《くだん》

2019年6月15日 初刷
2020年12月10日 3刷

著者 神野《かみの》オキナ
発行者 小宮英行
発行所 株式会社徳間書店
東京都品川区上大崎三-一-一 目黒セントラルスクエア 〒141-8202
電話 編集〇三(五四〇三)四三四九 販売〇四九(二九三)五五二一
振替 〇〇一四〇-〇-四四三九二
印刷 大日本印刷株式会社
製本

ISBN978-4-19-894472-8 (乱丁、落丁本はお取りかえいたします)